原創愛
YL247

醉玲瓏

肆

十四夜 著

希代多媒體
Sitak Multimedia

◆目錄◆

◆目錄◆

第一一六章　公案三生白骨禪

月朗風清，山間夜長。

淡茶，帶著一縷苦香，靜室空靈。

敬戒大師手中的一個粗木茶杯用了多年，其上紋理光滑清晰，原先粗糙的木刺消磨殆盡，茶的清香苦澀皆浸入其中，回味悠長。

其心茶，心是何味，茶是何味。

對面的女子，白衣素顏，喝茶的時候脣角總帶著一絲難言的淺笑。多少年來，這其心茶令飲者困惑，往往一試之下退避三舍，不求再飲。卻唯有兩個人，每來此間必飲此茶。如今一個小住寺中，而另一個，敬戒大師白眉靜垂，遙聽山間松濤陣陣，怕是就要來了吧。

數年前那人第一次喝這茶，美異的眼眸在水氣糾纏中細成光彩照人的一刃，似乎極是享受。第二次，斟水布茶，引經論道，在此和他辯了半日的禪，盛氣凌人，咄咄不讓。第三次也是這麼一個月夜，空谷風急，那個男子在這間靜室獨自坐了一夜，只是品茶，鮮見地一言不語。

此後多少年裡每逢朔月必然來度佛寺，將那其心茶喝了千遍仍不厭，將那佛經法道駁了萬遍自張狂的人，如今已有許久未見了。

然而茶，還是茶，其心其味，其味其心。

「方丈的茶要涼了。」清水般的聲音淡淡響起，敬戒方丈張開眼睛，笑容平和。

「老衲方才記起一句禪語，不知王妃是否願聽？」

「方丈請說。」

「此有故彼有，此生故彼生，此無故彼無，此滅故彼滅。」

卿塵文靜的眸子在敬戒大師話音落時微微一抬，片刻後道：「方丈說得好，既已生此，則彼必生，因果輪迴，便是此理。」

敬戒大師道：「彼再生此，此又生彼，生生不息，敢問王妃，何時是終，何時是了？」

卿塵道：「是故絕此則絕彼，各自往生便罷。」

敬戒大師低宣佛號，道：「世上之事，即便同因同緣，卻又因人而異，因心而異，則所得各異。王妃通慧之人，何苦以生死絕之？」

卿塵靜默，而後道：「凡俗紛紜驚擾了佛門淨地，還請方丈見諒。」

敬戒大師微微一笑：「佛門本就是普渡眾生之處，眾生之苦皆佛門之苦，何來驚擾。」

卿塵道：「方丈又怎知其人可渡呢？」

敬戒大師道：「佛渡有緣人。」

卿塵細細地緊了緊眉，眼裡浮現出一抹身影。山寺佛前，躍馬橋上，佛國地獄，其心皆苦，她一時想到出神。

敬戒大師沒有擾她，起手斟茶。

不久後冥執求見，稟告說人已到山下，卿塵淡聲吩咐了一句：「你們去吧。」

敬戒大師深邃睿智的眼睛並未因此話而有所波動，一縷茶香嫋嫋，伴著青燈安寧。

忽而卿塵緩緩笑了笑：「方丈，是我著相了。」

敬戒大師合十道：「阿彌陀佛！」

卿塵道：「一切還要有勞大師。」

月圓，莊散柳踏入度佛寺山門，暗銀色的衣衫映在月色下一片淡淡的光芒，足下石階玉色，清輝流水。

數道黑影陸續出現在度佛寺佛殿四周，其中一人掠至莊散柳面前，跪下道：「主上，人果然在寺中。」

莊散柳一切的表情都隱在那張面具之下，唯有雙眸映著月光粲然生媚，金光湧動。

他回頭往天都的方向看去，可以想見現在宮城中已經是一片血雨腥風。汐王和濟王，果然如他所料發動了兵變，心甘情願替他引開了凌王的注意。這番龍爭虎鬥，對他來說沒有任何懸念，那個他想要的人，才是所有計畫的關鍵。

空靜的佛院，一個女子嫋娜的身影立於月下，明紅輕紗修長曳地，月華湘水裙，玉釵斜橫綰烏鬢，青絲婉轉。

香案橫陳，桂子輕落，三炷清香，嫋嫋直上青天。

聽到腳步聲，卿塵回頭看去。月下容顏朦朧，一片清淡，莊散柳心頭卻如雷電空閃，眸中陰鬱迷亂，喃喃叫了一個名字。

卿塵道：「你是何人？」眼前人影一閃，莊散柳已到了身前，「王妃只要跟我走，便知道我是誰了。」

卿塵喝道：「既知我是淩王妃，竟還敢如此放肆，來人！」

豈料話未說完，莊散柳抬手在她後頸準確地一擊，力道不重，卻頓時讓人陷入昏迷。軟軟的身軀跌入臂彎，莊散柳俯身望向懷中的人，月色擋在身後，暗影陰沉，他的聲音便如深夜私語，充滿了磁性的蠱惑：「鳳卿塵，我早就說過，妳會是我的人。」

莊散柳抱著卿塵踏出佛院，肆無忌憚地沿著大佛殿前的白石廣臺向外走去。

便在此時，大佛殿中燈火忽盛，緊接著附近殿宇一一燃亮，燈火順勢而下照亮佛道山門，廣臺四周數百尊以金銅製成的羅漢像映著火光現出身形，彷佛形成一道銅牆鐵壁，與佛殿內肅穆的金像相映生輝。

異變初起，一批黑衣人迅速聚集到莊散柳周圍，圍成一圈。

是殺氣，寶相莊嚴的佛殿下湧動的殺氣。燈火之中肅殺迅捷的腳步聲，一隊隊整齊的玄甲戰士如展開的雁翅，立刻將廣臺層層包圍。原本潛伏在暗處正準備動手的謝經等人停止了行動，靜觀其變。

然而那殺氣並非來自他們任何一方，莊散柳立於廣場中央，精神集中在巔峰的一刻，猛地眼中異芒爆閃，腰中軟劍毒蛇般彈起。

此時半空中一點白光似雪正到近前，遽然散作寒光漫天。勁風激烈，槍劍相迎，刺耳的一聲交擊，槍影中一個年輕男子現身落在廣場中，橫槍側掃，幾個黑衣人應聲跌退，槍身勁挺，再次對準莊散柳。

借著燈火月色，莊散柳看清那男子面目，驀然震驚，脫口道：「夜天澈！」

那男子朗目光銳，脣角一絲冷笑：「很意外是吧？放下你手中的人！」

莊散柳眼中妖魅的顏色如漩渦狂捲，深淺翻湧：「你居然還活著？」

那男子劍眉飛挑：「彼此！」

話音剛落，銀槍激射，直逼近前，莊散柳手中軟劍聲厲，一道光練裂空，單手迎戰！

劍氣漫空，槍影奪月，一時無人能近其前。

莊散柳懷抱一人，單手對敵，起初尚應付自如，漸漸卻在對手烈火燎原般的槍勢下落了下風。

他劍底勁氣陡增，逼開對方數步，正要趁勢將人放下，忽然驚覺腰間一緊，眼前飛紗輕掠，懷中女子離開他臂彎的瞬間手中一道銀鞭射出，捲中他後翻身回帶，竟頓時將他拉回槍勢籠罩之下。

事出意外，莊散柳未曾防備，軟劍光魅，鋒芒斜掠，欲要扳回劣勢，一星寒光已然點上咽喉，而他的劍也在電光石火之際架在了那女子頸間。

飛紗如霧，飄落於夜色中，莊散柳眼波陰沉浮動，鎖住面前對手：「你不是夜天澈！」

那男子顯然不打算否認，神情漸漸冰冷，一字一句道：「我和十一哥本就相像，你是突然看到十一哥心驚了吧，九哥！」

莊散柳身子明顯一震，夜天漓繼續道：「九哥難道不嫌這張面具礙事嗎？」

他說完此話，莊散柳眼中的震驚已然轉成目空一切的狂放，隨著囂張的笑聲，他揮手便將臉上面具揭去。

黑夜深處，月華底下，露出一張完美無瑕的臉。月光、劍光、火光甚至佛殿金光，盡皆落入了那雙細魅的眼睛，暗下去，暗到極致，忽然綻出攝魂奪魄的妖異。薄而獨具魅力的唇角散漫地勾起，那光芒便似隨著這薄笑流轉，詭異又充滿了難禁的蠱惑。

他眼光一轉，一抹陰森卻落到劍下的女子身上，夜天漓亦轉過頭去，目露疑問。

那酷似卿塵的女子伸手在臉上抹過，竟是素娘，手中亦是一張精緻的人皮面具。

莊散柳霍然色變，此時想起方才凌王府中那個小侍從，在他的脅迫下說出凌王妃在度佛寺時，那人眼底深處原來根本就不是因怕死而慌亂，只是一種偽裝。

這不過是一個布局，便如獵人用自己來引誘危險的野獸，早已在四周布下了天羅地網。

想至此處，心中狂怒，他竟無視銳槍在喉，身形微晃，長劍便斬往素娘頸上。

素娘被迫放開銀鞭翻身滾避，那一刻夜天漓手中銀槍已然刺入了莊散柳的肌膚，卻後勁不發，未盡全力。

銀光在莊散柳鎖骨處挑過，血色驚現。素娘雖避過了莊散柳致命的一劍，卻被他跟上的一掌擊中後心，伴著一口鮮血跌落臺下。

謝經飛身搶到近前將她接住，隨著他的出現，冥衣樓部屬瞬間占據了廣臺四周。

莊散柳站在層層包圍之中，伸出兩根手指漫不經心地抹過頸中血跡，陰惻惻地問道：「怎麼了，十二弟，下不了殺手嗎？」

夜天漓緊握銀槍，霍然一橫：「你以為我當真不會殺你？」

莊散柳大笑道：「若真換上十一弟，那就不好說了，不過你，恐怕真的殺不了我。」他掃視冥衣樓眾人，對屬下吩咐道，「殺了他們！」

誰知那些黑衣人並未應聲動手，反而同時向後退了一步，退入了冥衣樓陣中。

莊散柳這時才真正震驚，卻聽夜天漓冷冷道：「九哥難道忘了，你手中這些死士多數是當年效忠於孝貞皇后之人，他們最初的主子可都是鳳家！」

為首的黑衣人率眾跪倒，對莊散柳重重叩首：「主上，屬下等對不起您！還請主上日後保重！」說罷，眾人竟同時舉刀，利刃刎頸，自裁身亡。

三尺之內，血流成河。

詭豔的血色，在莊散柳眸中染透妖異，陰森駭人。

夜天漓道：「這些人倒確實真心效忠九哥，願用他們的性命，與鳳家換九哥一命。我不殺你，不過是因為鳳家答應了他們而已！」

莊散柳緩緩自牙縫擠出兩個字：「鳳衍！」

「不錯，是鳳衍洩露了你的身分。他心裡清楚得很，孝貞皇后的三個兒子，現在並不如自己一個女兒來得可靠。更何況，他已有兩個女兒斷送在你身上，難道還真要將最後一個女兒也交給你毀了？」

莊散柳怒到極致，反而放聲長笑：「好啊，那麼我倒要看看，你們打算拿我怎麼辦？」

山風激盪，他一身銀衫如水月飛揚，狂肆逼人。

夜天漓緩緩舉起銀槍，周身戾氣隱隱：「你能對四哥和十一哥痛下殺手，難道當我真就奈何不了你？」

莊散柳道：「那你便試試看！」

劍鋒，如來自冥界的魂魄，幽光四溢。銀槍，靜如沉淵，一股凌厲霸道沿槍放肆，在兩人之間捲起洶湧的勁氣，星月無光。

就在這勁氣抗衡即將到達頂點的一刻，整個山中驀然響起莊重悠揚的鐘聲，穿透了層層夜色，直入每一個人的心間。

雙方對峙的殺氣彷彿突然落入了浩瀚深邃的海洋，消失得無影無蹤。

隨著這鐘聲，一個接一個的僧人自大殿後魚貫而出，手掛佛珠，雙掌合十，數百人逐漸走入廣臺四周的空地，竟不聞一絲腳步聲，甚至連呼吸都聽不見，前後排成整齊的數排，垂眉靜目，寶相莊嚴。

鐘聲正來自廣臺四角巨大的銅鐘，大佛殿的殿門徐徐打開，敬戒大師緩步而出。眾僧齊誦一聲佛號，隨即在廣臺四周盤膝而坐。

敬戒大師沿著大佛殿的白石臺階登上高臺，隨著他的到來，莊散柳與夜天漓都感到有種溫和的勁氣如一股無形的水流隔空而來，讓那劍與槍竟都有些無所適從。

夜天漓手中銀槍放了下來：「大師！」

敬戒大師對他微微合十，轉身向莊散柳和顏一笑：「阿彌陀佛，莊施主，久違了。」

莊散柳臉上陰晴不定，似是驚疑、迷惑、戒備……百感交集，然而終究還是將劍收回，單掌直立，對敬戒大師回執佛禮。

敬戒大師道：「老衲得知施主今夜會來，特地為施主備下了清茶一杯。」

莊散柳盯了敬戒大師片刻，哈哈笑道：「大師的其心茶苦味四溢，在下已然不感興趣了。」

敬戒大師不以為忤：「施主不妨再品一下，或者苦中別有洞天。」

莊散柳越發笑得張狂：「大師下一句，莫非就要說『放下屠刀，立地成佛』？」

敬戒大師道：「阿彌陀佛，佛渡眾生！」

莊散柳似是聽到了最好笑的事情，直笑得身子發抖，再問道：「佛有捨身飼虎，秤肉救鴿，大師既要渡我，敢問是捨身，還是割肉呢？」

敬戒大師闔目微笑，在他狂妄的笑聲中指尖輕輕一彈，噹！鐘樓之上的銅鐘發出雄渾的鐘聲，遙遙傳遍整個山寺，那笑聲便淹沒在其中。

莊散柳驟然一驚，以他的目力，即便在黑暗中也能清楚看到敬戒大師抬手的時候彈出了一粒佛珠。

一粒佛珠竟能隔空遠去，使數百斤的銅鐘發出如此巨響，在場所有人都陷入絕對的安靜，目光集中在平臺之上。

卻見敬戒大師在平臺之上從容盤膝而坐，道：「苦海無邊，回頭是岸，老衲此身，悉聽尊便。」

莊散柳一瞬愣愣，轉而冷笑：「大師難道真以為佛法無邊嗎？」

敬戒大師低聲念道：「兩行祕密，即汝本心，莫謂法少，是法甚深……」隨著他的聲音，四周僧人手撚佛珠，齊聲誦經。那低沉的誦經聲祥和深遠，如流水不斷，在整個夜空中覆上了一層神聖與靜遠。月光籠罩著大殿上的琉璃頂，佛殿金光，異彩漣漣。

「臨欲涅槃時。以佛神力。大悲普覆。欲攝眾生。出大音聲。其聲遍滿。乃至十方。隨其類音。普告眾生。今如來應正遍知。憐憫眾生。覆護眾生。攝受眾生。如是一子……」

莊散柳眸中全是幽冷陰暗，渾身上下散發出危險的氣息，軟劍斜指，一步步往敬戒大師走去。

周圍的誦經聲彷彿從四面八方往身邊聚來，每邁出一步，他便感覺自己身邊的空間收緊一分。經文逐漸清晰，好似每一個字都不過眼耳口鼻，而是直接遁入心底，深印交錯，逐漸化作烈火紛飛，一寸一寸自低處盤繞飛旋，越燒越烈，越燒越痛，即將吞噬所有。

誦經聲似乎越來越快，往昔歲月，榮華富貴，尊王封侯，情仇愛恨，生死往來，在眼前走馬燈似地穿雜不休。

曾經是走馬快意少年遊，曾經是玉雪堂前花解語。

曾經是，母尊子貴，萬千寵愛人豔羨。曾經是，郎情妾意，且把風流醉今宵。

卻一朝，雨落風摧百花殘，勞燕分飛盡蒼茫。

紅衣曼舞是誰？輕言巧笑是誰？晏與臺上紅花飄落，烈火影中斷腸的酒、摧心的毒，面具之下功名利祿薰透的心，好似被一雙清透的眼睛看著，是憐憫，是不屑，是同情，是憎恨……究竟是什麼？

似看前塵，似看今生，似看來世，四處皆空。

其心茶苦，其心皆苦，情到絕處是深情。

此身非此身，此心非此心，這一身，早已是空空皮囊，大千世界諸般物相，無常生妄，真我何從？

「無歸依者。為作歸依。未見佛性者。令見佛性。未離煩惱者。令離煩惱。無安隱者。為作安隱。未解脫者。為作解脫。未安樂者。令得安樂。未離疑惑者。令離疑惑。未懺悔者。令得懺悔。未涅槃者。令得涅槃……」

隨著這不休不息的誦經聲，莊散柳忽然丟開手中長劍，仰天狂嘯。嘯聲入雲，震動山野，直令鳥獸驚散，眾人色變。

誦經聲始終保持著徐徐有致的節奏，似被嘯聲掩蓋，卻無處不在，連綿不絕，寧靜而平和。

隨著這閉目長嘯，莊散柳一頭長髮四散飄揚，圓月之下迎風而落，緩緩掠過他絕美的臉龐。

絲絲縷縷，寸寸片片，那一肩妖魅閃亮的烏髮如同染了月華，逐漸化為一片雪白，披瀉在他肩頭，如雪如霜，如夢如幻。

莊散柳徐徐睜開眼睛，原本異芒四射的雙眸，此時一片深黑無垠的安靜，再不著半分顏色。

他往前邁出最後一步，站在敬戒大師面前，雙手合十，雪髮輕垂：「莊散柳多謝大師。」

敬戒大師面含微笑：「佛由心生，恭喜施主。」

莊散柳復又轉身，再對站在一旁的夜天漓深深行禮。夜天漓方從剛才的震驚中回神，接著又呆了剎那，不由叫道：「九哥！」

莊散柳對他的叫聲置若罔聞，回身步下白玉廣臺。

在他轉身的一刻，度佛寺深處悠然傳來了瑤琴清音，女子清透的嗓音如冰水流雲，遙遙飄蕩在層疊山林：

悵悵莫怪少時年，百丈遊絲易惹牽。
何歲逢春不惆悵，何處逢情不可憐。
杜曲梨花杯上雪，潮陵芳草夢中煙。
前程兩袖黃金淚，公案三生白骨禪。
老後思量應不悔，衲衣持鉢院門前。

鳳凰火樹，菩提花落，莊散柳在聽到琴聲時臉上化出了一抹奇異而通透的微笑，和著琴聲高唱，大步往山門走去。一路冥衣樓和玄甲軍諸多部屬，卻沒有一個人想要上前攔他，明輝淨水般的月色下，他一身銀衣飄逸，就此消失在無盡的山中。

第一一七章　千塵雪底東風破

聖武二十七年七月戊寅，凌王登太極殿視朝，接受群臣朝拜。

庚申，昭告天下，繼天子位，稱昊帝，立王妃鳳氏為皇后，改元帝曜。

由於京畿衛謀逆，天都臨近宮城、皇城的內五門統治權移交御林軍。為防止叛軍餘黨生事，外九門亦由玄甲軍重兵封禁。

朝中連降聖旨，皇長子祺王晉封灝王；十二皇子晉封漓王；三皇子濟王革除親王爵位，由皇宗司負責囚禁；五皇子汐王奪爵除封，革出皇宗，長子賜死，其餘眷屬盡數發配涿州，永不赦歸。

殷皇后雖被幽禁宮中，殷家卻絕不甘就此落敗。很快伊歌城中便謠言四起，聲稱凌王發動御林禁衛逼宮奪嫡，偽造聖旨，並就此嫁禍濟王、汐王。

濟王、汐王兩府眷屬趁機哭跪喊冤，天都之中流言紛紜，人心動蕩。

便在此時，神禦、神策兩軍星夜馳歸，湛王兵逼天都，請見天帝聖安。

局勢陡變，伊歌城中一片山雨欲來風滿樓，處處可見兵戈雪亮，甲冑肅殺，奪目驚心。

此時殷家亦聯合衛家、靳家及其他門閥勢力，糾集擁護湛王的四品以上朝臣，罷朝不上，在太極殿前敲響登聞鼓，求見天帝。

天朝士族制衡皇權、左右朝政已近百年，此次即便鳳、蘇兩家不在其中，卻依然聲勢驚人。

更有三朝老臣孫普等人，一生忠於皇族，頑固耿直，此次不知如何被殷監正花言巧語所動，亦參與到此事中來。

登聞鼓隆隆震天傳遍整個宮城，太極殿前紫袍緋服黑壓壓跪了一地。

卻不料從正午跪到天黑，一連三日，烈日炎炎晒得一群文臣頭昏眼花，昊帝卻連面都未露。唯有鳳相面帶笑容來說了幾句場面話，蟒袍玉帶，權臣的氣度非常。

群臣中為首的衛宗平恨得牙癢癢，卻也終於領教到，新帝性情冷硬果然名不虛傳。

＊

傍晚忽然一陣雷雨，閃電劃過，濺得大殿之上琉璃翠瓦雨聲急促，白日灼熱的玉階前暑氣四揚，反而更添了幾分悶熱。

潮溼的風挾著雨意充滿宮殿深深，九枝玉蓮燈映在晶瑩剔透的珠簾上，夜幕漸落，光影幽然。

太極殿前君臣對峙鬧不到後宮，剛剛沐浴完畢，卿塵斜倚在鳳榻前若有所思地拿玉梳理順長髮。外面燈下靜立著當值的侍女，她揮了揮手，碧瑤會意，轉身帶了侍女們退下。

慵然闔上眼睛，心裡卻不平靜，都在料想之中，終究是走到了這一步。

太上皇驟然昏迷，雖經醫治救醒過來，卻也口不能言，神志昏聵。

英雄末路，歲月遲暮。昔日英明神武的君主，眼下只是一個等待死亡的老人，江山天下對他來說已經沒有任何意義。

四十萬大軍兵臨天都，其後尚有西域三十六國的勢力在，內中士族門閥鼎力相助，夜天湛不是沒有勝算。

即便他只是求見天帝聖安，並未公開質疑帝位，但彼此心中早已透亮。

然而早在此之前，夜天凌暗中支持西北柔然一族迅速壯大，逐漸取代突厥昔日的威勢，重振雄風。於情於理，萬俟朔風絕不會讓西域諸國有機會介入天朝政局，一旦西域異動，柔然鐵騎必然為夜天凌擋下來自西域的兵鋒。而各州布政使奉詔調集天下兵馬，此時此刻或許已經逼近兩軍後翼。

螳螂捕蟬，黃雀在後，環環相扣的戰火一旦點燃，將又是九州動蕩的戰亂。

一縷髮梢滑過指間，卿塵眉心下意識地掠過一絲微痕。她並不擔心夜天凌會在任何對決中失利，只是眼前內亂將起，自相殘殺的局面，著實讓人無法談笑以對。

漠北烽煙初熄，中原兵戈再起，將有多少戰士葬送在這內亂之中？原本應是保家衛國的鐵血男兒，卻要犧牲於皇權更迭的鬥爭中，生命的價值，究竟幾何？

他們為誰而戰？誰又能無愧於他們的流血與犧牲？

戰爭，大概終究還是不適合女人。

卿塵自嘲般一笑，當她站在他身邊，選擇了這條路的時候，就已經意味著放棄了風平浪靜，仁慈與安寧是對敵人的憐憫，亦是對自己的利刃。

然而，那個人，他是敵人嗎？

她將臉龐輕輕埋入水緞般的髮絲中，雨聲淅淅瀝瀝，將盡將停。她忽然有一種錯覺，遙遠的夜色中有一抹悠然的笛音漸漸傳來，依稀是熟悉的曲調。

聽了一會兒，她霍然驚醒，直起身子來。

笛聲很遠，如在天邊，卻又如此清晰，似乎穿透了雨幕夜色迴盪在伊歌城每一個角落，飄入這重院深深的宮城。

她驚出一身冷汗，若非人在天都，宮城內不可能這麼清楚地聽到笛音，難道……她不敢想下去，將紗衣一扯，竟赤足下了臥榻，匆匆便往殿外走去。

剛走出幾步，她頓住了腳步。

殿門處，夜天凌不知何時站在那裡。玄金龍袍，廣袖靜垂身後，紋絲不動，一股肅殺之氣淡淡籠罩在他周身。

琉璃燈下，他的臉色清冷，無聲地鎖視卿塵片刻，一抹決斷的利刃破水裂冰，他忽然轉身大步向外走去。

「四哥！」卿塵一急，趕上幾步攔住他，「不要！」

夜天凌回身，冷聲道：「他既大膽前來，難道還怕與我一見？」

卿塵情知他已然聽出了這一曲〈比目〉，怒在心頭，此時怕是越勸越亂，當即反問他：「你又豈知他們不是以計相誘？這般形勢下，他敢夜入天都，自不會空冒奇險！」

夜天凌脣角一道冷弧倨傲迫人：「是又怎樣，當我奈何不了他嗎？」

卿塵深知他這分倔強與自負，只覺無奈，心念一轉，明眸一揚，往後退了半步，俯身拜道：「臣妾叩請聖上三思！」絲衣委地，長髮如瀑沿著兩肩傾瀉而下，她的神情卻端麗莊重，彷若這一拜是鳳冠朝服在廟堂之巔，而非兩兩相對的寢宮深殿。

夜天凌一愣，劍眉緊蹙，抬手將卿塵拉起來帶到身前，目不轉睛地盯著她，眸光銳利，直探入她的眼底。

卿塵靜靜與他對視，只見他眉心微擰，眼底血絲隱隱，深掩著疲憊。一連數日內外交攻，百事雜亂，這麼不眠不休，便是鐵打的人也難熬。眾所能見的皆是他神采懾人，遊刃有餘，他只因著一身傲氣，絕不肯將艱難示於人前，或者只有在她面前，才會有這樣不加掩飾的真實。一陣心疼莫名地參雜著層層焦慮擔憂，殿前風揚，未盡的夜雨斜斜撲上衣襟，她禁不住打了個寒顫，一轉頭，夜天凌卻牢牢地將她抱在懷中。

夜空裡一道輕閃倏忽劃過，照亮了夜天凌的臉，他徐徐道：「妳在怕什麼？」

卿塵低聲道：「他就和十一一樣，是你的親人，也是我的親人。」

突然間下頦一緊，夜天凌伸手將她的臉龐抬起，深眸熠熠，星星點點微銳的光從幽暗的湖底浮出，緩緩地，遮了滿天：「那我呢？」

卿塵揚眸側首，凝視於他，踮起腳尖在他的脣上輕輕一吻，不說話，復又笑吟吟地看著他，眼中深深盡是柔情。

夜天凌微微動容，伸手沿她修長的脖頸滑下，低頭便封上了她的脣。

呼吸纏綿，宮燈麗影一片流光飛轉，殿外細雨紛紛揚揚，似點點銀光灑滿一天。

許久，夜天凌才放開卿塵，看著她霞染雙頰的嫵媚，他突然皺眉說了句：「我討厭那首曲子！」

卿塵呆了剎那，幾疑自己聽錯了話，眼前這男人站在雄偉的大殿前，廣袖翻飛，神情桀驚，盯著人的目光鋒利如劍，卻說出這麼一句孩子氣的話。她斜斜揚眉打量過去，看他著實不像是在玩笑，終於忍俊不禁，笑出聲來。

夜天凌手臂緊緊將她一勒，卿塵邊笑邊道：「人在面前，偏跟一首曲子較真，你這算怎麼回事？」

夜天凌冷哼道：「其心可誅！」

卿塵聽了這話，心裡還是沒來由地一沉，遲疑片刻，道：「四哥，或者我可以去試試。」

夜天凌斷然道：「不行！」

卿塵知道商量沒用，便激他道：「你難道不相信我？」

夜天凌似能將她的心思看透：「少用這激將的法子，我不信他。」

卿塵待要再說，夜天凌目光一動，殿外衛長征求見，步履匆匆，顯然是有急事。

細雨淋得衛長征鎧甲半溼，他單膝一跪：「陛下，皇宗司遣人來報，戍衛一時看管不慎，濟王趁夜自禁所逃脫，不知去向！」

皇宗司位於皇城之內，其守衛雖略遜於宮城，卻也是戒備森嚴。濟王手中無兵且傷勢未癒，如何能從皇宗司的看守中逃出皇城？卿塵眉目間溫冷一片，暗暗思量，士族門閥根基深厚，果然不能小覷，竟連皇宗司也能做進手腳。濟王若想從謀逆的罪名中洗脫，唯一的機會便是投靠湛王軍中，反誣夜天凌挾持天帝，矯詔篡位，則湛王亦出師有名，即刻便能打破此時的僵局，兩相對決，至少勝負各半。

卻見夜天凌眼底一絲精光如亮電裂空，一閃即逝，瞬間恢復了黑夜般的深沉：「傳朕密旨，天都戍衛若遇濟王，不必阻攔，讓他出城。」

衛長征即刻領旨去辦，卿塵看向夜天凌的目光中隱含震驚。

他們要這個理由，他便給他們理由，他們想化僵局為戰局，他比他們更願意打破眼前的對峙。

他遙望夜空的神情冷傲睥睨，那是勝券在握的自信、無所畏懼的堅毅。

卿塵頓時明白濟王逃脫並不是借助了殷家或者衛家的勢力，這一切都握在他的手中。萬事俱備，他是在等待，甚至親手製造一個機會，用面前那張金碧輝煌的龍椅，引誘對手自取滅亡。

男人的天地，殺伐決斷、刀光劍影、血流成河，徒增一笑而已。

卿塵壓下翻湧的心情，緩步上前，站到他身邊。她伸手試了試不時飄入大殿的風雨，對他道：「連皇宗司都如此疏漏，可見宮城、皇城兩面也該整頓一下了，事已至此，該出宮的出宮，該換的就換吧。」

夜天凌轉頭，脣角勾出淡淡淺弧：「清兒，有妳同行，有時竟盼這山再高些、路再遠些。」

卿塵亦笑道：「山高路遠，走走看就是。真到了那絕頂，還有別的山，千山美景千山看，又何嘗不好？」

夜天凌低頭看著她道：「不錯，怎麼都好。」

夜雨略急，夜天凌將卿塵攬在懷中，避開了雨中寒氣，一起往殿內走去。

進了寢宮，卿塵將案前一疊奏章指給他：「大概都好了，只是有幾道你再看看，我拿不準。」

夜天凌在案前坐下，和她對視一眼，兩人眼中竟都有些小小的惡作劇得逞的意味。若此時有人在旁看到，定會忍不住猜想是什麼人不小心落入了他們的算計。

當真說起來，群臣罷朝也不是鬧著玩的小事。如此龐大的國家，從中樞到地方環環相扣處處關聯，上下協調才能保證正常運轉，如果忽然斷掉這麼多環節，諸事堆積如山，其影響自然非同小可。這也正是但凡有群臣擊鼓跪諫，歷朝皇帝無不如臨大敵，被迫退讓的原因之一。

但如今卻似與以往不同。跪諫當日，中書省便宣旨，六部九司可將無法定奪之事直接送達天聽，聽候天子親筆聖裁。

聖旨一出，致遠殿中奏本倍增，眾臣都等著看皇上如何能有三頭六臂獨自處理這麼多朝政。誰知送進去的奏本第二天必定決斷分明、退發各處，御筆朱墨事無錯漏，當真讓群臣瞠目結舌。更有一些臣子看了奏本朱批，竟汗顏退出了跪諫之列。據說老臣孫普讀完朱批後，闔本深嘆了一句：「國之德者，幸哉。」此後閉門稱病，未曾再至太極殿半步。

自然不會有人知道，這一筆朱批出自兩人之手。皇上沒有三頭六臂，只有一個可以信任如己的皇后而已。

夜天凌翻看了幾道奏本，卿塵親手取來一盞鏤銀宮燈放在案頭，空氣中立刻有股嫋嫋的淡香散發開來，寧神靜氣。

她見夜天凌取過朱筆在奏章上迅速寫了幾個字，再看他果然是將新帝即位大赦天下的奏請駁回了，笑著揶揄了一句：「薄涼寡恩。」

夜天凌未曾抬眸，目光專注在下一道奏章上：「我用不著赦這些作奸犯科之人以籠絡人心。」說著朱筆一揮，一份秋決的名單勾了出來，上面赫然便有邵休兵等人的名字。

如此快速處理了幾件朝事，夜天凌只覺得今晚異常睏倦，傳殿中內侍將批好的奏章取走，以便明日一早發回各部司辦理，他鬆弛了一下筋骨，往後靠在榻上閉目養神。

卿塵伸手替他揉著肩頭，夜天凌閉著眼睛握了她的手，卻不知不覺沉沉睡去。

待他睡得深了，卿塵輕輕將手從他掌中抽出，起身將案頭那盞光亮的燈火熄滅，悄聲步出了寢宮。

寢宮殿前的禁衛都是嚴密挑選過的心腹之人，其中不少來自冥衣樓。卿塵將冥執叫來，低聲吩咐：「隨我出宮一趟，不要驚動他人。」

第一一八章　無限月前滄波意

夜雨如幕，細針一般灑在深黑色的披風上。夜天湛負手站在一壁高起的山崖前，白皙的手指間玉笛被雨洗得清透，而他的人亦如這美玉，氣度超拔，風神潤澤。

他像在等待著什麼人的到來，卻又似乎沒有任何目的，只是站在這裡看著籠罩在深夜風雨中的天都。

細雨無聲，越飄越淡，先前的急促彷彿都融入了他的一雙眼眸深處，只餘一片清湛的水色，浮光微亮。

雨已盡，天將曉，他已無法再做停留，他的身後還有數十萬將士枕戈待旦，還有多少士族更迭、門閥興衰盡繫於此。

披風一揚，他轉身舉步，隱在暗處的黑衣鐵衛隨著他的動作無聲而有序地悄然離開。

該來的，不該來的，終究都沒有來。

想見的，不想見的，到底都未曾見。

他竟說不出此時心中是何滋味，隱隱有著失望，卻又好像鬆了口氣。那麼他究竟在盼望著什麼，又緊張著什麼？

沿著寶麓山脈逐漸離開天都範圍，與楚堰江相連的易水已近在眼前。夜天湛勒馬微停，轉頭遠遠地看了一眼，雨意寥落，烏雲緩收，又一個黎明便要到了。

就在這一刻，他突然聽到江上傳來縹緲的琴聲，隨著這易水江流輕濤拍岸，琴音高遠而逍遙。大江之畔，一葉扁舟獨繫。他瞬間從震驚中回神，揚鞭縱馬，疾馳而去，江水紛紛飛濺，那琴聲越來越近。

輕雲隱隱，霧繞江畔，艙內一燈如豆，淺影如夢。

夜天湛在掀起船艙那道幕簾的瞬間停住了動作，深深呼吸。江上風吹雲動，徐徐散開黛青色的天底，琴聲漸停，幕簾飄揚，一隻纖纖玉手挽起垂簾，一個白衣女子緩步走出。

她彷彿自煙雨深處輕輕抬頭一笑，雲水浩渺如她的眼波，江風輕揚是她的風姿。不該出現在這裡、讓他不敢想像的人，近在咫尺。

卿塵唇角淡噙一絲淺笑：「我聽到了那首曲子，原來真的是你。」

夜天湛看著她：「真的是妳來了。」

卿塵讓他進入船艙，看似隨意地問了一句：「若不是我，你希望是誰？」

夜天湛眼中的笑意一頓，漸緩下來：「我希望來的人是妳。」

卿塵眼角微垂，指尖拭過冰弦如絲：「我來了。」

「為誰？」

「為我自己。」

兩人間忽然降臨的寂靜令艙外濤聲顯得分外清晰，過了些時候，夜天湛打破沉默，開口問道：「父皇好嗎？」

卿塵道：「好。」

夜天湛再問：「母后呢？」

卿塵頓了頓，道：「不好。」

夜天湛眼眸驟抬，目光銳利：「母后怎麼了？」

卿塵道：「今晚之前，我有把握保她安然無恙，但過了今晚將會如何，卻取決於你。」

夜天湛一瞬不瞬地盯著她：「妳今晚來此，是為了他。」

卿塵指下用力，絲弦微低，她復又慢慢鬆手，抬手覆在琴上：「我只是來做我想做的事情。」

夜天湛眼底似有微瀾一晃：「那麼妳來見我，又是想要我做什麼？」

卿塵抬眸道：「回天都，公主入嫁的大禮、冊封九章親王的典儀都已準備妥當，等你率軍凱旋。」

夜天湛脣角那抹笑始終如一，卻漸漸參雜了雪般的冰冷：「妳是要我對他拱手認輸，俯首稱臣！」

卿塵語音沉靜：「除非你當真要與他兵刃相見，讓這些本該為國而戰的將士在天都流血犧牲，只為了搶奪太極殿上那張龍椅。更有甚者，你還要捨下自己的母親和整個殷氏家族，讓他們首先成為這場戰爭的代價！」

夜天湛猛地自案前站了起來，面色如籠薄冰。

卿塵亦徐徐起身。夜天湛似乎在極力克制著衝上心頭的怒意，迅速轉身面對艙外，背脊緊繃，肩頭因急促的呼吸而頻頻起伏。

卿塵卻緊逼不捨：「即便是放手一戰，你又有幾分把握能贏他？」

夜天湛回頭時一道精電般的目光閃落她眼底，他素來文雅的臉上此時隱有幾分犀利與冷傲：「妳以為，他真的是戰無不勝的神嗎？」

卿塵道：「折衝府十三路兵馬已經如期抵達，伊歌城內尚有一萬玄甲軍，兩萬御林軍，兩軍交鋒，勝算幾何？」

夜天湛道：「神策、神禦兩部乃是天軍精兵之重，豈是各州散騎兵馬所能抵擋？」

卿塵立刻問道：「倘若神禦軍陣前倒戈呢？」

夜天湛眼底一沉，卿塵接著道：「神禦軍十餘年來都在他統率之下，他若要調遣神禦軍，如臂使指，我不信你沒有想過。」

夜天湛神色平靜：「妳既知我必定想過，便應該知道我自會有所防範。讓他們立刻完全忠於我雖不易，但要他們為此一時而戰，我自信有把握做到。」

卿塵並不懷疑他的話，憑他在朝野的聲望，要做到此點的確絕非難事。她無法直接否認他：「你只是在賭。」

「他又何嘗不是在賭？」夜天湛雙眸中已逐漸恢復了往日溫雅，只是暗處細密的鋒銳隱隱，如針如芒，「不到最後一刻，鹿死誰手，尚難定論。我只問妳一件事，當日清和殿叛亂，傳位的旨意究竟是真是假？」

卿塵道：「傳位詔書乃是太上皇親筆所書，御印封存，絕無半絲疑義。」

夜天湛的目光似要將她看穿，她從容迎對：「自相識以來，我從來不曾欺瞞於你，現在不會，將來也不會。」

夜天湛身子微微震動，臉上難以掩飾地浮起一抹傷感與失落，他仰面抬頭，悵然嘆道：「父皇，你終究還是不相信我能做個好皇帝。」

卿塵搖頭道：「並不是太上皇不信你，而是你做得太好了。自從太子被廢之後，整個天朝從門閥士族到六品以上在京官員，大半唯你馬首是瞻。你抬手將天舞醉坊牽出那麼大的案子，卻又反手便能壓下；京隸賑災，那些門閥權貴一毛不拔，但只要你一句話，他們卻肯慷慨千金。太上皇皇子眾多，各具賢能，而舉薦太子，你獨占鰲頭。如果你是他，會做何感想？」

江風飄搖，夜天湛目光遙遙落在翻飛的幕簾之外，稍後，他面無表情地說了四個字：「危機在側。」

「不錯。」卿塵道，「鋒芒畢露，幾可蔽日，太上皇豈能容得？而最先看出此點的便是鳳衍，所以他慫恿溟王上了一道摺子。」

夜天湛俊眉微擰，忽然轉身：「那道請旨賜婚的摺子！」

卿塵輕輕頷首，低聲道：「是。鳳衍此人工於權術，城府極深，他深知用什麼辦法能使你步入沒有退路的境地，也清楚你不可能對此坐視不理，而你果然沒有退步。」

夜天湛眼梢輕挑，脣間一抹笑痕卻淡薄，隱含苦澀：「我不可能退步，若不如此，妳豈非變成了溟王妃？」

「其實太上皇也顧忌鳳家，那時候，他未必會將我指給溟王。反而是你們兩個同時求旨，使他心中警覺，才將目光放到了別處。」

隨著卿塵的話，夜天湛臉色漸漸有些發白：「妳是說，是我親手將妳推給了四皇兄？」

卿塵靜靜道：「不，那是我自己的選擇。我不喜歡受別人的左右，所以我說服了一個人幫我。」

夜天湛略一思量，立刻道：「孫仕！」

卿塵欽佩他心思敏銳，點頭表示正確。夜天湛道：「孫仕對父皇忠心耿耿，他怎麼可能這樣幫妳？」

卿塵道：「只因他深知在大正宮中，務必要給自己留一條後路。」

夜天湛道：「妳的意思是，父皇從那時起就已經做了決定？」

卿塵道：「我不知道，那一切只是猜測而已。我只知道太上皇最後做出的那個決定，御筆朱墨，寫在詔書之中。」

夜天湛滿是遺憾與痛楚的目光籠在卿塵身上，感慨道：「卿塵，這便是妳與其他女子的不同，我所愛所敬，便是這個妳，若得妻如妳，天下又如何？」

卿塵只覺得心間五味雜陳都化作了歉意重重：「你當時不該做出那樣的決定，尤其是為我。」

夜天湛聽了此話，突然揚眸而笑，溫文之中盡是堅定不移：「不可能，即便是時光倒轉，我還是會上那道請旨賜婚的摺子。」

卿塵深深望著他：「那現在這一刻，也是你的堅持嗎？」

夜天湛靜默不語。卿塵側首垂眸，低聲再問了一句：「你也不在乎，為此將付出什麼嗎？」

夜天湛語氣中帶著莫名的蒼涼，脣間每個字都似格外沉重：「二十餘年，我已經付出了很多。」

他意外地見卿塵身子微微晃了晃，當他急忙伸手扶她時，卻見一道晶瑩的淚水，緩緩沿著她的臉龐滑下。卿塵刻意仰頭避開他，慢慢道：「你只是付出了努力，卻未曾嘗過自己的親人、骨肉為此而離去的滋味。是的，既然是自己選的路，所有一切便沒有後悔的餘地，也不可能回到過去重新選擇了。我只有努力去爭取，我不想看著你們任何一個人再離開我，不管是因為什麼。」她倔強地抬著頭，但是眼淚偏不爭氣地紛紛墜落，碎如散珠，濺在夜天湛手背之上，卻燙如滾油。

一行清淚，滿身蕭索。這一刻的她似乎格外柔弱，如同一枝秋霜中的荻花，瑟瑟淒然，楚楚難禁。夜天湛心中既急且痛，手臂一緊將她帶入懷中，低聲安慰。

卿塵此時分不清心中是什麼滋味，只是很久以來埋藏至深的悲傷突然間無法壓抑地翻湧上來，便如千里之堤裂開一絲薄紋，轟然崩潰，洪水排山倒海般將人沒頂捲入，再難抵擋。她被動地抵在夜天湛肩頭，他的衣服上有些許雨水冰涼的氣息，與她的淚水交織，然而懷中卻溫暖深深。他抬手撫著卿塵的後背，動作輕柔卻又顯得生疏無措。卿塵從來沒有發現，原來她如此害怕他和十一一樣，消失在她生命中，再也看不見，再也找不到。她不知道自己是否還能承受再一次的生離死別，如果可以阻止這一切的發生，她願意傾盡全力。

夜天湛抱著她微微發抖的身軀，柔聲道：「卿塵，不怕，還有我在。」

卿塵竭力壓下心頭那股悲哀，輕輕退了半步。夜天湛並沒有強迫她，鬆開手，替她拭乾眼淚：「我派人從西域送回來的藥，妳收到了嗎？」

卿塵點頭。那次意外之後，她曾有很長一段時間十分虛弱。夜天湛當時人在西域，卻對天都之事瞭若指掌，曾派人千里迢迢飛馬送回一批西域特有的珍貴藥材，其中一朵天水冰蓮只有在極寒之地才生長，是十分罕見的靈藥。張定水看過以後如獲至寶，用以入藥，卿塵服了果見奇效，身子才慢慢有所恢復。此事就連夜天凌也十分感激，曾特地派人去湛王府轉達謝意。

一陣微風穿入船艙，帶來些許涼意，夜天湛仔細端詳卿塵的臉色。「藥管用嗎？」他再問。

卿塵道：「藥效很好，多謝你。」

夜天湛溫和一笑，卻又冷下神情，沉聲含怒：「究竟怎麼回事？他難道就是這樣照顧妳的，竟然會允許這種事情發生？是不是三皇兄和五皇兄，他們用了什麼卑鄙手段？」

出事之後，凌王府對外只是宣稱王妃意外小產，知情人少之又少，所以夜天湛也無法盡知事情原委。卿塵不想再提舊事，只是慘然道：「空造殺孽，必折福壽。這並不怪他，他平安無事，已是不幸中的萬幸。」

夜天湛皺眉：「妳就這麼護著他，即便是拿自己的命換他的命也情願？」

卿塵眸光沉靜：「百世修得共枕眠。既是夫妻，不管他要做什麼，我一定會站在他身邊。若連我都不能這樣對他，還有誰能呢？」

夜天湛看著她，若有所思，突然問道：「那對我呢？妳心裡，是不是只有他一人？」

卿塵幽幽而笑，淡淡答道：「我今晚背著他出宮，你以為我只是為他嗎？若你們當真兵戎相見，你有幾分把握贏得了他？」

夜天湛眸色漸深，卻脣角微揚，似玩笑，似認真：「妳難道就沒有想過，倘若我把妳扣留在身邊會怎樣？」

卿塵仍舊笑著：「若如此，你就不是我認識的夜天湛了。」

「妳認識的我又是什麼樣？」

卿塵沒有看他，將目光投向外面。穿過幕紗飄揚似乎看到了輕霧飛繞、雲月半照的江面，她像是沉醉在自己的思緒中，慢慢道：「君子如玉，明玉似水。」

夜天湛仰首閉目，笑嘆：「卿塵，妳這是要我的命啊！」

待睜開眼睛，他深深凝視著眼前這個女子，那眼中浮光幽暗，彷彿方才落入其中的雨絲都悄然浸透出來，帶著些許憂傷與執著逐漸蔓延到人心口，漾得滿滿的，輕涼而澀楚。

卿塵只覺得心臟沉重又艱難地跳動，幾乎無法再承受他的目光。他看著她，彷彿要將接下來的話烙在她心底：「我曾問過妳，如果我願盡我所能給妳所有想要的，妳可願答應。我夜天湛只要對妳說過的話，就一定會做到，無論結果如何，我都會去做。這一生只要妳想要的，我便給妳，今天妳要的，我答應妳。」

卿塵心中悲喜交集，無法相信她聽到的話，亦不知該對他說什麼。他輕輕低頭在她耳邊：「回天都去，明天，等我凱旋。」

他的呼吸吹過她的髮際，絲縷糾纏。卿塵幾乎可以聽清他的心跳，如艙外大江波濤，層層擊岸，由緩漸急，忽然飆風排空，濁浪滔天。他猛地將她帶入懷中，俯身吻上了她的唇。

清新而溼潤的柔唇，她整個人似乎化作了一縷微苦的淡香，一道冰涼的溪流，慢慢織成細密的天羅地網，將他禁錮在中央，畫地為牢，無處可逃。

然而他不想逃，這任憑感情毀滅所有理智的剎那，無日，無月，無星，無光，彷彿世界到了盡頭。他只是夜天湛，她只是鳳卿塵。無關其他，無關過去與將來，無關生與死、悲與喜、對與錯，無關這蒼蒼茫茫、愛恨紅塵。

他脣間炙熱的溫度與雨意風涼瞬間交撞衝上了頭頂，卿塵霍然抬眸，目光落在夜天湛臉上時他立刻察覺。

四目相對，明眸透澈，如一泓冰冽的秋水，清冷如澌。

夜天湛手上力道加重，眼中幾乎帶上了狠厲的深沉。卿塵以一種冷靜到極致的眼光默默凝視著他，他忽然從這雙眼睛裡看到了別人的影子，那樣固執地存在於幽深底處，一天雪水，漫空罩下。

江風刺骨，他脣邊生出一絲浸滿了澀楚的苦笑，終於緩緩放開了她。

燈下，陰鬱如烏雲，完全遮蓋了他明湛的眼眸，夜深，雲重。

幽暗的冷焰光影輕搖，似隔著萬水千山，兩兩相望，無聲無言。

卿塵眼中盡是愧疚，看在夜天湛的眼裡卻如冰凌鑽心。此時此刻，他寧可她憤怒斥責，也不願看到她這樣的眼神。

慘然一笑，笑黯天地，他驀地轉身，往艙外大步而去。

幕簾紛亂，江深霧濃，卿塵默默回首，久久望著那道修長的背影消失在一片空濛遠處。他卻似乎越走越近，徑直步入了她的心底，停駐，永存，與那最柔軟的一處血肉相融。

黎明悄然而至，天邊遙遠的晨曦滲出一線若有若無的輕光，緩慢而清晰地透過白霧茫茫，終於綻放出霞光萬道。江風颯颯，輕舟順水，卿塵站在船頭舉目遠望沐浴在天光中宏偉的天都，這一刻，歸心似箭。

＊

七月甲申，籠罩伊歌城數日的陰雨消停，金日耀空，光芒遍灑大地。自通往皇城召和門的玄武大街開始，數十里潑金飛彩的錦毯遙遙鋪道，金旗迎風，御林禁軍十步一衛，直通往天都外城。

百官雲集，時間一點點接近午時，這多日之前便為湛王回京而備下的盛大典禮，現在卻誰也不知將是什麼局面。

前來迎接的朝臣中，湛王一派的人個個面色木然。湛王下令羈押濟王、遵旨入城的消息傳來時，衛宗平頓足長嘆，殷監正呆立在太極殿前，嘔出一口鮮血，當場昏厥過去。

此時所有人心裡都只有一個疑問：湛王，他何以突然放手言和，情願稱臣階下，讓近日一切努力付諸東流？

午時整，隨著幾聲禮炮高鳴，天都乾門緩緩打開，萬眾矚目的城門處，湛王緩步而入。

他未著甲冑，甚至未穿親王常服，一身水色長衫藍若晴空明波，纖塵不染，飄逸清華。他不曾騎馬，徒步邁上柔軟的錦毯，孤身一人，未有一兵一衛跟隨其後。本該隨行入城的四十萬鐵騎以及迎送公主的使團全部留在城門之外，原地靜候。

沿途金甲禁衛明戟亮戈，耀目光寒，原本整個天都都籠罩在肅穆與森嚴的陣勢下，卻因他的出現突然化作一片雲淡風輕。偌大的伊歌城陷入絕對的安靜，似乎天地間只有那一片湛藍的衣角隨著他從容不迫的腳步輕輕飄揚，如在閒庭。

他走得並不快，步履徐緩，神色平靜如玉，脣邊隱帶微笑。

長路盡頭是代表著至尊皇權的華蓋龍幡，天威浩然，昊帝親至召和門，將在此冊封湛王為九章親王。天子儀仗之下，昊帝負手獨立，身形峻峭，玄袍之上九龍騰雲，盡顯王者風範。

通天大路上，湛王步伐孤單；路之盡頭，昊帝形貌清冷。

獨行孤立，他們間的距離越來越近，彼此鎖定了對方的眼睛。目光交撞的剎那，半空中炙熱的陽光如結薄冰，迫得萬人噤聲，盡皆心寒。

空氣凝重得似能用刀切開，湛王脣邊笑意卻更深，而昊帝臉上竟也出人意料地掠開薄笑一縷。

孤獨處忽逢對手，雙方的精神似乎不約而同地陡然攀上前所未有的巔峰，彷彿無形之間兩柄利劍，龍吟聲起，那是對於決戰一刻的渴望。

湛王舉步邁上最後一層臺階，臨風卓立。四周只聞衣衫金旗獵獵輕響，這瞬間的停步卻讓文武百官覺得漫長無期，須臾，只見湛王含笑輕撩前襟，跪拜：「臣，叩見吾皇萬歲！」

昊帝亦淡淡抬手：「七弟辛苦了。」

掌儀侍官急忙高聲通報儀程，大典終於有條不紊地按著預期軌道緩緩開始。

鐘磬鼓樂聲中，當湛王自昊帝手中接過那代表天朝親王最高封爵的九章紋劍時，立在御駕旁的衛長征清楚感覺到一股濃重而鋒銳的殺氣。

他霍然警覺，抬手迅速壓上腰間劍柄，卻只見昊帝面如平湖，湛王顏若和風。什麼都沒有發生，典禮按部就班地進行著，一切平靜如初。

那股強烈至極的殺氣同時來自於持劍對峙的兩人，那劍因此寒意陡生，直逼眼睫，卻終究未曾出鞘。

午時二刻，禮成。

風和日麗，瑞雲呈祥。這兵息干戈的一拜，低下的是錚錚傲骨，高貴與雄心，換來的是四宇安定，江山依舊風流。

第一一九章 一川明輝光流渚

含光宮中，幾個宮女依次跪捧著九翟鳳冠、釵鈿襢衣、金絲織繡真紅霞帔、褙子、中單等冠服環繞四周，一個掌儀女官在旁詳細地奏報著幾日後冊后大典的儀程。

繁複的衣料窸窣輕響，不時夾雜著玉墜環佩叮咚，靜靜迴盪在寢殿深處。碧瑤正和兩個侍女幫卿塵將冠服之後雲紋飄曳的霞帔整好：「娘娘，正合身呢。」

卿塵輕輕抬手示意身旁的女官停下，轉身問道：「多長時間？」

女官答道：「回娘娘，整個大典共三個時辰。」

卿塵眉梢微緊：「這麼久？」

女官恭敬地道：「此次是陛下冊后的正典，所以時間格外長些。」

卿塵微微頷首：「知道了，妳們下去吧。」

待掌儀女官退下，有侍女進來稟道：「娘娘，陛下今晚傳膳含光宮。」

卿塵應了一聲，碧瑤忍不住驚喜，問道：「娘娘，尚衣監昨日送來那幾件新製的宮裝都很是用心。那件茜紅底子的就很不錯，顯得有精神，不過我記得有件流嵐色繡木蘭花的也好，既貴氣又雅致，我讓她們都拿來看看可好？」

卿塵此時只穿了件杏色軟絲中衣：「不必了，我有些冷，把那件披帛給我。」

碧瑤反身取了披帛替她搭在肩頭，一襲雲色婉轉，雙肩若削，盈盈瘦弱，卿塵隨意靠在鳳榻上，絲毫沒有起身梳妝更衣的意思。

碧瑤忍不住催她：「陛下一會兒就到了，娘娘不換衣服嗎？」

卿塵抬眼應了一句：「他是來看衣服的？」

碧瑤愣道：「當然不是。」

卿塵復又闔眸。

碧瑤不由替她著急，勸道：「娘娘，都幾天了，陛下現在分明是先行和好，您就服下軟吧。」

卿塵閉目不語，那日她外出回宮，未入上九坊便遇上衛長征等帶著玄甲軍尋來。護城水師竟出動了虎賁戰船，楚堰江中森嚴一片戰備狀態。回宮後只見夜天凌臉色鐵青，一句解釋也不聽，當即命將冥執等隨卿塵出宮的侍衛各掌二十軍棍。卿塵極力阻攔，他冷冷無視，殿前一片杖擊之聲，鮮血橫飛。卿塵恨極，一怒之下拂袖回宮，已經幾天沒和夜天凌說過一句話。夜天凌亦不似往常每日來含光宮就寢，再加上朝事繁多，兩人倒真像就這麼生疏了，只看得碧瑤她們暗暗著急。

碧瑤見卿塵這般倔強，低聲再勸：「內廷司都已經上了添選妃嬪的議章，陛下畢竟是天子，您這樣怎麼能行呢？」

卿塵那晚在江上著了點風寒，這幾天一直不太舒服。剛才被那些冠服折騰了半天，此時只覺周身乏力，聽了此話不免更添煩悶，閉著眼睛道：「我睡一會兒，陛下來了妳再叫我。」

碧瑤見她十分睏倦，又深知她的脾氣，也不能再多說什麼，只得仔細關了花窗，悄聲退出。

碧瑤走了後，卿塵卻翻來覆去地睡不著，索性起身攏著披帛坐在那裡。面前銅鏡映出她的容顏，她漫無目的地垂眸看著雲帛散開在腳邊，那絲絲入扣的紋路看在眼中卻不時有些模糊。她抬手撐著額角，突然瞥見銅鏡中多了個人影，不知何時出現在那裡，站在她身後不遠處。

青衫淡淡，她看不清他臉上的神色，卻能感覺到他目光深邃，靜靜望著鏡中的她。

寢殿中長明的宮燈輕微一跳，卿塵低聲輕嘆，站起身來。不料眼前竟猛地一黑，她急忙伸手去扶鏡案，誰知卻正按在打開的妝奩之上。玉聲亂響，鳳簪翠環飛落一地，夜天凌已經疾步上前將她扶住。碧瑤她們被東西落地的聲音驚動，匆忙趕進來，只見滿地狼藉，皇上抓著皇后的手一臉怒容。

隨後而來的宮娥內侍跪了一地，都不知道發生了什麼事，誰也不敢說話。只有碧瑤戰戰兢兢叫道：「陛下，娘娘……」

卿塵一陣暈眩過去，見碧瑤等人都十分惶恐地看著他倆，緩聲道：「這裡沒事，都下去吧。」

碧瑤心裡七上八下的，看這樣子倒像是兩人真吵起來了，卻又怕貿然相勸適得其反，斗膽說了句：「陛下，娘娘身子不舒服，您……」

卿塵眸光淡淡往這邊一掃，碧瑤便不敢再說，無法可施，只好帶著眾人暫時退出殿外。

卿塵靠著夜天凌的攙扶坐下，夜天凌不悅道：「覺得不舒服怎麼不宣御醫，妳這又是跟誰賭氣？」

卿塵眸色一黯，無心和他爭吵，只道：「不過是剛才試冠服站得久了有些累，這些鳳冠霞帔看來並不適合我。」

聽她這麼說，夜天凌臉色微沉，這幾天心裡壓抑的火氣不禁被勾起苗頭，隱隱便要發作。

兩人僵持著，殿中一時異常地安靜。

卿塵倚著鳳榻，倦倦闔上眼眸。她原本便是強打著精神，現下更覺得胸口滯悶，忍不住頻頻咳嗽。突然一隻手覆上額頭，接著便聽夜天凌慍怒的聲音道：「傳御醫！」

卿塵自己清楚這症狀，待要說不用御醫，卻又不想和他爭辯，便任御醫趕來請脈開藥，不一會兒侍女們先奉了薑湯上來。

她素來不喜薑湯的味道，卻在夜天凌的注視下端起來一飲而盡，將玉盞擲回盤中，轉身向內靜躺著。侍女們細碎的腳步陸續消失在殿外，四周空空蕩蕩便顯得格外冷清，卿塵身上卻搭來薄衾：「怎麼，背著我做出那麼大膽的事，還跟我發脾氣？」夜天凌話語低沉，頗為不悅。

卿塵並不後悔那晚出城惹得他不快，道：「我若做錯了，你罰我便是，為何卻拿冥執他們出氣？何況我已經回來了，四十萬大軍平安入城，我又哪裡做錯了？」

話未說完，夜天凌劍眉猛蹙，伸手硬將她從榻上拉起來面對自己，怒道：「妳若是回不來呢？我夜天凌十餘年鐵血征戰，踏平山河萬里，區區四十萬大軍能奈我何？用得著妳夜出天都，孤身犯險？妳是怕我輸了這一陣，還是怕他喪命於我劍下？」

他幾乎是聲色俱厲，目光嚴邃冷冽，迫得人如墜冰窖，卿塵脫口便道：「我確實是怕，我怕你們任何一個再變成第二個十一！」

夜天凌臉色猛地僵住，額前青筋隱現，眼中的凌厲卻在一瞬間灰飛煙滅。

說出這話，卿塵也呆了片刻，轉而側首垂眸，滿身盡是黯然：「當年擊鞠場上和你並肩作戰的五個人，如今只剩下他和十二了。你若真的信我，就不該惱我，我雖是膽大行事，卻也是深思熟慮過。現在非但你與他安然無恙，近百萬將士也不必自相殘殺，這些許冒險難道不值？」

夜天凌狠狠攬著她，眸中戾氣低沉：「若不是因為信妳，我當晚便已下令揮軍平叛。我雖信妳有把握全身而退，但妳若當真有所閃失，天都中豈止是血流成河的局面？但那有什麼用？難道還能再有奇蹟，再讓我隔著千年萬年遇到一個甯文清，或是一個鳳卿塵？」

他霸道得不給人絲毫喘息之機，那字字句句像是叢叢炙熱的火焰，灼得人心中又暖又痛。卿塵向來言詞不輸於他，此時卻說不出話來，只緊緊攥著他的衣襟，觸得他的心跳在手底起伏不平，當真是怒極。

卿塵愣愣問，只聽他再道：「這江山王位，不過就是遊戲一場，我豈會用妳的安危去換取，又豈容他人覬覦於妳？我若連自己的妻子都保護不了，還談什麼天下！」

卿塵心裡早已柔軟一片，面上卻不服軟，下頦微揚：「我既然是你的妻子，難道還怕這點風險？我若連自己都保護不了，又憑什麼做你的妻子？」

夜天凌一怔，頓時哭笑不得，又氣又恨：「是我的妻子就得聽我的，妳要是再敢背著我自作主張，我……」

他說到這裡頓住，卿塵修眉一挑，問道：「你怎樣？」

夜天凌見她眸中黑盈盈一片，盡是柔情暖意，近在眼前地這麼看著他，硬將那滿腔怒火包圍、纏繞，寸寸化作了無奈。他終於長嘆一聲，將她擁入懷中：「老天怎麼送了妳這麼個女人來！」

卿塵頭抵著他的肩膀，幽幽道：「我這女人既讓你如此不滿，他們已準備了天下美女供你挑選，想必總有善解人意的。」

夜天凌微怔，扳過她身子問道：「什麼？」

卿塵淡淡抬眸，看著他：「內廷司已擬好了添選妃嬪的標準，六宮中一后、四妃、九嬪之下，婕妤九人，美人九人，才人九人，寶林二十七人，御女二十七人，采女二十七人。八品之下六局二十四司掌儀女官各四名，司二十八人，典二十八人，掌二十八人，其他無品級女官人數不定。」

夜天凌聽得大皺眉頭：「什麼時候的事，我怎麼不知道？」

卿塵道：「議章兩天前便送致遠殿了，你難道沒見著？」

夜天凌失笑：「沒留意，光那些朝事的奏章還不夠我看？哪有時間看這些。」

卿塵見他眼中倦色淡淡，想必又是幾夜未曾安眠，不忍再與他計較這些，只是靜靜與他相擁。夜天凌撫著她披瀉肩頭的長髮，良久，突然一笑：「明天下旨讓內廷司整頓宮闈去，免得他們沒事找事做。」

卿塵笑笑不語，往他懷中靠了靠，他身上溫暖的男子氣息淡淡籠下來，彷彿驚濤駭浪裡一灣平靜的桃源。該說的話她早就說過了，不必再重複。他不曾信誓旦旦地給她任何承諾，只是他懂她要什麼，有些事情他會去做，他會護著她，她知道。一股倦意壓了過來，她閉上眼睛，留戀於熟悉的懷抱，什麼都不再想。

夜天凌不料卿塵就這麼依偎在懷裡睡去，頗為無奈，輕輕伸手撫摸她的臉龐，此時此刻心中卻只餘愛憐。

氣她恨她，卻又豈會不知她為何甘冒奇險？她從來就不是他的弱點，她是與他心心相印的知己，風雨同舟的伴侶，一路相隨，一生相伴，因彼此而精采，共比翼而同輝。他就這樣低頭看著懷中的人，安靜不動。幾天來的冷淡一旦揭開，才發現原來心裡眼裡早都是她的影子，再看一生也看不夠，什麼三宮六院、嬌娥粉黛，都不及她一顰一笑。

這世上有了她，他眼中便只有她；這世上若無她，他便一無所有。

過了些時候，卿塵正睡得昏昏沉沉，晏奚在殿外求見。夜天凌沒說話，只是示意他進來。

晏奚到了榻前，怕驚動卿塵，壓低了聲音稟道：「陛下，湛王求見殷娘娘，已經來了快兩個時辰了。」

夜天凌皺眉，沉聲只說了一句話：「讓他回去。」

夜天凌即位後，加封太后為太皇太后，追封蓮貴妃為和惠皇太后。天帝的妃嬪中，除了蘇淑妃晉為皇太妃外，都依例送往千憫寺居住。殷皇后雖是正宮娘娘，卻沒有受到尊封，如今遷居清泉宮，身分頗為尷尬。湛王回京後曾數次請見母后，都未得准許，晏奚看皇上的臉色，心知多說無益，正欲退下，卿塵卻聽到聲音醒了過來：「晏奚，慢著。」

晏奚躬身留步：「娘娘。」

卿塵垂眸思忖片刻，對夜天凌一笑，赤足步下鳳榻，站在案前寫了幾個字，回頭吩咐晏奚：「帶給湛王。」

晏奚遲疑地看向夜天凌，夜天凌下頦輕抬，他便取了箋紙，退出含光宮。待進了致遠殿偏殿，便見湛王負手站在窗前，午後的陽光穿窗落在他身上，耀得那身親王常服上的五爪雲龍栩栩如生，背在身後的手穩持，清雅的面容淡定。他平靜地看著御苑中草木葳蕤，秀水碧流，似乎從晏奚走後便一直這樣站著，分毫未動。

聽到腳步聲，夜天湛回頭看去，晏奚上前道：「王爺，陛下現在含光宮，恐怕一時不會回來。」

尚未抬頭，便感到一道明銳的目光落在身前，湛王溫潤如冰絲的聲音淡淡響起：「本王在這裡等。」

晏奚抬眼看去，只見湛王已然重新看向窗外，眼前唯餘背影挺拔。他將箋紙呈上，再道：「這是皇后娘娘給王爺的，請王爺過目。」

夜天湛意外地回身，接過箋紙展開，上面只寫了四個字：視如我母。

清墨烏亮，化作他眼中一絲震動。他雖然一直見不到殷皇后，卻也知道殷皇后除了名分上未得晉封之外，一切吃穿用度皆保持先前皇后之例，不曾有分毫更改。既然有卿塵在，他倒不擔心母后會受委屈，此事也不能操之過急。他沉思良久，脣邊逸出一絲極輕的嘆息，沒再說什麼，只是終於轉身舉步離開了致遠殿。

＊

晏奚走後，夜天凌沒問卿塵剛才寫了什麼，也沒有起身，扶著膝蓋又坐了一會兒，方才慢慢站起來，只一動，便暗中抽了口冷氣。

卿塵看他神色便明白了怎麼回事，忙說：「快走走，活動下氣血。」

夜天凌一邊活動著肩膀，一邊回頭，忽然輕輕一笑，深眸中滿是戲謔的意味。

卿塵有些臉紅，低了頭又從睫毛下瞥他，終於忍不住又問：「好些了？」

夜天凌血氣在全身流轉一周後，那種痠麻的感覺逐漸消退，笑著揚聲吩咐道：「來人，掌燈！」

立刻便有兩排緋衣侍女魚貫而入，每人手中都捧著一盞青玉纏金燈，步履輕巧，將寢殿中燈火一一點燃。

夜天凌轉回卿塵身前，伸手試試她額頭：「要不要再睡一會兒？這幾天養好精神，待到冊后大典，天下人可都看著妳呢。」

卿塵睡時出了一身汗，身上雖略微輕鬆了些，卻仍舊軟軟乏力，靠回鳳榻之上，問道：「怎麼突然要舉行什麼冊后的大典？這些日子我都快要被那些女官折磨死了。」

夜天凌指尖撫過她修長的黛眉，淡笑道：「我要昭告天下，妳是我的妻子。」

卿塵悠然笑問：「難道沒有冊后大典，我就不是你的妻子了？」

夜天凌道：「不一樣。」

卿塵淡聲道：「怎麼不一樣？你是夜天凌也好，是王爺也好，是天子也好，對我來說不過是我的夫君，就這麼一個人，都一樣的。」

夜天凌躺在她身邊，一隻手墊在腦後，目光遙遙望出去：「清兒，這天下只要是我的東西，便是妳的；只要能給妳的，我都要給妳。我的妻子，我不要她有半分委屈或是遺憾。」

卿塵以手支頤，長髮散垂在他臉側，隨著她側首淺笑的動作，微有蘭若的清香。他伸手穿過那道墨色的幕簾，如同穿入了神祕的夢境，她的美無處不在，無處可藏。

卿塵抬手與他十指相握，貼在面頰旁，微笑道：「你待我的心意，我知道便足夠，不必非讓別人也清楚。四哥，你讓他們把冊后的典禮取消了吧，我想要的，你早已給了我，我並不在乎這個。這一次大典，前後耗內銀近十萬兩，勞師動眾，卻不過只是給天下人看個風光。如今北疆戰亂方休，百事待興，穩定西域、南治大江都等著國庫的銀子，有多少人盼著我們顧此失彼。十萬兩銀子雖不是什麼大數目，卻還是用在刀口上更好。再說，我也實在沒精神應付那些禮儀，不如讓我清閒一日更好。」

夜天凌靜默片刻：「妳若堅持不要，便依妳。我今天看了他們的奏本，那些儀程確實太過煩瑣，正想問妳的意見。外面暑氣太盛，妳身子又不舒服，我也怕妳吃不消。」

卿塵心滿意足地柔聲道：「如此多謝聖上恩典。」

夜天凌垂眸看她，揚眉淡笑：「免了。」他抬手擁著卿塵，卿塵見他許久不說話，似乎有什麼事情想得出神，不由問道：「四哥，你在想什麼？」

夜天凌轉頭看向她，雙目熠熠，精光懾人，先前的些許疲憊早已蕩然無存：「清兒，妳可知我有多少事想做？」他伸開手掌在面前徐握成拳，「這帝王之業不在手握王權的一刻輝煌，而在於盛世大治、國富民強。給我十年之期，我不會讓妳、讓我的臣民失望，甚至我的對手，也必以與我對敵為榮。」

卿塵彷彿看到了昔日大漠飛沙，千軍萬馬前他睥睨群雄的一刻，他冷對眾生，他雄心萬丈。這個男人征服了她，亦征服了天下；她征服了這個男人，亦與他攜手，共赴天下。

「四哥，一山盡處是一山，峰高路險，正是好風景，我已經忍不住想去攀登遊覽了呢！」

夜天凌擁她在懷，長聲笑道：「今日天朝有帝如我，有后如妳，必將千古傳頌，萬世景仰。妳我此生痛快！」

卿塵笑摟著他的脖頸，笑靨如花，吐氣如蘭，夜天凌一瞬不瞬地注視著她，忽然翻身吻住了她柔美的紅唇。卿塵星眸輕闔，調皮地伸手探進他的衣衫，指尖溫軟，沿著他的脊背流連輾轉，一路滑下。

夜天凌呼吸逐漸急促，低聲道：「清兒。」卿塵含糊地應他，溫香軟玉，雪膚凝瓊，蘭芝般的清香纏綿，誘人心悸。她肌膚間的溫度沿著他掌心的輕撫燒起愛戀纏綿，他卻突然將頭埋在她頸間懊惱地嘆息一聲，撐起身子坐在榻邊，背對著她。

卿塵十分奇怪，勾住他的腰探身過去，詢問地看他。

夜天凌一把蒙住她的眼睛，深深呼出一口氣：「身上還發著熱，好好躺著去。」

卿塵一愣，隨即笑著蹭往他懷裡，夜天凌緊攬著她，聲音微啞：「別鬧，要是睡不著了，就陪我看會兒奏章。斯惟雲的摺子今天送來了，妳也看看，有幾條建議很不錯。」

卿塵聽他這麼說，便不鬧他了。夜天凌命人去致遠殿將奏章取來此處，傳了晚膳。用過膳後，他坐在案榻前專注於未盡的政務，卿塵便靠在近旁細細翻看斯惟雲的摺子。

兩人不時交談幾句，不覺夜入中宵，宮燈影長，滿室靜謐，偶爾無意抬眸，目光相遇，會心一笑。

第一二〇章　桂宮長恨不記春

翌日，殿中內侍傳昊帝旨意取消了原訂於月末的冊后大典，鳳衍聽說後，心下不免泛起隱憂。

近日來宮中多有帝后不和的說法，據傳言昊帝曾在含光宮大發雷霆，似乎為的是湛王之事。鳳衍在中書省值房內負手踱步，中宮皇后，這可是鳳家最大的依恃。當初她遠湛王，棄溟王，一手替鳳家選中出人意料的凌王，現在大局初定，她卻在這當口因湛王與之失和，豈能教人不生擔憂？

再過幾日，天氣日漸炎熱，帝后同赴宣聖宮避暑。昊帝卻只在行宮逗留了一天，第二天便起駕回宮，將皇后獨自留在宣聖宮。

如此一來不但鳳衍心中疑惑，人們都開始議論紛紛。從當年的種種傳說到如今凌王登基、湛王回京，多數人都猜測皇后不過是昊帝牽制湛王的棋子，或是鳳家聯姻皇族的手段。更有不少人唏噓湛王愛美人不愛江山，嘆有情人難成眷屬。

這些傳言卿塵並非沒有聽到，卻充耳不聞，自在宣聖宮靜心休養。那次意外之後她身子越發不如從前，些許風寒竟反覆難癒，接連數日低熱不退。夜天凌甚為擔心，仔細問過御醫後，親自送她到宣聖宮靜養。

卿塵不耐煩宮中御醫隨侍，夜天凌也不堅持，只派人去牧原堂將張定水請來，要他在行宮小住一月。卿塵不由笑他小題大做，但平時與張定水談醫論藥，倒十分愜意。既無事煩擾，心情又輕鬆，身子便大有好轉。

靜苑幽林，三兩盞淡茶，清風白雲，流水自在山間。轉眼盛暑已過，卿塵覺得精神漸好，便準備回鑾天都，只因入秋之後不久，便是太皇太后大壽之日。

此次大壽宮中原想熱鬧慶祝一番，但太皇太后自去年冬天便臥病在床，身體衰弱，已沒有精力出席壽筵大典，只命一切從簡。

當日大正宮中政權更迭，夜天凌早早便調撥御林禁衛駐守延熙宮，是以外面天翻地覆，卻也不曾驚擾到太皇太后。只是事後太皇太后得知天帝與汐王、濟王的情況，不免傷心。卿塵雖醫術精湛，卻也只能治病醫痛，並不能阻止衰老，皇宗司私底下已經開始籌劃殯儀，只恐怕太皇太后與太上皇都熬不過今年冬天，到時候手忙腳亂。

到了大壽那日，文武百官在聖華門叩祝太皇太后慈壽福安，延熙宮女官宣太皇太后懿旨，頒下賞賜，免外臣覲見。蘇太妃與皇后率內外命婦、二品以上臣工內眷入延熙宮朝賀。獻禮、祝壽之後，各命婦、夫人依序退出，只留內宮妃嬪及諸王妃賜宴。

早朝一過，夜天凌便直接趕來延熙宮，灝王、湛王、漓王亦隨後而至。太皇太后由侍女扶著自寢宮走出，夜天凌見皇祖母步履艱難，顫顫巍巍，明明是喜慶的日子心中卻沒來由生出傷感，斂了神情，快步上前親自攙扶。

太皇太后握了夜天凌的手，看著灝王幾個兄弟趨前叩請皇祖母壽安，突然長嘆一聲：

「今年人少了，明年皇祖母不知還能不能再見著你們來賀壽。」

眾人笑意都是一滯，四周略見沉悶，卻接著便聽夜天湛朗朗笑道：「皇祖母不見今年還多了人嗎？」

笑語春風，將凝滯的氣氛頓時帶了過去，眾人的眼光也被吸引到他身旁的女子身上。

那女子見夜天湛微笑對她頷首，便移步上前。她身材窈窕，婀娜修長，薄紗半遮面容，讓人看不太清她的模樣，但露在外面的那雙眼睛卻明亮嫵媚，顧盼間風姿盡現。

這正是于闐國朵霞公主，大家都往朵霞看去的時候，昊帝目光卻只在她那裡一停，隨即看向湛王，而與此同時，湛王也正向他這邊看來。兩人視線半空相遇，似乎在那一瞬間達成了某種心照不宣的共識。

湛王攜于闐公主回天都之後，朝中形勢一直處於一個微妙的臨界點。大臣之間明顯分為兩派，擁護湛王之人並不減少，相反的，湛王息戰止兵之舉更讓眾人稱頌，甚至一些軍中將士也敬服湛王統御軍隊、愛惜士兵，紛紛以「賢王」稱之。湛王這番以退為進收穫奇效，奪嫡宮變的刀光劍影逐漸淡去，一場沒有硝煙卻更為凶險的戰爭正緩緩拉開帷幕。

只是此時，無論是昊帝還是湛王，卻沒有人願意將這些在太皇太后面前表露半分。

朵霞大大方方地上前給太皇太后賀壽，她漢語說得很不錯，語調明朗輕快，入耳動聽。太皇太后見了朵霞這般形貌，憶起些許往事，對蘇太妃道：「這倒讓我想起一個人來。」

蘇太妃心知說的是誰，當年天帝帶著茉蓮公主回京時的情景亦清楚地浮上心頭，她柔聲道：「母后，隔著這面紗，什麼人都有幾分像的。」

太皇太后道：「想是我老了，有這面紗在，便看不清楚人了。」

十二在旁笑說：「七哥讓公主遮著面紗，可是怕公主的美貌被別人看去？這未免太小氣了吧！」

夜天湛呵呵一笑，尚未答話，便見朵霞明眸流轉，道：「輕紗遮面是我們西域的習俗，只為了遮擋風沙日晒，中原女子到了我們那裡也是這樣的。你們若是不喜歡，我便不戴了。」說著玉手輕揚，便將面紗落下。只見她肌膚白得異乎尋常，瓊鼻桃腮，丹脣皓齒，那雙美目深嵌在秀眉之下，搭配上這近乎完美的五官，只教眾人眼前一亮，心中不約而同地湧起驚豔的感覺。

卿塵早就聽說過朵霞的美貌以及她與湛王在西域的傳聞，淡淡笑著往夜天湛看去。這一轉頭，卻發現夜天湛也正看著她，眸底深處專注的神情脈脈無言，動人心腸。卻只瞬息，他揚脣一笑，笑裡全是滿不在乎的瀟灑，對太皇太后道：「皇祖母讓朵霞摘了面紗，待會兒回府時我的侍衛們怕是不夠用了。」

太皇太后指著他：「看他得意的，凌兒，今晚你讓御林侍衛給他把公主送回府去。」

夜天凌答應：「皇祖母放心，待會兒再讓內廷司看看庫裡還有多少絲緞，都送到湛王府，以後但凡公主出府，便讓七弟護個嚴實。」

這一說大家都笑了，一時間其樂融融。卿塵示意內侍傳宴，特地讓朵霞公主與她同席，陪伴太皇太后說話，再往下便是靳慧與湛王世子元修。

湛王身邊是王妃衛嫣，一直頗含敵意地看著朵霞公主。朵霞卻當沒看見，偶爾抬頭時黑寶石般的眼眸明光閃耀，隨即高傲地揚起下頦。衛嫣心頭便似被貓抓了一把，而更讓她耿耿於懷的卻是於近旁靜坐著的卿塵。

想起近來沸揚天都的傳言，自己的夫君便是為了這個女人連皇位都拱手出讓！她一句話，竟讓他連命都敢賭上，甚至將王府中的妻兒、將所有追隨他的士族都棄之不顧！如今這個女人位居正宮，一身鸞紅鳳服明媚端秀，那紅如汩汩的鮮血澆灌入心，催得嫉恨野草一般瘋狂生長，似要淹沒人的理智。衛嫣手壓著嵌金象牙箸禁不住恨得發抖，卻忽然覺得一道溫冷的目光落在身上，只見夜天湛笑握玉盞，自旁看過來：「我們該給皇祖母敬酒了。」

他的呼吸帶著淡淡的暖酒香氣就在耳邊，鴉鬢修眉下一雙略挑的丹鳳眼在宮燈影裡深淺難辨，衛嫣身不由己地隨他起身，端盞、微笑、祝酒……幾乎不知道說了什麼，只能聽到他溫文從容的聲音，迴盪心頭。待到重新落座，席間眾人談笑依舊。夜天湛斟了酒對她舉杯，低聲道：「我這一年多征戰在外，府中辛苦妳了。」

體貼的話語如玉磬輕擊，清水入盞，低沉而輕緩，衛嫣微垂螓首：「這都是妾身分內之事，只要王爺在外平安就好。」

夜天湛微微一笑，將酒飲盡。那早已預料的一笑，幾分疏淡在光影中一晃而過，快得教人不及捕捉便已無影無蹤。他把玩著玉盞，盯著衛嫣漫不經心地道：「這些日子慧兒和朵霞一直相處得不錯。」

閒話中若有若無的深意，衛嫣心裡突地一跳，抬頭時他卻早已望向對面，目光落處，靳慧正抱著元修溫柔地微笑著。元修清秀可愛的模樣便如滿桶冰水將剛剛暖起來的心澆了個徹底，衛嫣修長的指甲緩緩刺進掌心，無聲垂眸。

元修已經一歲多了，正是調皮的時候。他似乎特別喜歡卿塵，坐在靳慧懷中不時地要往卿塵那邊撲，口中咿咿呀呀不知說什麼。靳慧被他鬧得沒轍了，便要讓人帶他下去，卿塵卻伸手接過元修，笑道：「任他鬧吧，皇祖母看著也高興，我抱著他就是。」

元修被卿塵抱著，立刻喜笑顏開，小手抓著她鸞服上的綬帶不放。卿塵環著元修在膝頭，孩子小小的身體帶著醇濃的奶香，那樣嬌嫩柔軟，教人忍不住去呵護。元修有一雙像極了夜天湛的眼睛，眼角微挑，眸心烏黑晶亮，望著人的時候總似帶上笑意。那烏溜溜的眼珠看得卿塵心裡有一處地方輕輕塌陷下去，她情不自禁地想，這若是她的孩子該多好，若是她的孩子，她不知道要怎麼疼他。一股酸楚便那麼泛上心頭，她極輕地嘆息，不期然抬頭，卻見夜天凌正看著這邊。

四目相對，他眼神中帶著無盡的疼惜和歉疚，格外深邃柔和。她對他微微一笑，不必說什麼，彼此早已心意相知。她從來沒有怪他，又怎麼能怪他呢？他的痛絲毫不比她少啊！只要他還平安地在身邊，她還有什麼不知足？

元修不安分地在卿塵懷裡蹭來蹭去，卿塵教他喊太祖母，他似懂非懂，依著卿塵示意的方向口齒不清地道：「菜祖母！」

大夥兒頓時都樂了，卿塵啼笑皆非地點著元修額頭：「是太祖母，太……祖母。」元修側首看太皇太后，好像很認真地想了一會兒：「太祖母！」這下喊得正確無比，太皇太后慈懷大悅，忙著答應，誰料元修回頭仰著小臉看卿塵，清晰地對她叫道：「母親！」

卿塵愣在那裡，詫異低頭，元修順勢摟住她的脖子，軟嘟嘟的小嘴一下子便親在她臉上。他咯咯笑著抱卿塵，卿塵還沒回過神來，十二已在對面打趣道：「不得了，這麼小年紀就學會唐突佳人，長大了可怎麼辦？」

卿塵此時疼極了元修，護著他：「長大了只要不像他十二王叔，怎麼都好！」

十二道：「這話我倒要找皇祖母評評理了。哎！抱元修離皇祖母和公主遠點兒，你們前後左右都是美人，別讓他小小年紀就看花了眼！」

太皇太后笑罵十二貧嘴，朵霞公主倒不以為意，反而覺得十二不像夜天凌那樣清冷，不像灝王那樣淡遠，也不像夜天湛那樣難以捉摸，最好相處，不禁就對他笑了笑，倒把十二笑得一怔，俊面微紅。

夜天湛此時卻沒注意朵霞公主，只凝神望著卿塵和元修。

衛嫣冷眼旁觀，他脣角那抹笑全然不是平素的高貴與疏離，笑得這般真實，一縷刻骨的柔情在那笑中緩緩流淌，輕輕蔓延，衛嫣幾乎可以感覺到他此時此刻心中的念想，他盼望著那個抱著元修的女子就是孩子的母親，哪怕只一刻看著都令他愉悅。他這樣由衷的、不加絲毫掩飾的笑，她曾經多少次熱切地盼望，眼前她看到了，卻偏偏又恨極了這樣的笑。

她若是什麼都被蒙在鼓裡，什麼都不知道該多好。可是新婚之夜她聽得那樣清楚，他叫著別人的名字！她似乎已經站到了懸崖的邊際，底下是萬丈深淵，而他的笑在前方誘惑著她，縱身躍下。

「娘娘既然這麼喜歡元修，不如請陛下降旨接元修入宮來住好了，也好陪伴太皇太后身邊，常常得見。」

衛嫣的話突兀地響起，夜天湛笑意猛收，難以置信地看向她，靳慧的臉色瞬間變得煞白，一聲驚呼已經到了嘴邊，生生忍住。

殿中歡聲笑語剎那全無，在場之人紛紛看向昊帝。

原本親王世子入宮教養也是平常之事，但眼前這形勢，元修一旦入宮，便如殷皇后般成了牽制湛王的人質。只要昊帝有這個心思，這自然是再好不過的時機。

所有人都在等著夜天凌一句話，卻只見他脣邊一抹淡笑，諱莫如深。片刻後，他將手邊金箸放下，好整以暇地看了卿塵和元修一眼。

元修此時玩得累了，抓著卿塵的衣襟漸漸要睡過去，幼小的孩子絲毫不知自己正面臨什麼樣的危險。卿塵輕輕拍著他，溫柔含笑道：「孩子還小，離開母親難免會不適應。」她抬頭和夜天凌對視了片刻，「等到元修再長大些，自然是要進宮學習的。到時候不妨請大皇兄做師父，咱們交給十二王爺不放心，交給大皇兄總是放心的吧？」

十二接話道：「怎麼又扯上我？文才我是比不上大皇兄，但武功大皇兄就不如我了，到時你們別求我來教啊！」

這時夜天凌淡笑道：「七弟文武雙全，虎父無犬子，元修將來必定如他般出眾，豈用得著他人操心？」

夜天湛先前一刻的驚怒早已恢復如常，隨即道：「還要請皇兄多加教誨才是。」

夜天凌道：「孩子還小，說這些未免過早了，難得此時還能在母親身邊撒嬌，何苦逼迫他們。」

夜天湛不料他會有這樣的話，這話中之意似明未明，竟像是說這代人的事與下代無關。再想想汐王和濟王，除了賜死了汐王長子之外，倒真是沒有過分牽連。便是這分心胸氣度，他揚眉往上看去，只覺有此對手，竟教人胸懷舒暢。

卿塵說完話，便只低頭哄著元修入睡，自始至終都沒有向挑起事端的衛嫣看一眼。夜天凌的話別人或許不懂，她卻聽懂了，己所不欲，勿施於人，她的意思他也懂了。

眼見著元修睡得沉了，她小心地將他交給靳慧。靳慧早急得揪心，立刻便接過孩子來緊緊抱著，眼淚幾欲奪眶而出。卿塵對她安慰地一笑，輕聲道：「放心。」

靳慧微噙著淚：「多謝娘娘。」

卿塵此時才往衛嫣那裡看去，只淡淡一瞥，眼中一鋒銳利盯得衛嫣臉色青白，她轉身徐徐笑道：「坐了這麼久，想必皇祖母累了，陛下，咱們還是請皇祖母早點歇息吧。」

太皇太后確也已經精神不濟，夜天凌便率眾人再為太皇太后上壽，卿塵親自扶了太皇太后入內安歇。這時一個女官匆匆入內，在卿塵身前輕聲稟報了什麼。卿塵眉心一攏，還未及說話，殿前內侍已經高聲通報：「殷娘娘到！」

夜天湛聞聲渾身一震，轉身便往殿外看去。

金簷華柱下，殷皇后正快步走來，身後跟著若干女官內侍，倉皇小跑。她身著明紅鸞裙鳳衣，雲鬢高聳，釵鈿華美，妝容精緻，儀態高貴，眼底些許的憔悴並沒有影響她驕傲的身姿，端莊雍容，一如從前。

原本已經要退出的眾人都停住了腳步，殷皇后到了殿中，先給太皇太后行禮：「母后大壽，我險些便不能來，如今晚了一步，還請母后不要怪罪。」

太皇太后命她平身，殷皇后環視眾人，眼中光彩迫人。夜天湛上前一步跪倒在地：「母后！」衛嫣等人也急忙隨他拜下。

殷皇后低頭看向兒子，神情之中愛恨交加。她握著夜天湛的手微微發抖，似是想說什麼，卻終究忍了下去，再一抬頭看到了朵霞，有些驚訝。夜天湛忙道：「母后，這是朵霞公主。」

誰知殷皇后立刻眉眼一落，冷聲道：「生得這般妖媚，這些異族女人除了蠱惑男人、禍國殃民之外做不出半點好事，你給我記住了，離這種狐媚子遠些！」

眾皆聞言色變，誰都聽得出她這不光掃了朵霞的顏面，分明更是意有所指。夜天凌眸色陡深，隱見怒意，卻礙著在太皇太后面前沒有發作。

朵霞身為公主，在于闐備受國王寵愛，入嫁天朝也被視為上賓，禮遇有加，何曾聽過這般話語？她美目一挑，脫口便道：「娘娘，自古只要有耽迷美色誤國誤民的事，都將女子說成是紅顏禍水，卻不知本是那些男人自己昏庸無道。若是心志清明，誰能蠱惑得了他們？若原本便糊塗，即便沒有絕色當前也是一樣。我仰慕王爺志高才俊，情願隨他遠嫁中原，倒不認為他是那種區區美色便能迷惑的昏聵之人。」

大家都沒想到朵霞如此大膽，竟然當面頂撞殷皇后。殷皇后更是出乎意料，頓時氣得說不出話來。

夜天湛迅速看了朵霞一眼，回頭即刻給殷皇后請罪：「母后，朵霞年輕不懂事，話說得有些過了，兒臣替她給母后賠不是。兒臣不是糊塗之人，還請母后放心。」

殷皇后盯著他：「放心？你教我怎麼放心？別說是你，便是你父皇一世英明，到最後不還是壞在那異族妖女手中！你又哪裡不糊塗了？」

夜天湛沉聲截斷她的話：「母后！」

殷皇后甩開他的手，對太皇太后道：「母后，您也都看在眼裡，夜氏皇族從始帝往下，哪個不是困在這個『情』字裡？穆帝、天帝，還有眼前這些，無一例外！我管不了，您也不管嗎？二十七年前那些事，紙包不住火，您心裡再清楚不過，現在這個皇上，到底是……」

她話未說完，太皇太后厲聲喝道：「住口！」

夜天凌眸中深處冷冷泛出殺意。殷皇后下面的話沒說出來，別人不知，卿塵卻清楚是什麼，心底遽沉。若再說下去，就算是她，也保不了殷皇后性命了。

太皇太后扶著卿塵的手面對眾人，徐徐道：「灝兒，帶著你的弟弟們跪安吧。所有人都退下，沒有我的吩咐，一律不准進殿。」

看過眼前兒孫，太皇太后老邁的眼中隱透著與年齡不相稱的光澤，那是歷經歲月的睿智與通達，看盡人世的平靜與深沉。些許的病態都被這光澤掩蓋，此時的太皇太后似是換了一個人。

內侍宮娥首先依序退出，夜天湛不放心母親，遲疑不願舉步。十二走到他身邊，攀住他的手臂：「七哥。」夜天湛對上那雙素來散漫率性的眸子，那其中稍縱即逝的銳光如他臂上傳來的力道，強迫他壓下心中翻騰不已的情緒。他回頭，殷皇后站在大殿中七彩燦爛的琉璃燈下向他投來一瞥，二十多年來他第一次感覺到母親原來離他這般遙遠，生他養他的人，竟最無法了解他。

隨著腳步漸漸消失，大殿中只剩下太皇太后、殷皇后、夜天凌和卿塵四人，變得異常安靜。

冷酒殘宴，絲毫不再有壽辰的喜慶，變得沉悶無比。卿塵重新攙扶著太皇太后坐下，殷皇后下頦微抬，面對著夜天凌，繼而轉頭對太皇太后道：「母后沒有想到那件事還會有人知道吧？當初蓮妃不慎動了胎氣早產，偏偏就在來延熙宮給母后問安的時候。母后一向不喜歡蓮妃，那時卻肯替她保證，天帝自然不會懷疑孩子究竟是誰的。如今想想，蓮妃素來故作冷淡，原來是怕這個祕密被人察知。」

太皇太后雙目半闔，略加思量，道：「哦，你們是找到了當年那個御醫。」

殷皇后道：「母后原來還記得那個御醫。」

太皇太后微微點頭：「不錯，我雖然老了，這麼個人還是記得起來的。當初我一時心軟，便留了他活口，不想終究還是生出後患。也難為你們能想到此事，也還能找到這個人。」

殷皇后道：「這便是天意，查了這些年，本以為不可能，卻到底還是找到了。」

太皇太后道：「看來你們是早就有心了，不過現在你們知道了，又怎樣呢？」

殷皇后道：「母后將這祕密隱藏了這麼多年，縱然是念在他是穆帝之子的分上護著他，卻不想想蓮妃那種狐媚子，誰知她當初懷的究竟是什麼人的孩子？」

砰的一聲，夜天凌一掌擊上御案，他再好的涵養，聽到殷皇后當面如此侮辱母親，也不禁怒火中燒，「妳說什麼！」

卿塵心中一驚，太皇太后轉頭喝道：「凌兒！」

夜天凌向來對太皇太后尊敬有加，手掌一握，終是強忍下心中怒意。卿塵將手覆在他手上，他臉上冷意稍緩，但依舊駭人。

殷皇后下意識退了一步，但隨即站定，毫不相讓地繼續道：「他既然不是天帝的兒子，有何資格繼承大統？即便天帝曾有傳位詔書，也分明是被矇騙所致！他篡位奪嫡，如今又將天帝幽禁在福明宮，生死不知，母后難道就袖手旁觀嗎？」

太皇太后眸眼一抬，竟有種威嚴的氣勢從那目光中射出：「妳既然來找我，想必還沒忘記天帝是怎麼登上這帝位的，當年若不是我保他登基，他又有什麼資格繼承大統？」

殷皇后道：「正是母后那時英明決斷，才有這數十年的安定，如今天朝百年基業豈能毀在別人手中？還請母后做主！」

太皇太后道：「妳也能想到天朝的基業，那妳可知我當時為何要保天帝登基？」

殷皇后怔了片刻，答道：「母后自然是為國擇賢君而立。」

太皇太后隱隱一笑，道：「不錯，正是如此。當年穆帝駕崩，身後留有兩子，我不立他們，固然是因為他們年幼，卻更是因為他們坐不了這個位置。那兩個孩子，衍昭生性衝動，感情用事；衍暄膽小懦弱，難當大任。若將這偌大的國家交給他們，如何教人放心？國立幼主，在旁虎視眈眈的士族必掌重權，我們孤兒寡母，豈不艱難？所以我設法迫使他們擁立天帝即位，便是如此，天帝登基之初也是步履維艱，苦心經營多年才有後來的局面。昔日我立天帝，現在我護著凌兒，都不是因為我有什麼私心，只為這天朝的基業不能葬送在我這裡。凌兒是我從小一手帶大的，我深知他必不會讓我失望。」

殷皇后道：「母后這樣說，我倒要問了，難道湛兒就不如別人嗎？」

太皇太后目光落在她臉上，意味深長地道：「湛兒很好，平心而論，有些地方他甚至勝過凌兒。但可惜的是，他偏偏有妳這個母親。」

殷皇后纖眉細挑，神色傲然不悅：「母后這話是什麼意思？」

太皇太后不急不緩地道：「其實妳也很好，這些年來我在旁看著妳執掌後宮，從來沒出過半分差錯，這已經很是難得了。論手段，論精明，這後宮之中沒人比得上妳，但唯獨有一點，妳的野心太大，太自以為是。」

殷皇后冷笑道：「是人便有野心，這皇宮裡誰是乾乾淨淨清高著的？若沒有野心，又哪來站在這裡的皇上？大家便都安穩了。」

太皇太后道：「我知道妳不服氣，我說湛兒壞在妳手上，妳不妨看看妳讓他娶的那個王妃，真是委屈了我的皇孫！我的話妳眼下不明白沒關係，妳也不需要明白了。那個祕密既然我守了快三十年，豈會讓妳生出什麼是非？我告訴妳，只要我還活著一天，就誰也別想興風作浪！」說話間她眼底凌厲漸生，聲音略提，「來人！」

常年隨侍太皇太后的兩個掌儀女官無聲地走入大殿，垂目立在近旁。太皇太后看著殷皇后：「我今天說過的話等妳想通了，便也不會覺得委屈了。」她冷聲對掌儀女官道，「送她回清泉宮，賜酒一杯，白綾三尺！」

卿塵驀然驚住，就連夜天凌也未曾料到這般結果，一時詫異。

殷皇后臉色一片雪白，這耳熟的話她曾不知說過多少遍，如今落到自己耳中，方知是如此滋味。她死死盯著太皇太后，卻只見到太皇太后蒼白的眉梢淡掃著冷意，絕然無情，那平靜的目光逼過來，竟讓她止不住渾身發抖，連髮間的釵環也顫得輕聲作響。她狠狠握著鳳服華帶的一角，冰滑的絲緞深涼刺骨，兩個女官面無表情地移步上前。

「慢著！」卿塵出聲阻止，趨前跪在太皇太后面前，「皇祖母，殷娘娘罪不至死！」

太皇太后嘴角泛起緩笑，是慈祥，也是堅決：「卿塵，心慈手軟，必留後患，我豈會在同一件事上錯兩次？妳也好好看著，要執掌這後宮並不容易。有些人無罪，卻必須死。」

這道理卿塵不是不知，卻再求道：「皇祖母，事有可為不可為！」

她苦苦堅持時，夜天凌上前將她挽起，立在那裡淡聲道：「皇祖母，請您開恩。」冰冰冷冷的話語，卻也是求情了。卿塵如釋重負地看向他，他平視前方，似不察覺，只是攬在她腰間的手臂越收越緊。

太皇太后待夜天凌說了這話，含笑凝視他良久，而後脣邊轉出一聲鬆弛的微嘆，揮手道：「帶她下去，從今日起不准踏出清泉宮一步，不准見任何人。」

兩名掌儀女官俯首應命，殷皇后從生死震駭中回過神來，懼恨交替，神色青白慘惻。她一一看過眼前三人，猛地廣袖長揮，頭也不回地往殿外而去。

太皇太后一直看著殷皇后驕傲的背影消失不見，身子一晃，扶住几案，似乎所有的精神都已用盡，取而代之的是疲憊。卿塵和夜天凌匆忙趕上前去，扶持在側，卿塵看了看太皇太后的情形：「皇祖母，我宣御醫奉藥進來。」

太皇太后搖頭止住卿塵，看向夜天凌：「原來你都知道了。」

夜天凌道：「不敢隱瞞皇祖母，孫兒確實已經知道了。」

太皇太后一陣輕咳，微微喘息：「你可恨皇祖母？」

夜天凌道：「皇祖母何出此言？」

太皇太后微闔著眼，歇息半晌，又似是在回憶著什麼：「她今天說的有句話倒是對的，夜氏皇族這些男兒，幾乎個個都困在『情』字裡。當年穆帝因你的母親發兵西北，待你母親入宮後，更是將國事荒廢一旁，常常數月不朝，以至於權臣當道，內外混亂，民生困苦。我辛苦壓制那些門閥士族，扶持天帝繼位，原將希望都寄託在他身上，卻不料他竟也迷戀上你母親。我擔心他重蹈覆轍，與穆帝一般糊塗，曾想要賜死你母親，他就跪在這寢宮外面，求了我一天一夜。我本鐵了心不管他，可是第二天，蓮妃竟也來求我，那時候她已經有了你。」她抬手輕輕拍著夜天凌的手臂，長長嘆息，「我的皇孫啊，要我如何狠得下心來？我答應幫她保住孩子，隱瞞事情真相，但卻要她發誓絕不迷惑天帝，哪怕連對他笑一笑也不行，亦要她從此就當這個孩子不是她的，交給我來撫養。二十七年，她也算是做到了，我也不曾食言。凌兒，你心裡的苦皇祖母知道，你若要恨皇祖母，皇祖母不怨你。」

長久以來縈繞心頭的疑惑，在太皇太后的一席話中撥開雲霧。夜天凌此時眼前盡是母親的容顏，渺遠、淒清，掩在憂傷下的那雙眼睛曾經多少次暗暗留駐於他，他又曾經多少次報以冷漠與怨恨。

他不由自主地站了起來，獨自轉身面對著空闊寂靜的大殿。二十七年前，他的母親就是在這裡發下誓言，用一生的笑容換取了他的平安。一股悲愴的情緒直衝上心頭，他非但沒有體諒母親，更加沒有保護好母親。孤星蔽日，這個荒謬的預言原來從他出生那一刻起便緊隨著他，莫不平啊，還真是不愧他天朝星相第一人的名號。他幾乎要笑出聲來，嘲弄自己的自負，事實真相，果然總是千瘡百孔。

突然間，他耳邊響起卿塵淡定的話語：「皇祖母，四哥怎麼會恨您呢？若不是有您護著，我們哪裡能有今日？天朝又怎麼會有現在這番局面？我們讓皇祖母這樣操心，該請您不要怪罪我們才是。」

夜天凌陡然醒覺，回身重重跪在太皇太后面前：「皇祖母……孫兒多謝皇祖母！」

太皇太后不讓他再說，只是伸手握著他，滿目欣慰地看向卿塵：「好啊，我沒看錯我的皇孫，也沒看錯妳這丫頭，總算不枉我讓天帝把妳指給了凌兒。丫頭，妳當初跪在我這裡說不嫁的時候，心裡可害怕？」

卿塵吃驚道：「皇祖母……」

太皇太后道：「皇祖母沒有老眼昏花，妳真以為一個孫仕，便能讓天帝做出那樣的決斷？」

卿塵眉梢輕揚，匆匆瞥了夜天凌一眼，他亦望她，黑亮的眼中浮起淡淡的暖意，可與那時雨中凶狠的樣子判若兩人。她忍不住暗中瞪他，他抱歉一笑，似也想起當時來。

只見太皇太后瞇著眼睛端詳過來，卿塵低聲道：「什麼都瞞不過皇祖母。」

太皇太后召殿外的女官取來印璽，擬下一道懿旨交到卿塵手中：「這是皇祖母能為你們做的最後一件事了，你們今天替她求情，這道懿旨用還是不用，也都在你們自己。」

雖然以後夜天凌要處死殷皇后易如反掌，但若是太皇太后的懿旨則更為妥當。卿塵慢慢將詔書收好，鳳眸之中幽靜，盡是一片深思。

太皇太后將他兩人深深看著，歲月無情，在她眼中沉澱了歷盡風雨的波瀾。彈指一生，數十年已往，不覺就經歷了四朝更迭，直到了眼前這一刻才真正覺得鬆緩下來。想這一代代的綿延，多少男兒英豪，多少紅顏翩翩，誰不為情苦？誰又不為情所困？只是若遇對了那個人，何處不是清歡？待哪日到了九泉之下，卻不知能否見著那些先她而去的人，她總算也是不負他們，可以放心去了。

第一二一章　水隨天去秋無際

壽筵之後，太皇太后重病不起，殷皇后因忤逆太皇太后被幽禁冷宮，無論何人一律不得入見，包括湛王。

夜天凌與卿塵日夜侍奉太皇太后榻前，卻終究無力回天。深秋霜冷，延熙宮中一片菊花次第而開，素色如海的日子，太皇太后含笑而逝，走完了八十四歲的人生。

帝都九城縞素，天下舉哀。昊帝停朝三日，親奉太皇太后靈柩入葬西陵，三日後復朝聽政，面無哀色，言談如常。

群臣對此竊議不休，昊帝卻在復朝第一天便親自召見御史臺三院御史，三日下來，連續革除、調換侍御史四人、監察御史七人。繼而發布兩道敕令，一著天下九道布政使、三十六州巡使分批入帝都朝見，面陳政情。二令尚書省督辦戶部清查國庫，明清帳目，以備審核。

這立刻令人想起聖武二十六年戶部的那次清查，多少人放回肚子裡的心被一把揪起，七上八下，忐忑不安。

*

煙波送爽齋，秋風穿廊過水涼意瑟瑟，夜天湛憑窗而立，眉宇緊鎖下清朗的臉龐始終籠著一層陰霾。他已在窗前站了許久，這時回身踱步，坐至案前，重新持筆疾書。

柔韌的軟毫透著絲犀利的勁道，於雪絲般的帛簡之上一氣呵下，將至盡處，他卻突然停住，眼梢冷挑，揮袖擲筆於案。他盯著眼前的奏章，壓在上面的手緩緩收攏，猛地一握之下，通篇俊雅的字跡便盡毀於指間。他深深呼吸，壓下那心浮氣躁的感覺，這道摺子還是不能上。

殷皇后在冷宮的情況他自有辦法了解，夜天凌雖因太皇太后病逝頗有遷怒，卿塵卻也盡力護得周全。視如我母，她不是空說此話，此時他若為殷皇后求情，恐怕還會適得其反。

想到此處，夜天湛將那奏章鬆開，現在時機未到，即便為母親的處境憂心如焚，他也深深告誡自己不能亂了陣腳。

謀國之事，勝負不在一時分曉。一棵參天大樹，其下根基之深遠必然盛於表面的枝繁葉茂。用不了多久，天朝的命脈便會盡收於他掌中，雖然北疆戰後意外頻出，但卻分毫不曾動搖他的心志。他認定了的事，絕不會輕易放棄。

他自懷中取出一枝玉簪，輕輕握在手中。極簡單的簪子，樣式並不新奇，用料亦是普通，只是不知經過了多少次的撫摸，玉色上潤有一種瑩透的光澤，便顯得格外雅致。

想當初錢莊上的管事將這玉簪送來的時候，他忍不住便去了四面樓，只想看看那個令人琢磨不透的女子到底要做什麼。四面樓的清雅倒真是吸引了他，就如深紗垂幕後的那個人。隔簾聽琴，靜坐品茶，順手幫她打發那些別有用心的人，真像看著叛逆離家的孩子在外面玩鬧。就讓她隨性逍遙也罷，他本不想拘束她，他只想呵護著她，看她笑得自在，玩得開心。

他暗自苦笑，即便事到如今，卻仍是這種感覺。他只懷疑是前世欠了她的，今生她來討債，連本帶利，要拿盡最後一分一毫才肯甘休。

人生若只如初見，初見那一瞬心花無涯的驚豔，卻錯落成點點滴滴的寂寞。

沒有她，他不知孤獨為何物。遇上她，他在大千世界中，夢中，夢醒，孑然一身。

她看得那樣清楚，他不只是夜天湛，而此時的她，也不再只是鳳卿塵。

想得出神，他幾乎沒有聽到輕快入內的腳步聲，直到水榭前珠簾揚起，他手指一翻，不動聲色地將玉簪收入袖中，方才抬頭看去。朵霞明媚的臉龐已在眼前，她目光閃閃地端詳他，伸手問道：「藏了什麼？」

夜天湛隨意擋住她探入袖中的手：「出去過？」

朵霞繞過書案，隨便跪坐在他身邊：「在擊鞠場遇上漓王，原本說下午一起去昆侖苑狩獵，誰知道陛下傳他入宮，就沒去成。」

她秀髮斜綰，緊身騎裝勾勒得勻稱高挑的身形窈窕動人，隨著她搖頭的動作耳邊一對玉璫輕輕搖晃，風情美豔，亮人眼目。夜天湛淡淡笑說：「昆侖苑往寶麓山裡深入，有不少好玩之處，以後再讓十二弟帶妳去，斷不會讓妳失望。」

朵霞道：「讓他帶我去，你又怎麼不陪我？聽他說你也是擊鞠的高手，我可從來都沒見過。」

夜天湛便道：「好，改日有時間我陪妳去。」

朵霞斜著頭看他：「敷衍了事，我不希罕。你這麼大方讓漓王陪我，看來真沒把我當你的女人。」

夜天湛溫潤的眸子一抬，對她微笑道：「我們在于闐成親時便說得很明白了，妳有妳的目的，我也有我的目的。我幫妳保住于闐，也給妳完全的自由，只要妳不胡鬧，我不會干涉妳。」

朵霞揚頭的動作略帶著高傲：「我也沒讓你失望，西域三十六國，如今不大都在你的手心裡了？」

夜天湛道：「妳比妳的父王聰明，我在去西域之前，倒真沒想到于闐會有這麼個美麗聰明的公主。」

朵霞問道：「那日你在王宮晚宴上，就是這麼想的？」

夜天湛道：「妳邀我入宮賞玉的時候是怎麼想的，我在晚宴之上便是怎麼想的。」

朵霞笑聲清脆，伸手環住他的脖頸，柔軟的語氣中卻有些挑釁的意味：「我想的卻未必和你一樣，那天在太皇太后壽筵上，我沒有說給你聽嗎？我可是仰慕王爺志高才俊，才情願隨他遠嫁中原的。」

她身上龍涎香的味道混在秋日水榭淡爽的空氣中勾魂醉人，夜天湛迎著她美目之中野性而嫵媚的光亮，伸手在她腰間一勒，兩人離得越發近：「朵霞，不要總是這樣考驗我的耐性，妳會後悔的。」

朵霞只盯著他眸心，他說著這樣危險的話，眸光卻清明如那一天秋水，溫文爾雅的笑是早就準備好的，他的喜怒哀樂都在那背後，隔著薄薄一層淡光依稀分明，卻就是看不到，摸不著。這樣的男人，她從來沒見過。那日他在群敵環伺中就是這麼一轉眸，神情朗朗地向她微笑，讓她想起萬里飛沙中一片碧色起伏的綠洲，不知中原的春風是否也如他的笑，她便在那時興起了大膽的念頭。

「不管為什麼，我已經是你的妻子了，你卻為何連碰都不碰我，我不夠美嗎？還是你有別的女人比我更好？」

夜天湛鬆開朵霞，一笑搖頭：「妳是西域最美的公主，任何人問我，我都會這樣回答。我若想要女人，身邊多的是，國色天香任我挑揀，但讓我欣賞的女人卻少之又少，恰好妳是一個。情愛之事在於妳情我願，我欣賞的東西，不會去勉強。」

朵霞反問道：「你怎知我又是勉強？若非心甘情願，難道我會嫁給你嗎？或者……」她不滿地盯著夜天湛，「你的意思是娶了我很勉強？」

夜天湛仰首笑得瀟灑：「看來妳還沒弄清楚，朵霞，妳不過是沒有遇過我這樣的人，感到好奇罷了。妳嫁給我，總不會真是一場晚宴便一見鍾情吧！」

朵霞被他說得一愣，隨即細起眼眸：「我現在只是好奇，你欣賞的另一個女子是誰？到底是什麼樣的女子，讓你這種人也能如此死心塌地？」

夜天湛眼底泛起一波別樣的深味，卻只笑問：「我是哪種人？」

朵霞目光在他臉上梭巡探究，最後道：「我說不出來。按你說的，我若是說得出來，便也就對你不感興趣了，那便該回于闐去做我的公主。」

夜天湛含笑點頭：「不錯，難得妳這麼快便明白我的意思。」他往後靠在書案上，微微鬆散了一下筋骨，略作思索，「西域那邊妳是早晚要回去的，只是等我讓妳回去的時候，妳就不只是于闐的公主了。」

朵霞自然而然地靠在他身邊，片刻靜默後開口道：「你……」

夜天湛輕撫她的肩頭：「放心，我答應妳的事，自然會一一幫妳做好。哦，有件事還沒告訴妳，現在的于闐，已經只有妳一個人可以繼承王位了。」

朵霞吃驚地撐起身子：「那我姐姐……」

夜天湛抬手阻止她：「妳只要知道她已經失去了這個資格便足夠。」

朵霞就近看著他，只能見到那讓她覺得深不可測的笑容，壓抑下心中情緒起伏，她轉而一笑：「那我便多謝你了。只是目前的形勢，你又要怎麼辦？你們的皇上恐怕也不會輕易允許我回西域去。」

夜天湛微微闔目，眉心隱有一絲不易察覺的蹙痕，聲音卻潤朗如舊：「妳不必替我擔心，該回去的時候我自會有法子讓妳回去，誰也攔不住。」

卻冷不防聽到朵霞問：「天都最近的傳言都是真的嗎？」

夜天湛雙眸一抬，神色微滯，但隨即一笑置之。朵霞立刻道：「果然是真的。」

夜天湛苦笑：「美麗又聰明的女人看來還真不好應付。」

朵霞似是想從他那異樣的笑容中讀出什麼，卻想起在于闐他那番坦然的話語。眼前他清朗中深藏的憂鬱，淡笑中只讓人以為是錯覺。

「當初在于闐你告訴我，除了這顆心，我要什麼你都可以幫我得到，原來你這顆心早給了人。不過既然是你喜歡的女人，她怎麼會成了別人的皇后？」

夜天湛倒不敷衍她：「妳這可真問倒我了。」

朵霞道：「難道是她不喜歡你？」

夜天湛轉頭看向窗外，遠處晶藍色的天空煙嵐淡渺，閒玉湖上，殘荷蕭蕭。一轉眼幾年過去了，仍時常覺得她站在這煙波送爽齋中笑語嫣然，這裡的每一件擺設都如從前，她曾經動過的東西，固執地擺放在原處。

那一場秋雨，淅淅瀝瀝穿過了日升月落的光陰，每一滴都是她的身影，清晰地落入心間，模糊成一片。

他無可奈何地輕笑，回頭面對朵霞的疑問，淡淡道：「如果她曾喜歡我，也是將我當成了別人。待她知道了我是誰，卻又已經愛上別人了。」

朵霞聽了皺眉：「世上這麼多人，又不是非這一個不可。換作是我，若是別人不喜歡我，我定不會對他念念不忘。」

夜天湛不置可否地笑笑：「那妳就比我想像得還要聰明。」不知今天怎麼會願意和朵霞談起這些。他原也不信誰就非要這一個人不可，但等到真的遇上了，才知道如果不是那個人，如果相知不能相守，原來一切便都可有可無。

*

夜幕已淡落，卿塵緩步走出福明宮，孫仕送到殿外，彎腰，「恭送娘娘。」

卿塵微微側首，在一排青紗宮燈的光影下看向孫仕，突然發現他鬢角絲絲白髮格外醒目，才想起他也和天帝一般，竟都已是年過半百的人了。

秋夜風過，給這人少聲稀的福明宮增添了幾分淒冷，讓人想起寢殿中風燭殘年的老人。自登基之日後，夜天凌不曾踏入過福明宮半步，天帝的病也從不傳召任何御醫入診，唯每隔三兩日，卿塵會親自來施針用藥。

進了這福明宮，她只把自己當作大夫，不管那床榻上的人是誰。而她能做的，大概也只有這些。

她無法消除夜天凌對天帝的芥蒂，夜天凌對天帝究竟是何種心情，恐怕連他自己也無法盡知。這個人，是他弒父奪母的叔父，又是教養護持他的父皇，讓他失去了太多的東西，同時也給了他更多。

他將天帝幽禁在福明宮，廢黜奪權，卻又不允許任何人看到天帝蒼老的病態，一手維護著一個帝王最後的尊嚴。他將天帝當作仇人來恨，同時又以一種男人間的方式尊敬著他。生恩，養恩，孰輕孰重？站在這樣渾沌的邊緣，橫看成嶺側成峰，誰又能說得清楚？

卿塵回到寢宮，夜天凌今日一直在召見大臣，到現在也沒空閒。秋深冬近，天色黑得越來越早，碧瑤已來請過幾次晚膳，卿塵只命稍等。碧瑤也知道皇上每天晚膳一定在含光宮用，這已經成了宮中的慣例，只是不知今天為何這麼遲。

再等了一個時辰還是不見聖駕，派去致遠殿的內侍回來，卻說皇上不知去了何處。卿塵隨意步出寢宮，在殿前站了一會兒，便屏退眾人，獨自往延熙宮走去。果然不出她所料，夜天凌正一人坐在延熙宮後苑的高臺上，望著漸黑的天幕若有所思。

卿塵步履輕輕，沿階而上，待到近前夜天凌才發覺。她在他面前蹲下來，微笑仰頭看他：「讓我找找到了。」

夜天凌也一笑：「找我做什麼？」

卿塵道：「這麼晚了，領回去吃飯啊。」

她含笑的眼睛清亮，如天邊一彎新月，那樣純淨的笑容，帶著溫暖。夜天凌搖頭失笑，拉她起來：「過一會兒吧，不是很有胃口。」

卿塵牽著他的手坐在旁邊，托著腮側身看他：「那我做給你吃，會不會有胃口？嗯……現在蟹子正肥，倒可以做那道蔥薑爆蟹，若是想清淡點兒，咱們吃麵好不好？不過就怕做出來你不喜歡吃。」

夜天凌微微動容，低嘆一聲，握了她的手：「我沒那麼挑剔，妳想把尚膳司弄個人仰馬翻？」

卿塵俏皮地眨眨眼睛，柔聲問他：「見了一天的人，是煩了吧？」

夜天凌笑意微斂，淡淡道：「今日一天，我罷了五州巡使。」

卿塵先前不知道這事，不免吃驚，「這才第一批十二州巡使入朝，怎麼就罷了一小半？」

夜天凌低沉的語氣教人聽著發冷，「鶴州巡使吳存，一入天都便攜黃金千兩拜訪衛府，朝中三品以上官員十有八九受其賄賂。江州巡使宋曾，昨夜在楚堰江包下十餘艘畫舫宴客，與人爭搶歌女，大打出手。吳州巡使張永，連自己州內管轄幾郡都不清楚，還要朕告訴他。這江左七州出來的官吏真是教人長見識了。」

卿塵聽得皺眉，略一思量，卻緩聲勸道：「話雖如此，但連續罷黜官員，是不是有些操之過急？朝中難免會惶恐不安。」

夜天凌道：「殺雞儆猴，正是要讓他們都知道朕要的是什麼樣的官吏。借這次清查國庫提調罷免一批官員，一朝天子一朝臣，原本便也是這個道理。」

卿塵道：「清查國庫牽連甚廣，眼前還沒有完全穩下局面，只怕給人可乘之機。」

夜天凌想起今日戶部的奏報，眼中透出一抹極深的鋒銳，沉聲道：「妳可知道，如今太倉儲銀僅餘四百萬兩？聖武一朝，四境始終征戰不斷，原本便極耗國力，哪裡再經得起這些人負國營私，中飽私囊？國庫尚且如此，各州也一塌糊塗，江左七州號稱富庶天堂，卻只富在吳存、張永這些官吏身上，於國於民，沒有半點益處。四百萬兩儲銀，每月光是天都官員的俸祿便要三十萬，拿什麼去安撫邊疆？若哪一州再遭逢天災，又拿什麼應急？斯惟雲治水的想法妳也看過，今年雨水適中，各處江流平穩，正是應該著手實施，卻就因此一拖再拖。清查一事刻不容緩，勢必行之。」

卿塵靜靜看向他。天帝在位這二十七年，平定邊境，廢黜諸侯，將穆帝時的混亂不堪整治到今天已屬不易，只是終究沒有壓過士族勢力。門閥腐朽，士族專權，國庫空虛，稅收短缺，天都中只見紙醉金迷，卻誰管黎庶蒼生苦於兵禍，傷於賦役？門閥貴族高高在上，便是連皇族都難遏其勢。九州之中，百廢待興，四海之下，萬民待哺，他一手托起這天下，背後是多少艱難？

夜色深遠，天星清冷，在他分明的側臉投下堅毅與冷峻，卻牽動卿塵心中柔情似水。她自然不是反對他清查國庫：「這一仗要打，就只能贏，不能輸。要贏得漂亮，就必得有深知下情、手段得力之人才行。」

夜天凌其實一直在考慮這個問題：「難，就是難在這個人上。」

卿塵有一會兒沒說話，靜靜看著漸黑的天幕，稍後方道：「有一個人。」

夜天凌頓了頓，不必問她說的是誰，只是道：「那就更難了。」

卿塵道：「但沒有人比他更了解天下的財政，也只有他鎮得住那些門閥貴族。」

夜天凌道：「正因他比誰都清楚，所以可能會是最大的阻礙。」

卿塵沒有反駁他，微抿著唇，將下巴抵在膝頭，心中無端泛起遺憾。

那年秋高氣爽，煙波送爽齋中清風拂面，她曾聽那人暢言心志，深談政見。揚眉拔劍的男兒豪氣，白衣當風的清貴風華，有種奇異的震撼人心的力量，讓她深深佩服。早在那時，他便看清了天朝的危機，高瞻遠矚，立志圖新。他籠絡士族門閥，和他們虛與委蛇，何嘗又不是知己知彼的探求？唯有知之，方能勝之。

富國強民，盛世中興，這都是不謀而合的見地啊，他會成為最大的阻礙嗎？如果要親手摧毀這些，不知他心裡又將是什麼滋味。

權力這柄雙刃劍，總是會先行索取，能得到什麼，卻往往未知。

卿塵收拾心情，抬眸道：「四哥，太可惜了啊！」

夜天凌看向她：「清兒，妳實話告訴我，之前常和我說的一些建議究竟有多少是妳自己的看法，有多少是他的？」

卿塵笑笑：「你看出來了。」

夜天凌淡淡一笑：「我了解妳，而且，也不比妳少了解他。」

卿塵想了想：「他以前和我聊過太多自己的想法，其實我都有些分不清了，很多你也贊成，對嗎？」

夜天凌道：「治國經邦，他確實有許多獨到的見解。此事若他也肯做，就有了十足的把握。」

卿塵道：「皇祖母曾囑咐過，你們不光是對手，還是兄弟。」

太皇太后的臨終遺言，夜天凌自不會忘記，道：「我還答應過皇祖母，絕不辜負這江山基業。待為皇祖母建成昭甯寺，以後每做成一件大事，我便要在寺中修一座佛塔，皇祖母知道了，定然欣慰。」說著他將手枕在腦後，仰身躺倒在高臺之上，深深望著那廣袤的星空。

卿塵亦如他一般躺下，靜靜仰首。一道寬闊的銀河絢爛如織，清晰地劃過蒼穹，天階如水，繁星似海。躺在這樣的高臺之上，人的心靈隨著深邃的夜空無限延伸，彷彿遨遊乾坤，探過宇宙間遙不可知的神祕，而生命在這一刻就與無邊無垠的星空融為了一體，永無止境，寧靜中充滿了生機。

兩人似乎都陶醉在這樣的感覺裡，誰也不願說話打破此刻的寧靜。四周只聞啾啾草蟲的低唱，微風拂過面頰，所有的煩惱與喧囂都如雲煙，淹沒在清明的心間，不再有半分痕跡，反而更使得血脈間充斥了鬥志昂揚的力量，夜天凌忍不住緩緩握起了雙拳。

羅裳流瀉身畔，青絲如雲，卿塵伸出手，星光縈繞指間，一切都像觸手可及。她輕聲道：「四哥，皇祖母一定在天上看著我們呢，還有母后、十一，或許，也還有我的父親和母親。我常常想念他們，不管是前世還是今生，只因為有了他們，我才是現在的我。」

夜天凌側頭看她，突然想起什麼，拉她坐起來，將一樣東西遞到她面前。

繁星之下，一串晶石托在他的掌心，點點瑩光通透，泛出淡金色純淨如陽光的色澤，竟是那串金鳳石串珠，夜氏皇族專屬皇后的珍寶。卿塵驚喜地接過來，心裡竟難抑一陣激動，並非因寶飾貴重，而是因這已是第八串玲瓏水晶了。

那點輕微的喜悅沒有逃過夜天凌的眼睛。這麼多年，她從來沒有忘記收集這些串珠，這個念頭突兀地出現，竟在心底化成一縷失落，幾乎就要讓他後悔把串珠給了卿塵。

這時卿塵抬頭一笑，對他舉起右手，手腕上鬆鬆掛著那串黑曜石：「四哥，其實我還是喜歡這串黑曜石。」

夜天凌道：「為什麼？」

卿塵抱膝而坐，遙望星空，輕聲道：「每一串晶石都有著主人的記憶，這上面有你的氣息，戴著它，感覺就像是你時時都在我身邊。」

夜天凌心底微微一動，卿塵突然滿是期盼地看著他，問他：「四哥，如果有一天，我是說如果，我可以回到原來的世界，你會願意和我一起嗎？」

夜天凌笑笑，回答她：「好。」

卿塵欣喜問道：「真的？」

夜天凌道：「真的。」

卿塵撲在他懷中，笑得像個孩子般開心。夜天凌冷峻的眼中似也感染了她的喜悅，一片清亮與柔和。他擁著她，淡聲道：「不管妳想去哪裡，我都陪妳。」

卿塵眉眼一彎，調皮地湊到他耳邊，悄聲道：「現在我們去尚膳司弄吃的好不好？不讓他們知道。」

夜天凌垂眸看了看她，眉梢一挑：「那走吧。」

卿塵雀躍地跳起來，拉著他的手便往高臺下跑去。

一個時辰後，尚膳司總管內侍于同跪在含光宮外磕頭請罪。夜天凌手頭還有政事沒處理完，沒空搭理他，帶著尚未轉過彎來的晏奚先回了致遠殿。

卿塵聽碧瑤說于同在外面急得滿頭大汗，攏著件雲色單衣施施然步出寢宮，站在于同面前想了會兒，丟出句話：「尚膳司居然藏了那麼好的醬，御膳中從來都沒見過，于同你真是好大的膽子。」

于同惶恐至極，都不清楚自己回了什麼話。現在尚膳司小廚房裡一片狼藉，幾個當值的內侍剛剛醒過來，還一頭霧水，不知究竟怎麼回事。卿塵打發了于同，心想是玩得有點過了，弄亂了尚膳司，敲暈了幾個人便罷，還差點驚動了御林禁衛，這若是讓那些御史知道了還了得？

不過……今晚的麵倒真是不錯啊，尚膳司特製的金絲龍鬚麵，配上那不知是什麼做成的醬，鮮美得很，兩人可是搶著吃的。夜天凌居然下手煮麵，她脣角怎麼也抑不住地就要揚起來。

碧瑤帶著幾個侍女將鸞榻周圍的紫煙綃紗帳一一放下，博山爐裡燃起擷雲香，嫋嫋淡淡，四處透著寧靜。隔著珠簾輕晃，只見卿塵自顧自低頭微笑，燈影明淡，她笑裡漾著蜜般的清甜，溫柔透骨，直教人看得挪不開眼睛，不由得便也跟著她笑起來。她轉眼想想又心虛，上前跪坐在榻旁：「娘娘，這若讓白夫人知道，又少不了一番碎念。」

卿塵眼波輕轉，又是一笑。白夫人現在受封代國夫人，外面雖賜了府宅，但特許入住宮城，以便協助皇后管理後宮。

上次發生濟王自皇宗司逃脫之事，皇宮兩城更換了大批宮人，皇宗司、掖庭司、內侍省等要處也先後調換人選。原凌王府總管太監吳未擢升內侍省監，代替了原來的孫仕，而內廷則以白夫人為最高女官，分別隨侍帝后，執掌兩宮內政。

卿塵豎起一根手指在脣邊，對碧瑤做了個噤聲的手勢：「不准告訴白夫人。」

碧瑤擰著眉道：「哪裡還用我去說，明天啊，等著聽嘮叨吧。」

卿塵道：「那明天咱們想法子躲了白夫人。」她和碧瑤相識這些年，也曾患難扶持，情誼不比尋常主僕，碧瑤對她也少些拘束，嘆氣道：「宮裡備了一桌子的御膳等著，偏自己去弄麵吃，難道還做出別樣滋味來了？」

卿塵斜倚著鳳榻，想著那熱騰騰的香氣，還有夜天凌手忙腳亂的樣子，笑道：「這妳就不知道了，美味佳肴還真是沒有比這滋味更好的。」

碧瑤按她指的將案上幾卷書取過來：「那若是不留神燙著了怎麼辦？可不能再有下次了。」

卿塵撐住額角：「哪裡有那麼嬌貴？真不得了，妳快要和白夫人一樣嘮叨了。」

碧瑤道：「好好，我不說了，都留著讓白夫人說去。」

卿塵隨手翻開書卷，笑而不語。碧瑤知道她臨睡前習慣安靜看會兒書，便不再擾她，將琉璃燈中的光焰挑亮幾分，正準備退下，便聽外面白夫人求見。

碧瑤和卿塵都覺得意外，尚膳司這點小事怎至於讓白夫人這麼晚過來？但白夫人進來後根本無暇提尚膳司，匆匆道：「娘娘，清泉宮殷娘娘薨了！」

卿塵手一鬆，握著的書卷就落在了身前：「什麼？」

白夫人道：「清泉宮來人報說，亥時三刻，陛下以鴆酒賜死了殷娘娘。」

卿塵被這消息驚住，自鳳榻上起身。碧瑤忙上前來扶，卻見她立在那裡凝神想了一會兒，忽然鳳眸一瞇：「白夫人，馬上封鎖清泉宮，拘禁所有宮人，逐個嚴審盤查，這絕不可能是陛下的旨意。」

白夫人立刻去辦，碧瑤侍奉卿塵略作梳妝，亦起駕清泉宮。

殷皇后身在宮中乃是湛王最大的顧忌，在這個節骨眼上，賜死她除了引發與湛王及士族門閥間的矛盾外毫無益處。何況即便真要賜死，放著太皇太后的遺詔不用，特地去下一道聖旨，這分明就是要激怒湛王。不必去問，卿塵也知道夜天凌不會做這樣不明智的決定。

當務之急是查清事情真相，那矯詔傳旨的內侍雖已自盡身亡，但掌儀女官很快審出幾個可疑的宮女。殷皇后平日貼身之人都不得自由，反倒是不招人眼目的宮女身上出了問題，卿塵緩步自那幾個宮女面前走過，目光一掃，便注意到有個宮女很快垂下了眼簾，手指握著裙襟，微微發抖。

她在那宮女面前站住，那宮女猛地見一雙飛鳳綴珠繡鞋停在眼前，竟駭得後退了一步。卿塵抬頭示意：「帶她進來。」說罷轉身入殿。

掌儀女官將這名宮女隨後帶來，卿塵落座殿中，那宮女站在面前，惶惶不安。

卿塵將銀絲披帛輕輕一拂，問道：「妳叫采兒？」

采兒答道：「回娘娘，是。」

卿塵再問：「昨夜有人見妳在偏苑燒毀什麼東西，可有此事？」

采兒顫聲道：「娘娘，奴婢昨晚一直在自己房中，從來沒有出去燒什麼東西，定是他們看錯了，奴婢冤枉！」

卿塵淡淡道：「妳不必害怕，我問妳三個問題，妳只要據實回答，我不會為難妳。」

采兒壯著膽子道：「娘娘問話，奴婢怎敢有所欺瞞？但是奴婢即便說實話，也只怕娘娘不信。」

卿塵脣角淺笑微冷：「是真話假話，我自然分辨得出，妳只要回答便是。若不肯說實話也沒關係，自有掖庭司掌刑宮幫我問，妳可聽明白了？」

聽到掖庭司，采兒身子微微一顫，應道：「是。」

卿塵看著她，和顏問道：「妳今年多大了？」

采兒不想問題竟是這個，答道：「奴婢今年十九歲。」

「嗯，」卿塵頷首道，「進宮幾年了？」

這已經是第二個問題，采兒急忙再答：「奴婢十歲進宮，已經九年了。」

誰知話音方落，便聽卿塵緊接著發問：「妳在苑中燒的東西是誰交給妳的？」

采兒張嘴便道：「是……啊……奴婢沒有燒東西。」

卿塵鳳目一凜，清聲叱道：「來人，帶去掖庭司！」

兩名掌儀女官上前，采兒驚叫一聲，掙扎道：「娘娘！娘娘！奴婢說的是實話，奴婢冤枉！」

卿塵冷冷道：「我若冤枉了妳，便枉為這六宮之主。我再問妳一次，妳燒的東西是誰交給妳的？實話說來！」

采兒撲跪在地上，渾身打顫：「娘娘開恩，奴婢不敢再欺瞞娘娘，請娘娘開恩。」

卿塵制止了兩個女官，垂眸靜靜看著采兒，不發一言。采兒只覺得落在身前的目光冷冽逼人，不知皇后要如何處置自己，只是磕頭求饒。過了片刻，才聽到卿塵徐徐開口：「這是最後一次機會，妳說吧。」

采兒的手緊緊摳著地上的錦毯，道：「那些東西是殷娘娘身邊的女官交給奴婢，讓奴婢帶出宮去給湛王的。清泉宮被封禁，奴婢出不去，又不敢把東西留在身邊，只好趁夜燒了。」

卿塵逼問道：「是什麼東西？」

「是……是殷娘娘要湛王起兵謀反的遺書！」

卿塵霍然震驚，站起來步下坐榻，抬手遣退身邊諸人，大殿中只剩她和采兒。

半個時辰後，掖庭司奉懿旨將殷皇后隨身四名女官帶走。待到天色放亮，白夫人獨自帶著三份供詞入內稟報：「娘娘，除了一名女官堅持不肯吐露實情，咬舌自盡外，其他三名女官都已如實招供，這是她們親筆寫下的供詞。」

卿塵手持三份供詞，翻看下去，臉色越來越冷，心中驚怒非常。

看完之後，她輕闔雙目平靜心氣，將幾份口供收入袖中，淡聲吩咐：「告訴掖庭司，所有知情之人一個不留。」

第一二二章　傷心一樹梅花影

深秋幾場雨後，天氣漸寒。帝都中接連兩次大殯過後，上九坊中處處肅靜清冷，冬日似乎已悄然降臨。

衛宗平進了煙波送爽齋，殷監正、鞏思呈和戶部尚書齊商早已在這裡。室內正中放著只金銅狻猊火盆，夜天湛正靠在書案前和齊商說話，見到他後略點點頭。寒暄過後，齊商繼續道：「這次挑的多是五品以下的官吏，不光在戶部，工部、司農寺、少府寺的人都有，全是些熟知帳目、精於核算的人。」

衛宗平已與殷監正低語幾句，知道是在說新近設立的正考司，從懷中取出一道敕令，遞上前去，「王爺，這是中書省剛剛出來的敕令，從今往後，中樞及各州郡一應錢糧奏銷事務，全部由正考司釐清出入之數，核實後方可銷兌。而且在年前，自三省以下所有部司須將明年的花銷列出預算，統一奏報正考司，正考司核對後將預算轉發戶部。自明年始，戶部據此預算奏銷各部花費，不得再行先銷後報。」

他說話間夜天湛已大概看過那道敕令，轉手遞給殷監正，沒有立刻表態。殷監正看完後交給身邊兩人，道：「這是衝著戶部來了。」

齊商一邊看，一邊點頭：「如此一來，戶部是多了不少麻煩。」

齊商說完這話，一直閉目沉思的夜天湛突然說了兩個字：「高明。」

衛宗平問道：「王爺是指這道敕令？」

夜天湛睜開眼睛，握手壓在嘴邊輕咳了幾聲，方道：「不錯，這道敕令根本不是針對戶部，裡面計算極深啊。」

這時鞏思呈才看完了敕令，嘆了口氣：「王爺已經看出來了，若只是針對戶部，哪用得著這麼周詳的法子？」

齊商道：「不是戶部？」

夜天湛淡淡道：「收了奏銷之權，你戶部不過是少了那些部費，那些送不上部費的，難道不比你還著急？」

殷監正神色一凜：「王爺是說，他接下來當真要動虧空了？」

夜天湛微微冷笑，道：「他不只要動戶部的虧空，還想從中樞到地方徹底清查。三十六州巡使他都已經摸了個清楚，若我所料不差，前些時候擢升入察院的那些監察御史很快便會入駐各州，今年這個年，各州郡都別想安穩過了。」

在座的三人都是一驚，衛宗平習慣性地捋著花白的鬍鬚，道：「這若真查起來，可是舉國牽連的大事，咱們總得有個對策。」

夜天湛眉宇間掠過一絲陰沉：「不必，讓他查好了。」

衛宗平微愣，待要問，只見夜天湛目視前方，一雙微挑的丹鳳眼微微銳著抹清光，看上去竟教人心中一寒，話到了嘴邊便又打住。

自從殷皇后薨逝之後，湛王便稱病不朝，宮中派來的御醫連面都見不到便被打發回去，整整兩個月安靜得異乎尋常，幾乎讓他懷疑先前的那步棋已經成了廢棋。奪嫡對峙，衛家因湛王態度突然轉變，在朝中頻頻失利，聲勢大不如從前，再這麼下去，可就越發艱難了。

衛宗平抬了抬眼，殷監正已將他的疑問說了出來：「讓他查，戶部有這麼一道把著，誰也再做不進手腳，必然要動到不少人。這些人都是多少年的根基，我們不保，誰還能保？」

鞏思呈亦道：「若是朝堂因此生亂，正是籠絡人心的好機會，白白放過了可惜。就算王爺不想保，此時也不能不保。」

夜天湛明顯眉心一緊，壓抑著已衝到脣邊的咳嗽，停了停，方道：「不用保，往下知會一聲就行，若憑幾個新提調的御史就能查出什麼，這些官也不叫官了。」

殷監正道：「話雖如此，但稽查奏銷這一招實在厲害，開了這個頭，往後定是越來越棘手。」

夜天湛卻撇開此事，問道：「年賦有結果了嗎？」

齊商道：「九道轉運使已經在回天都的路上，想必再過幾日陸續就到天都。」

夜天湛道：「多少？」

「九百三十萬。」

夜天湛聽了這個數字，脣角冷冷一挑：「很好，讓各處該上摺子的上吧，這個年既然不想過了，那大家就都別過了。明年的預算，想法子讓各部往高處報，我倒要看看他們怎麼辦。」

齊商答應著，忽然見衛宗平遞了個眼神過來，便又道：「王爺，這九百三十萬裡面，只鶴州、江州和吳州三處就占了四百多萬。」

「哦。」夜天湛應了一聲，衛宗平接著道：「這三州是新調任的巡使，我們插不上手。」

夜天湛往他那處看過去，那眼光似不經意，卻洞穿人心。鶴州吳存，江州宋曾，這兩個先前被罷免的巡使都是衛府門生，他豈會不知，緩緩道：「罷掉幾個也好，免得官當得久了鬼迷心竅。後面若再有這樣的事，誰也保不了他們，讓他們都好好想想該幹什麼，不該幹什麼。」

這番話說得頗重，幾人都不敢接口，唯有衛宗平乾咳了聲，道：「王爺說得是。」

夜天湛語氣不疾不徐：「我也不是專說誰，只是凡事都有個限度，由著他們亂來，早晚惹出大亂子，衛相別多心。」

衛宗平道：「還是王爺想得遠啊，也是該給他們一點警醒了。只是孩子自己打，打輕打重都無妨，若放在人家手裡，就不好說了。」

話一落，殷監正等都暗地裡稱是，不愧是和鳳衍鬥了一輩子的老臣，這話說在刀口上，外軟裡硬，明明白白。屋裡沒人再接口，都等著看夜天湛是什麼態度，誰知他只一頷首：「知道了。」

又是這三個字，近來不管說什麼事，最後都是這不輕不重的三個字。一句知道了，後面接下來便只有乾綱獨斷的堅決，倒讓他們這些臣子謀士形同虛設。隔著那似曾常見的笑，衛宗平只覺湛王周身都籠著股漠然，這感覺往常也不是沒有，只是近來格外分明，咫尺間拒人於千里之外，竟讓他莫名地想起朝堂上那個人來。四周炭火溫暖，衛宗平想到此處卻打了個寒顫。

夜天湛端起茶盞，淺啜半口，隨即皺眉放下。他抬手壓上額角，往身後的軟墊上靠去，過一會兒直起身來，俊眉微挑，抽紙潤筆寫了幾封信。其中一封寫得簡單，只幾句話便交給鞏思呈：「煩先生照這個斟酌措辭，附上我的印信密發各州。」鞏思呈接了信，看過後即刻便在旁潤色，一氣呵成後謄寫幾份，加了印信，再看另外兩封，一封是給于闐國王，一封卻是給國子監祭酒靳觀。

夜天湛將兩封親筆信封好，站起來道：「秦越，去請……」他話說到一半，猛然頓住，臉色霎時變得慘白，那兩封信啪地便從手中掉落。

鞏思呈見他臉色不對，叫道：「王爺……」夜天湛扶住案頭，死死握著那虎雕紋飾，僵了片刻，忽然間噴出一口鮮血，身子便往前栽去。

這變故將在座的幾人驚住，齊商離得最近，幾乎是撲上前去撐住他，他只低聲說了句：「別慌。」就此不省人事。

好在衛宗平等久居高位，都是處變不驚的穩重人，只把聞聲趕進來的秦越嚇得面無人色。眾人先將湛王扶到軟榻上，命人急傳御醫入府。

湛王府中頓時慌亂起來，今日衛嫣和朵霞公主都不在府中，靳慧聞訊帶著侍女匆匆趕來煙波送爽齋，只見裡外侍女內侍慌成一團，站下皺眉道：「怎麼亂成這樣，都沒規矩了？」

她掌管湛王府多年，素來受人尊重，雖說現在府中凡事都由衛嫣做主，但她一開口，仍沒人敢怠慢。大家都定了神，一個侍女道：「王妃，王爺他……」話一出口，忽然打住，當場就變了臉色。她是叫慣了靳慧為王妃，脫口而出，接著想起去年曾有幾個侍女因此被衛嫣下令毒打之後逐出府去，駭得說不出話來。

靳慧豈不知緣由，但也不怪她。衛嫣那番狠辣手段王府上下多是既怕且恨，不過人人也都看得明白，雖說衛嫣處處咄咄逼人地壓著靳慧，但王爺卻沒有半點偏心的意思，尤其還有小世子在，往後究竟怎樣，誰也說不準。這兩年下來，衛嫣剛入嫁時那股說一不二的氣勢日漸衰落，如今又有了朵霞公主兩妃並尊，她更是威風不復往日。

靳慧此時卻哪有心情去想這些，只吩咐道：「秦越帶人在外面伺候著，既知道王爺病了，都安靜點兒。還有，哪個要是敢亂傳話，定不輕饒！」說罷急忙入內去看情形，不過片刻御醫也趕到了。

殷監正等見來的竟是老御醫令宋德方，不免意外，但也都顧不上細想，忙請到榻前診脈。宋德方細細診了半晌，放下手沉思，過了會兒問道：「王爺前些時候可是受過傷？」

他問這話時看的是靳慧，靳慧卻迷茫，從不知道有這事，衛宗平、殷監正等也都是毫不知情的神態。卻是鞏思呈沉吟了一下，道：「是，當初在百丈原，王爺為及時增援雁涼，曾親自領兵阻擊西突厥大軍，受過傷。」

百丈原之戰眾人多少也都知情，但沒人料想還有這番驚險。靳慧手指在絹帕間絞得發白，聲音微顫：「鞏先生，這麼大的事，怎麼從來都沒聽人提過？」

她平素性情溫婉，極少嚴詞待人，眼下卻有責問的意思。鞏思呈知道她是關心則亂，也不介懷，只是道：「夫人，那時王爺下了嚴令，一概不准將此事洩露出去，何況傷得不重，所以也就幾個人知道而已。」

靳慧眼中已隱見淚光，只是在人前強忍著：「不管傷得重不重，也得說一聲啊，這算怎麼回事？」

翬思呈張了張嘴，想說的話終究沒有說出來。當時的情況，因澈王的事和凌王鬧成僵局，王爺心裡也是壓著股傲氣吧。翬思呈不由自主地嘆息，百丈原那一戰，或者是他此生大錯特錯的決定。不！他立刻又推翻了這個想法，若是真做到絕了，哪裡還有現在的昊帝？半途而廢，終究導致了今天這局面，他也深知湛王雖待他一如從前，那件事卻已是主從間無法逾越的鴻溝。不過也沒什麼可顧慮的了，身為謀士，原本就是這麼個境地，君主可以仁慈，謀士心裡總得是滿腹的陰謀詭計，若事敗，固然身敗名裂，即便事成，也無非是兔死狗烹、鳥盡弓藏的下場，古來如此，又豈止今時？

定一定神，他問宋德方：「宋御醫，王爺這病難道和那時的傷有關？」

宋德方道：「王爺受傷後非但沒有及時調養，反而操勞過度，病根就是那時候種下的。王爺是習武之人，向來身子康健，定是沒把這傷放在心上，其實傷勢只是壓了下去，並未痊癒啊。」

翬思呈嘆道：「戰事在前，將士們都是枕戈待旦，王爺又豈能安心歇息？白日親臨戰場，晚上帳中議事，深夜有軍情那是常事。北疆戰後，接著出使西域，那三十六國哪一處又容易應對？這西北兩面，不說讓人心力交瘁，也是殫精竭慮了。」

宋德方蹙眉道：「所以王爺的病，已非一日兩日，只是仗著年輕硬撐著罷了。病根已種，本源已虧，王爺近日又悲痛太甚，思慮過度。哀思而損五臟，鬱氣積於內，便是再好的身子也支撐不住。時值冬日天寒，這是時症引發了舊疾，不可謂不凶猛。」

話說到這裡，靳慧臉上已然血色褪盡，殷監正趕著問了一句：「照這話說，王爺的病豈非……極重？」

宋德方道：「說極重倒還不至於，但也不輕，萬萬馬虎不得，一旦調養不當，便麻煩了。」

這片刻的功夫，靳慧似是鎮定下來，道：「無論怎樣，請宋御醫先開方子入藥，如何調養再詳細告知。」

宋德方道：「方子倒簡單，關鍵不在藥上。王爺必須安心靜養，若再勞思傷神，便是有靈丹妙藥也無效。」

衛宗平他們相對無語，神情中都帶了絲複雜，眼下這情形，如何能靜養？反而靳慧秀眉淡蹙，思索了片刻，道：「我知道了。」

宋德方便列了藥方，交代下細節。靳慧送走宋德方，命秦越帶人在榻前照看，將衛宗平等人請去外室。肅清了左右侍從，她斂襟對眼前幾人行了一個極鄭重的鞠禮，幾人驚訝：「夫人這是何故？」

靳慧正色面對這些重臣謀士，秀婉的眼中十分平靜，柔聲道：「宋御醫的話幾位大人和鞏先生也都聽到了，王爺的病來得凶猛，看來必得靜養些時日才行。我想請幾位大人和鞏先生答應我，從今日起不管有什麼事都暫且壓一壓，讓王爺好好歇息幾日，待身子好些，再行商議。」

這時候沒有宋德方在，幾人說話也都少了些顧忌，殷監正道：「話確實如此，只是恐怕王爺靜不下心來養病啊！」

靳慧道：「要說一點心事都不想，自然不可能，但外面的雜事少聽少想，便也就是靜養了。」

衛宗平一手背在身後，一手撫著鬍鬚，居高臨下地看著靳慧道：「夫人想必不了解，這些雜事哪一件都非同小可，不是說放下便能放下這麼簡單。何況有些即便是王爺想放，卻未必能放。」

靳慧微微笑道：「有幾位大人和鞏先生在，這些一定還是應付得來的，未必事事都要王爺親自處理。」

這話聽在鞏思呈等人耳中便也罷了，衛宗平卻覺得格外不中聽。他重重咳了一聲，道：「究竟怎麼辦，還是等王爺醒了再說，至少府中也要聽聽王妃的安排。」

靳慧也察覺那話讓衛宗平不悅，便淡然一笑，輕聲道：「衛相說得是，這等大事自然是該由王妃做主。」

殷監正看了衛宗平一眼，道：「無論如何，若王爺的身子有個差池，便什麼都是空話。即便是王爺自己放不下朝事，我們也必得想法子讓他靜心調養，一會兒我們得多勸著王爺才是。」這時秦越自裡面小跑出來，「王爺醒了！」

待他們進去，夜天湛已經起身半坐在榻上，正揮手命侍女退下。靳慧急忙上前扶住他，他見了她有些意外，隨即面露溫和，靠在她放來背後的軟墊上，便道：「方才那兩封信立刻送出去，靳觀來了讓他來見我。」

秦越在旁答應了趕緊去辦，事關政務，靳慧不好說話，便往殷監正那裡看去。殷監正道：「王爺近來憂勞過度，這些事還是暫且放一放，待……」

夜天湛抬手打斷他：「我自己的身子自己清楚，該交代的事交代給你們，十日之內除非有重大變故，否則不必來見我。」大家原本擔心勸不住他安心休息，不料他如此乾脆。鞏思呈和殷監正相顧點頭，是這個狀態了，他這是真清楚，連半分意氣都沒有。

夜天湛微緊著眉想了想，目光落在齊商身上：「我的信到了西域，過些日子，戶部必然會備受壓力，你心裡要有個準備。」

他話說得極慢，卻有種沉穩而慎重的力度在裡面，齊商低頭應道：「是，臣記下了，些許壓力戶部還是扛得住的。」

夜天湛再道：「衛相，這幾日若議到春闈都試，不要沾手，便是讓你主考也要推掉，最好推給鳳衍。」

衛宗平等人都覺詫異：「殿下這是為何？」

夜天湛沒那麼多精力一一解釋，也不想解釋，只道：「照我說的做，另外告訴工部，昭甯寺……」他突然停了下來，靜靜地看了前方一會兒，方道：「讓他們全用最好的材料。」說完此話他似乎不勝其乏地往後靠去，閉目道：「你們去吧，這十日莫生事端。」

衛宗平等人不敢再多言，告辭出去。輕輕重重的腳步聲消失在外面，夜天湛勉強撐起身子，忍不住便劇烈咳嗽起來。

靳慧急忙遞了暖茶過來，待他好些後，小心扶著他躺下。夜天湛靜躺了片刻，緩緩睜開眼睛對她一笑：「我沒事，嚇著妳了吧。」

靳慧眼中的淚控制不住就衝了出來，怕惹他煩心，忙側了頭。夜天湛輕聲嘆息，從被中伸出手替她拭了淚。他的手冰涼如雪，靳慧忙抬手握著，此時不像剛才那樣慌張，立刻覺出他身子隔著衣衫也燙得嚇人。她吃了一驚，急著站起來要叫人。夜天湛拉住她，搖頭：「陪我一會兒，難得我這樣有空閒，現在什麼人都不想見，就和妳說說話。」

他的聲音不像方才交代事情時那樣穩，低緩而無力，卻因此讓這原本便柔和的話語聽起來格外輕軟，若有若無，填滿了人的心房。靳慧順著他的手半跪在榻旁：「你身上發著熱呢，這病來得不輕，得好好歇著才行。」

夜天湛淡淡笑笑：「竟然病了。小時候最煩便是生病，總認為生病弱不禁風，還要人照顧，只有女子才那樣。即便偶爾有個不舒服，也要撐著讀書習武。怎麼現在反倒覺得，只這個時候才有理由鬆下來，原來生病也好啊。」

他好像漫不經心地說著，靳慧卻聽著酸楚，拿手覆著他越來越燙的額頭，又著急，又心疼，柔聲道：「生病有什麼好的，我只盼著你平平安安的才是好。」

夜天湛在枕上側首看她，細細端詳了一會兒，道：「慧兒，嫁給我這些年，也真是委屈妳了。」

靳慧微笑，「能嫁給王爺是我的福分，我只覺得高興，哪裡會有什麼委屈？」

夜天湛眸光靜靜籠著她，漸漸就多了一絲明滅的幽深：「我帶兵出征一走便是年餘，待到回來，元修都學會說話了。這兩年府裡的事我心裡也有數，是我委屈了你們母子，妳怨不怨我？」

靳慧見他神色抑鬱，便與他玩笑：「你可是天朝的王爺，跺一跺腳這帝都都要震三分，我怎麼敢怨你？」

夜天湛嘆氣，倦然閉上眼睛。靳慧等了許久都沒有聽到他說話，以為他太累睡了過去，輕輕替他掖好被角。他卻突然低低問道：「慧兒，若我不是什麼王爺，妳還願意嫁給我嗎？」

靳慧被他問住了，她好像從來沒有想過這個問題。從她第一次見到他，他便是天家的皇子，尊貴的王爺。那是什麼時候，似乎久遠得在記憶中只留下煙柳迷濛、淺草繽紛的夢影，他在眾人的簇擁下縱馬過橋，揚眉間意氣風發，奪了春光的風流。她想起來了，她是想過的呢！豆蔻年華，帶著羞澀的憧憬盼望過，如果那個少年不是皇子該多好，沒有了這樣的身分，他便不是高不可攀了……她臉上微微地泛起緋紅，溫柔凝視著他：「不管你是誰，我都願意。」

夜天湛的聲音虛弱而乏力：「可我不只有妳一個妻子。」

靳慧搖頭道：「我只要能在你身邊，不求你只有我一個人。我不會和她爭，若爭起來，豈不讓你在母后那裡為難？家和萬事興……」她忽然停住，深悔話中提到殷皇后，只怕夜天湛聽了傷心。

果然，夜天湛疲憊地轉過頭，怔怔看著一縷微光透過窗櫺映在軟如輕煙的羅帳之上，兀自出神。眼前陣陣模糊，那些花紋遊走於煙羅浮華的底色上，彷彿是誰的笑，輕渺如浮塵。笑顏飄落，沉沉壓下來都化作紛飛的懷疑與責問，一片片、一層層地覆落，冷如寒雪。可是他心裡卻像燒著一團烈火，寒冷與火熱衝得頭痛欲裂，他緊蹙了眉，固執地不肯呻吟出聲。一隻柔軟的手撫上他的額頭，眼前姣好的面容已經漸漸有些遙遠，心裡卻越來越難受，滿滿的，要令人窒息。

靳慧見他不說話，心裡忐忑不安，突然聽到夜天湛恍惚間像是叫了她的名字：「慧兒，妳可知道，有段日子我常常不願回這王府。不知從什麼時候開始，我感覺這裡不像是個家了，總想避開在外面。都說我出征是為了那兵權，可是我自己清楚，我只是想離開天都，我想躲開母后。」他的眼神不像方才那般清朗，似一層深深的迷霧遮住了黑夜，「妳一定從來沒見過我這樣不孝的人，母后走了，我心裡難過得很，可是偏又覺得那樣輕鬆，好像我竟盼著這麼一天。我……我是個什麼兒子啊！母后是為了我才去的，我知道，她想我做什麼我也都知道，可我就是不肯做……」靳慧感覺他的手微微輕抖，抖得整個人都在發顫，出其不意地，一行淚水自他的眼角滑下，沿著臉頰浸入鬢髮。靳慧慌了，她從沒想過夜天湛會流淚，那個風華俊彥的男子，他應該永遠是微笑著的啊！

夜天湛蒼白臉色上有著不正常的紅暈，靳慧看眼前這樣子，知道定是高熱燒起來了，焦急地勸道：「王爺，你別多心責備自己，母后不會怪你，你的孝心母后都明白。」

夜天湛卻突然又笑了，笑得滿是淒傷：「母后不明白，她根本不明白我要做的事。他們想的就只有皇位。妳說，那個皇位要來幹什麼？」靳慧哪裡答得上他的話，他卻本也沒期望得到回答，只因他心中早已清清楚楚問了自己千遍，答了自己千遍，「我要那個皇位，我要的是天朝在我手中盛世大治。可他們眼裡皇位就只是皇位，沒有人知道我想做的事，就連母后也不知道，母后為什麼要這樣逼我？她不肯相信我。父皇也一樣，他根本不看我到底在做什麼。沒有人知道！」

靳慧聽著這話，心裡絞成一片，她不懂他究竟是怎麼了，但她能感到他的苦。他從來不曾說過這樣疲累又傷心的話，那個從容自若的他，微笑底下卻與別人如此疏遠，只是因為沒有人懂他嗎？她失措地環住他的身子，順著他道：「王爺，你別難過，怎麼會沒有人知道呢？我知道，父皇和母后也總會知道你的苦心的。」

夜天湛目光漫無目的地移過來，卻又好像並不看她，低聲道：「是啊，妳知道，我跟妳說過，就在這煙波送爽齋，只有妳懂。可是那又怎樣？妳還是成了別人的妻子，其實妳也不懂，妳連我是誰都不知道……」

他昏昏沉沉自語，越說聲音越低，漸漸地昏睡過去。靳慧怔怔聽著，全失了心神。

這個男人，他要的不是她，可她偏狠不下一絲心來怨他，她只要看著他，守著他，便這一生都滿足了，但是他卻為何如此傷心？她守在榻前，一動不動地看著夜天湛沉睡過去的容顏，待他安靜下來後悄悄要將手從他的手中抽出，他忽然叫了一個名字，緊攥著她的手不放：「別走。」靳慧痴立在那裡，不覺淚流滿面。

第一二三章 萬里同心別九重

趕在寒冬冰封大江之前，負責押運天朝三十六州年賦的官船陸續抵達天都。再一個多月便是春節，往年這個時候，朝野內外必是有些忙碌的喜氣，只因年賦是一年中最後一件大事，如今順利到了天都，再忙上幾天，便可以封印領賞，舒舒服服過個吉祥年了。

齊商揣著年賦的奏報進了致遠殿，夜天凌正和斯惟雲在議事，現在已是左都御史的褚元敬亦隨侍在側。斯惟雲剛剛奉旨從湖州趕回天都，入調正考司。他一直以來監修西蜀、江左幾大水利工程，估算帳目不可謂不精，而且嚴謹剛正，心志堅韌，正是清查虧空之不二人選。夜天凌此次將他調回天都，乃是有了重用的打算。

聽說是年賦的奏報，斯惟雲覺得十分及時。兵部和工部剛剛呈上奏摺，一列了今年戍邊軍隊的冬需，一呈上昭甯寺的預算，再加上年末各級官員的封賞和北疆十六州那邊，幾項下來便有近千萬的銀子等著用。現在年賦到了天都，這些便都不足為慮，清查虧空也有了緩衝的餘地，可以從長計議。

夜天凌一邊和斯惟雲說話，一邊自晏奚手裡接過奏報：「這些都最好趁著年前……」話到一半，突然頓住，目光停在那「九百三十萬」幾個字上。

齊商垂首站在下側，一陣安靜過後，感覺有道清冷的目光落至身前，縱然早有準備，還是心中一凜。

夜天凌將那奏報從頭再看了一遍，脣角無聲一挑，似是現出一抹淡薄的笑意。斯惟雲和褚元敬都是凌王府的舊臣，深知皇上的脾氣，看到他這樣的神情，便知是出了事。夜天凌將奏報掂在掌心，看向齊商那身紫袍玉帶的三品官服：「齊商，你這個戶部尚書做了幾年了？」

齊商謹慎地答道：「臣是聖武二十二年調到戶部，二十三年任戶部尚書，已經五年了。」

「你倒是給朕說說，去年的年賦是多少？」

「回陛下，三千六百四十二萬。」

「前年。」

「四千五百五十萬。」

「那今天這九百三十萬的年賦，朕想聽聽你的理由。」御案前廣袖一揚，夜天凌隨手將奏報丟在了一旁，淡淡問道。

斯惟雲和褚元敬同時吃了一驚，誰也沒料到今年的年賦居然只是往年的零頭。年賦向來是下年財政的主要來源，這麼一來，國庫等於全空了。兩人都不約而同地想到，此次年賦收繳，湛王派系的人除了齊商領著戶部尚書的職避無可避，其他一概不曾出面，現在便出了這樣的結果。

面對這樣一問，齊商是早有準備，低頭奏道：「陛下，今年與往年有些不同。西北兩邊戰亂初平，陛下體恤民情，恩旨免了不少州的賦稅。西蜀與北疆，都是我朝稅收之重，這一來便去了小半。東海那邊因頻遭海寇，今年貿易不暢，這筆稅收也減了很多。」

這自然也是理由，但即便如此，光江左七州也至少應有一千五百萬以上的稅銀。這年賦不是沒有，是收不上，收不上，是因為去的不是湛王的人。夜天凌淡聲一笑，點頭：「這些心思動得倒齊全，你是不是接下來要告訴朕，若非還有你齊商一力為國，這九百三十萬都未必能有？」

齊商背心頓時涼意叢生，一抬眼，正撞上夜天凌那瀚海般的目光，心底一沉，竟有種一腳踏空的感覺。面前靜冷的注視居高臨下，彷彿一絲一毫的心思都逃不過那雙眼睛，進殿前想好的種種藉口到了唇邊，卻偏偏一個字也說不出來。一旁褚元敬已躬身道：「陛下，臣要參戶部尚書齊商有失職守，欺君罔上！」

齊商閉目暗嘆，今日不巧褚元敬在，都御史糾舉百官，此事正是送上門給他彈劾，撩起襟袍跪下：「臣，聽參。」

「欺君罔上，你打算怎麼聽參？」夜天凌漫不經心地問了一句。

齊商渾身冷汗涔涔，欺君之罪可大可小，若真要坐實了，抄家砍頭都不為過。他喉間緊澀，艱難地開口道：「臣……臣不敢欺瞞陛下，請陛下明察。」

夜天凌目光落在那黃綾覆面的奏摺之上，果然不出所料，最先動的便是年賦，湛王府的勢力究竟根深到了什麼地步，也由此可見了。他自案前起身，殿中一時靜極。此時卻有殿中內侍瞅了沒人說話的空隙，小心地進來稟道：「陛下，鴻臚寺卿陸遷求見，說是有急事面奏。」

夜天凌抬頭：「宣。」

陸遷手攜卷軸帛書入內，沒料到這麼一番情形，頗為意外，瞥了一眼跪在那裡的齊商，行禮奏道：「鴻臚寺剛剛收到西域國書，請陛下過目。」

晏奚接了國書呈上，夜天凌展卷閱覽，眸中一道微光劃過，瞬間沉入深不可測的淵底，脣邊薄笑卻似更甚。他緩緩步下案階：「好手段！」

齊商深低著頭，眼前突然映入一幅玄色長袍，絲帛之上流雲紋路清晰可見，青黛近墨的垂條襯著冷玉微晃，皇上已駐足面前：「看看吧，都與你戶部有關。」

一陣微涼的氣息隨著皇上的袖袍拂面而過，齊商在帛書擲下時慌忙兩手接著，根本不用看，他也知道這其中的內容。天朝能與西域諸國交好，是因國中有強大的財力支持，此次為安定西北壓制吐蕃，曾與于闐等國各有協商，許以重資扶助。現在西域幾大國共進國書，請求天朝兌現承諾，茲事體大，關係邦交，不比國內諸事可以商討延緩，已是逼上眉睫。

國書上都寫了些什麼齊商幾乎看不分明，只是記著湛王囑咐過的話，穩下心神，將國書重新呈上，俯地叩頭：「陛下！」

夜天凌負手站在案階之前，聲音淡漠，甚至頗有些不屑一顧的高傲：「拿著這國書回去好好想想，若有不明白的地方，可以去問湛王，西域諸事都是他親手經辦的，定會告訴你怎麼準備。三日後沒有解決的方案，你就回府待罪聽參去吧！」

齊商汗溼重衣，惶惶磕頭退出致遠殿，撐著走到殿外，腿腳一軟，幾乎要坐倒在龍階之上。他緊握著那燙手的國書，深吸了口氣，迎著冷風抹了把臉，匆匆便往湛王府趕去。

致遠殿內外一片肅靜，夜天凌在案前緩緩踱步，他不說話，誰也不敢妄言。這時內侍省監吳未入內求見，捧著一疊卷冊呈上來：「陛下，皇后娘娘命人將這些內廷司的卷冊面呈陛下過目。」

夜天凌接過其中一卷翻看了一會兒，問道：「皇后還說什麼了？」

吳未道：「娘娘說陛下若有空閒，便請移駕內廷司，娘娘在那裡恭候聖駕。」

夜天凌見幾本卷冊都是內廷司庫存絲綢的紀錄，一時沒弄清卿塵何故送來這些，轉身道：「去內廷司。」

到了內廷司，夜天凌遣退眾人，獨自往裡面走去。

此處是內廷司的絲綢庫，步入殿內，四處都是飄垂的綾羅綢緞。看花紋樣式，白州的新緞、梅州的貢絹、華州的雲絲……應有盡有，無不是巧奪天工、美奂絕倫之物。

午後的陽光透過長窗淡落在如雲如霧的輕紗垂錦上，明媚的華麗與縹緲交織遊蕩，點點灑下浮動的明光。殿中安靜得連自己的腳步都無聲，絲錦鋪垂的殿廊一層層深進，望不到盡頭。

夜天凌走了幾步，忽然停住，身後一聲淺笑，有人從後面環住了他。蘭絹輕揚，卿塵身上那種熟悉的水般清香便飄來了身旁，他反手把她拽出來：「叫我來就是要和我捉迷藏？」

卿塵側首端詳他，「好像四哥興致不高，沒有心情和我玩。」

夜天凌道：「確實一般。」

卿塵道：「是為西域的國書嗎？」

夜天凌伸手撫過她臉側垂下的一縷秀髮：「妳怎麼知道？」

卿塵道：「剛才我去致遠殿找你，聽到你正和他們議事，就沒進去。一定是那國書讓你心煩，對不對？」

夜天凌眸色深深，靜看了她一會兒：「讓我心煩的不是國事。」

卿塵眼底神情略滯，隨即又輕鬆地微笑：「若是家事，那便怎麼都好說。」

夜天凌淡淡道：「是嗎？」

卿塵雙手摟著他的腰，抬頭一瞬不瞬地望著他：「是。」

夜天凌眼中微冷的光澤一閃：「但若家事變成國事，就未必了。」

卿塵牽他的手，「要是解決了呢？」

夜天凌道：「妳可知那國書中寫的是什麼？」

卿塵道：「我不知道國書怎麼寫的，但我知道他是如何與西域諸國交涉的。四哥，你看這內廷司裡的絲綢，歷年來各地朝貢的絲綢，再加上為你備下賞賜六宮妃嬪的那些，足有幾百萬匹了。」

夜天凌道：「那又如何？」

卿塵笑：「都賞了我吧，你捨不捨得？」

從見到她的第一天，對著她這樣的笑容，夜天凌總是有些無奈，薄脣微微一抿，「我又沒有六宮妃嬪可賞，妳若要，什麼不是妳的，何必還特地來問我？」

卿塵眉梢輕挑：「只因這個事關國庫，四哥，絲綢可也是銀子啊！」

夜天凌略作思忖，大概明白了她的意思：「妳是說將內廷所存的絲綢送往西域，以此代替諸國索要的財物？」

誰知卿塵卻搖頭：「若如此，一匹絲綢就只是一匹絲綢的價錢，我天朝即便是普通的絲綢，一旦西出蔥嶺也價比黃金，更何況是宮中的上品，若好處都讓西域諸國占盡了，有什麼意思？」她挽了一幅絳紅如意妝金祥雲束錦送到夜天凌面前，「你看，內廷司中這些絲綢都是外面罕見的精造貢緞，隨便哪一件送出去都是價值不菲。」夜天凌饒有興趣地聽著，她眉眼一彎，露出他常見的那種調皮模樣，「我想讓這些絲綢翻上幾倍的利潤，只是，要四哥你做一次惡人。」

夜天凌道：「說來聽聽。」

卿塵將手中錦緞扯起，映著亮光細看那些繁美的花紋，說了兩個字：「折俸。」

夜天凌一頓，揚聲失笑：「再加上追討虧空，天下百官可真要罵朕無恩無情了！」他雖這麼說著，神情卻滿不在乎。卿塵一鬆手，溫涼的錦緞滑落在他手中：「那還有個更簡單的法子。」

「哦？」夜天凌揚眉。

卿塵抬手到他面前，衣袖輕落，手腕上是那串紫晶串珠，顆顆晶石襯著她雪色的肌膚，陽光下清透璀璨。夜天凌深眸微瞇，握著那串珠將她的手壓下：「用不著。」

卿塵鳳眸斜挑，瞅他：「逞強。」

夜天凌一笑：「靠著列祖列宗保江山，不是本事，這點事不算什麼。他們既然想把國庫掏空，那就自己去填吧，虧空的那些填滿三個國庫也綽綽有餘。我正沒有合適的藉口動虧空，他們便送上門來了，如此甚好。」

卿塵道：「原來你已有了打算，早知道我就不費這心思了，那這惡人你還做不做？」

夜天凌脣角笑意更深：「既要查虧空，無恩無情已是在所難免，那就不差這一點了。說說吧，折俸之後又怎樣？」

卿塵道：「通商。湛王與西域間的國契約定，其中內容雖眾所周知，卻沒有人真正明白。表面上看，他是承諾了西域極大的好處，但其實早已給天朝做了周詳的打算。那國契之中，無論從細節到措詞，其重點就只在兩個字，通商。」

夜天凌道：「我朝與西域諸國一直有商旅往來，怎麼此時又有通商之說？」

卿塵道：「四哥你也忽略了呢，聖武十七年，我朝因與西域關係惡化，曾頒下禁商嚴令，這道禁令如今仍在。只是十餘年形勢變化，中原與西域漸漸往來頻繁，這幾乎已經被人遺忘。如今在西陲邊關，這禁令實際上變成了關榷與商人之間的一種交易。那些商人只要奉上足夠的金銀便可以西行出關，而他們所販賣的貨物之中，最受限制的便是絲綢。我們天朝的絲綢造坊都是官坊，多數只供內廷使用，民間不易多得，所以便格外貴重，西域諸國無不希求。湛王出使西域之前，曾在韋州、涼州、寧州等數處關榷恢復禁商令，從而加大了與西域諸國談判的籌碼，我想這是他此行順利得歸的重要原因。而且不知四哥你注意到沒有，他在和西域諸國的國契之中答應的是天朝會『讓』諸國獲得重資，而不是天朝要『給』諸國重資，這就是重點。」

夜天凌掂量著手中沉甸甸的寒絲，仔細回憶：「妳這麼一說，我倒也想起來了，當年的確曾有這麼一道禁令。妳怎麼會知道這個？」

卿塵用指尖輕輕劃著絲綢上細密的花紋：「這道禁令的副本，我曾在煙波送爽齋中看到過，有關這道禁令的利弊，湛王在很早之前便詳細研究過。」

夜天凌眉梢一動，卿塵坦然迎上他的目光：「他本來是為天朝做了一件功不可沒的大事，可是他自西域出使歸來，正逢天都生變，所以此事的關鍵他便沒有機會，也不可能告訴任何人。」

「唔，」夜天凌頷首道，「我記得也曾有人上書彈劾，說他耗盡國庫，買一方安定，空博虛名。」

卿塵點頭，若不是因為這種彈劾，她也不會去翻看夜天湛帶回來的國契。她深知他不是那種人，果然細究之下，被她發現了其中端倪。只是當時卻也沒有想到，這個發現會用在今天，親手與他博弈對峙。她心裡驀地就有股悵然的滋味湧起，一雙眸子便輕輕垂下去。忽然間夜天凌放開了那匹絲緞，伸手拍了拍她的臉頰：「我知道了，不說了，走，看看妳喜歡什麼樣的絲緞，我們去挑一匹。」

卿塵抬眸，卻沒有移動腳步：「四哥，你答應過我的話，現在還算嗎？」

夜天凌似是能讀懂她眼底的每一分情緒，片刻靜默之後，他淡淡道：「若只是家事，鬧翻天也無妨，但只有一點，不能誤國。」

卿塵道：「你知道他不會。」

夜天凌道：「但願如此，我可以等他，只希望他不要讓人失望。」

卿塵展開笑顏，放下心來。

第一二四章　玉寒雪冷軒轅臺

霰雪輕碎，打在碧彩金輝的琉璃瓦上，薄薄地蓋了一層。冷風吹過，直往人脖子裡灌，刺骨的涼，轉眼已入三九嚴冬了。

衛宗平掀開簾子進入尚書省值房，炭火的暖氣迎面撲來。殷監正面前放著一疊卷宗，從案前抬頭，見是衛宗平，起身道：「衛相。」

院裡的細雪隨著簾子的起落灌進一片，吹得這聲音不冷不熱，衛宗平沒有注意到，抖落大氅上的雪，將幾份詔令遞了過去：「看看吧，這個月又是絲綢，絲綢折俸，自古哪一朝聽說過？又逢年節，群臣非議啊，輿情看也不看，這算什麼事！」

殷監正接了詔令，翻看一下。說是輿情難平，不過是造個聲勢罷了，但凡中樞要員有幾個只靠俸祿度日？折俸，只是委屈了那些品級小的官員。但若說委屈，現在看來倒也未必，價比黃金的絲綢，從內廷一放出來便被坊間商號搶購一空，始終抬著高價不落，官吏們所獲之資比起原先的俸祿分毫不少。接著西境廢除禁令，只要嚴冬一過，中原西域必定車旅不絕，商路通順，西域那邊也無話可說。這還真是兵來將擋水來土掩，應對得天衣無縫。但最令人惱火的還不是這個，正考司奉聖命督查戶部，不但今年的錢糧奏銷屢遭審核，歷年來的帳目也一一清算，查出虧空已是在所難免。不過所幸一月前御史臺派出去的監察御史幾乎全部未建寸功，各州郡早有準備，任誰也查不出端倪。

「雪這麼大，就幾份詔令還勞煩衛相親自過來，讓人送來就行了。」

這是客氣話，衛宗平當然不是為了這幾份詔令來尚書省：「王爺的病已無大礙了吧，可有什麼說法？」

湛王靜養了這些時日，按理說應該好得差不多了，可至今不曾召見他們。殷監正將眼睛垂下去，似乎繼續在看那些詔令，他是早已見過湛王的，湛王只是有人想見，有人不見罷了。「不是一天兩天的病根，想必還不是很好，我們也不好去打擾。多事之時，我這裡忙亂得很，還沒去給王爺問安，不比衛相這般輕鬆。」

衛宗平道：「入了年關，各部都忙，我也不得空閒啊！」

殷監正抬眼看看：「總比我們好，至少皇恩浩蕩，衛家的族人門生都奉公廉潔。」

衛宗平終於從話中聽出些不尋常的味道：「這話是什麼意思？」

殷監正也不多說，就是一笑：「陛下對衛相的倚重人人都看在眼裡，恭喜衛相。」

衛宗平直起身子：「你這是說我衛家奉他為主！」

殷監正道：「新主臨朝，趨前侍奉，這也是明哲保身的上策。陛下如今六親不認，連鳳家都動到了，卻唯獨衛相府上安然無恙，可見聖眷優渥呢！」

「這……」衛宗平語塞。這次清查虧空的旨意一下，鬧得滿朝沸揚。那斯惟雲奉旨辦事，鐵板般連滴水都潑不進去，奏銷的帳目往他手中一過，立刻便知對錯。按以往戶部的慣例，只要私下打點好部費，差不多的帳睜一隻眼閉一隻眼也就過去了。偏偏斯惟雲軟硬不吃，真金白銀送到眼前，他在正考司官署前搭設高臺，凡有賄賂便命人放到臺上，下面列出何人何時所送，跟著便是此人虧空的數目詳情，為此不知得罪了多少人。虧空清查不到十日，便聽說斯府失火，一座府宅毀了小半邊，隔日斯惟雲照常辦事，面不改色。正考司的高臺上除了那些重禮之外，跟著便多了些其他東西，有暗器，有刀劍，下面就寫著何時何地所遇劫殺，平均下來，每隔三日高臺之上必然多出新的東西，但斯惟雲始終毫髮無傷，出入從容，唯有中樞各處的虧空接連遭查，一連串的官吏身涉其中。

情況激烈可見一斑，但就是這樣，衛家從族人到門生，不過隔靴搔癢地辦了幾個無關緊要的人，讓衛宗平也很是意外，一面暗暗鬆了口氣，一面卻又費解，難道真如殷監正所說，聖眷優渥？

「陛下究竟是個什麼心思，老夫也正琢磨不透。」

殷監正微微冷笑：「陛下的心思，想必衛相比誰都清楚，不過衛相可也別忘了，令郎還有幾十萬的虧空在這裡。」

想起獨子衛騫，衛宗平心裡一陣緊張，白首喪子，哀莫大焉，殷監正這話著實令人惱怒，當即便拉下臉來：「人都不在了，一了百了，提這些幹什麼？」

殷監正一點案上的詔令：「衛相難道沒看見？陛下可是連死路都不給，人死了還有父母兒孫、子弟親友，一樣追討。殺人不過頭點地，這追債卻追到閻王爺那裡去，令郎安生得了嗎？衛相當心還要替死人還債！」

衛宗平怫然不悅：「老夫的事何用你來操心！」

且不說殷家和衛家本來也不算和睦，就為近來的事，殷監正認定衛家吃裡爬外，早便心存不滿，當即一拱手：「既然如此，衛相請便吧！」

衛宗平也是火爆脾氣，拂袖而起，怒道：「各走各路，告辭！」

門簾被一把掀起，匡噹擲下來，連風帶雪撲了半室，殷監正狠狠地將手中詔令一擲，起身向外喊道：「來人，備車！」

小雪未停，飄飄灑灑地旋轉落下。車馬已經走了半天，殷監正心裡的火氣還沒消，快到湛王府時，他隨手一掀車簾，忽然喊了聲：「停車！」

馬車停在原地，前面一座青石拱橋上，有人站在高處。他下了車快步往橋上走去，到近前叫道：「王爺！」

那人回身，竟是湛王，散雪紛飛中他身披一件純白色的鶴氅，髮間玉帶輕揚，俊逸的臉龐隱帶消瘦，身形略薄。

他肩頭落了不少雪，看起來已經在這裡站了有一會兒。「王爺，天寒雪冷，你怎麼站在這裡？」

夜天湛見是他，微微抬頭示意，殷監正便往橋對面看去。那邊正是上九坊最繁華的商市所在，三千餘肆，遙望如一，這樣的雪天裡依舊車馬擁行，川流不息。行人中有不少外州商賈，更不乏胡商，一匹匹絲綢出入運送，忙碌非凡。

殷監正嘆氣：「這還是雪天，又近新年，前幾日人還要更多，為搶購內廷絲綢，各地的商旅都來了伊歌。」

橋邊一枝寒梅虬枝伸展，雪染香冷，飄落肩頭，夜天湛並沒有如他一般望著上九坊，目光沿著細雪輕盈，卻看向了銀裝素裹的大江遠山。

「商旅繁榮，物貨流通，將給我天朝子民帶來豐資厚利，使我國力昌盛，天威遠揚。區區西域小國，現在還須兵逼利誘，不出十年，他們會心甘情願對我天朝俯首稱臣，再想坐談條件也沒有資格了。」

殷監正不料他想的是這個，道：「王爺，但是現在……」

夜天湛眼中神情隨著雪落漸漸冷下來：「你方才說，已近新年了。」

殷監正道：「是沒幾天了，但看他們的意思，至少正考司不封印，也沒有年假，這樣一來，這年還怎麼過？」

夜天湛道：「我早便說過，這個年誰也別想過了。他們怕是忘了，伊歌城，甚至天下的財商到底是握在誰的手裡。傳我的話下去，從今天起，哪家商坊若是再購進一匹內廷絲綢，九州八方殷家名下所有的生意都與他一刀兩斷；哪個官員要是再賣出一匹折俸的絲綢，以後便也不用來見我了。」

殷監正大喜：「王爺，臣早就等著你這句話了。」

夜天湛臉上卻沒有絲毫愉悅，握手在脣輕輕咳嗽，漠然轉身：「回府吧。」

殷監正想起來湛王府所為何事，與他並行，將方才與衛宗平的情形大概說了說，而後又道：「衛家終究是不可靠，這次弄出個絲綢折俸來，說不定便是衛宗平洩露了關鍵。」

夜天湛腳步一滯，兩道劍眉便蹙起，聲音冷淡：「衛宗平還沒那麼大能耐看出這其中關鍵，你高估他了。」說完這話，他便舉步上了車。

四周隔絕了風雪，突然安靜得很，夜天湛靠在車內閉目養神，心裡卻諸事翻騰。

終於和衛家鬧開了，雖說有些早，但也正中下懷。衛宗平今天敢說「各走各路」這樣的話，想必也是以為昊帝真有籠絡的心思，而若不是太了解昊帝，他也幾乎以為這是一手反間計。

但他卻清楚得很，昊帝不動衛家，是要替他留著呢，留著這些胡作非為的門人子弟，也留著那個攪風攪雨的王妃。他在等著自己選，是選擇繼續放著這個硬被塞來的包袱，還是忍無可忍親自動手收拾，讓滿朝文武齒寒心冷。

知己知彼啊，這確實是個好對手。但他並不可怕，可怕的是他身邊有人更加了解自己，這才是足以致命的弱點。想到這裡，夜天湛心裡一陣煩躁，回了王府在書房中靜不下心來，便信步踏雪，去了靳慧那裡。

步入迴廊，便聽到陣歡快的笑聲。垂簾剛掀起，一個小小的人影跌跌撞撞衝到眼前，夜天湛手疾眼快，一把扶住，小人兒免了跌跤，抬臉看他，咯咯地笑。

原來是元修蹣跚學步，正亂跑，後面侍女們怕他跌倒趕著來扶，沒想到夜天湛進來，險些也撞在一起，急忙跪下：「王爺！」

烏髫低垂，繡帛長衣依次委地，夜天湛揮一揮手讓她們免禮，抱起元修。元修前些日子認生，還有些怕他，現在已經學會叫父王，攀著他的脖頸連叫了兩聲。

靳慧上前見過他：「王爺別讓這小魔星纏上，快先暖暖身子，還有些咳嗽，再著了寒氣可不好。」

她將元修抱過來，翡兒替夜天湛撣了身上的雪，奉上香茗。

院中雪落紛紛，屋裡溫煦如春，麒麟銅爐裡絲絲銀炭燒得正暖，空氣中散著木樨枝的淡香，幾分疲乏不覺就鬆散下來。夜天湛舒心地深吸一口氣，面前靳慧的臉被炭火映得微紅，那抹輕霞般的浮暈讓她看起來有種嬌媚的韻致，海棠色的重錦羅裳，雪凝般的肌膚。她正拿了一個冬梨親手削給他，梨子水靈靈的薄片自她的指尖落入翡翠玉盞，彷彿一片白石沉入碧潭深翠，她就像臨水的一株虞美人，婉約而嫻靜。

看著眼前美妻嬌兒，聽著外面撲撲簌簌的雪聲，夜天湛忽而起了興致，轉頭吩咐道：「來人，去取府中藏酒，難得好雪景，應當圍爐煮酒、把盞賞雪才是。」

翡兒忙答應著去辦，過不久卻匆匆忙忙回來，酒沒有拿來，只悄悄將靳慧請到一旁說了幾句話。靳慧聽後似乎有些驚訝，皺眉不語。

夜天湛正將手籠在炭火上取暖：「什麼事？」

靳慧勉強笑笑：「一點小事，也沒什麼，我去看看就回來。」

夜天湛也不追問她：「翡兒？」

翡兒見他問過來，不敢再瞞，跪下求道：「王爺，求您和夫人救救桃兒吧，她快要讓王妃打死了。」

夜天湛抬眸：「怎麼回事？」

翡兒猶豫，靳慧道：「是我不好，沒約束好下人，桃兒忘了規矩，那天錯叫了我一聲『王妃』，我過去賠個禮就行了。」

夜天湛眼角冷冷一挑，抬手便將那鑲金撥鉗擲進了炭火，火星飛濺，落了一地。

第一二五章 激濁浪兮風飛揚

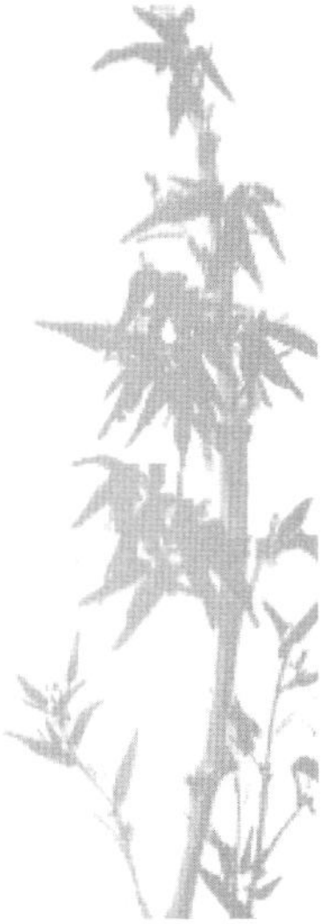

昊帝登基的第一個新年，天都一如既往地鋪金張彩，煥然一新。瑞雪錦繡，輕蓋紅樓碧閣，讓這天地顯得格外靜謐。比起其他地方，一向熱鬧的上九坊雖也是鞭炮起伏、車水馬龍，但卻有種凝重的氣氛如雪下凍層，厚厚沉積，經久不化。

從初一清早直到初十，湛王府門前輕車走馬，絡繹不絕，從未間斷。正考司中帳冊如山，珠算連響，晝夜無休。

新正元日，昊帝攜皇后登明臺接受朝臣朝賀，賜宴太華殿，卻取消了其他慶祝活動，接連頒下數道聖旨，督促清查虧空。其決心之大令那些門閥貪蠹心驚膽戰，更令不少清官直吏拍手稱快。

中樞虧空查得順利，致遠殿龍案之上很快堆滿了大臣請罪的奏疏。夜天凌顯然對這些東西並無興趣，全部發回通政司，真正讓他關心的是入駐各州的監察御史們每隔三日八百里快遞入朝的奏報。

和中樞相比，各州可謂全軍覆沒。誰都知道這所謂的政治清明必有隱情，但卻始終無法切中要害。究其原因，問題還是出在用人上，那些監察御史雖然是剛正廉潔，但畢竟向來在天都為官，不能完全了解下情，僅僅監督各州官員自行清查，官官相護，串通一氣，自然難以奏效。因此這個新年成了夜天凌和卿塵最不輕鬆的新年。

初十復朝，抱病已久的湛王重新入朝理事。早朝時間未到，大臣們三三兩兩聚在肅天門前，他一出現，大家紛紛上前見禮。

湛王如往常般溫言緩笑，因還在孝中，他穿的是一身素錦五龍冠服，不加紋飾，不綴金玉，雖看起來形貌清瘦了些，舉手投足間那風采依舊奪人眼目。朝臣眾星捧月般圍在四周，他如白鶴獨立，卓然不群，儼然冠領群倫。面對眾臣的逢迎問候，他一律是淡笑相對，衛宗平站在離他數步之遙的地方，思量著該如何上前招呼。

那天在尚書省和殷監正鬧得不歡而散，衛宗平回去以後氣性平息，倒生出些悔意。最近清查虧空、絲綢折俸，大多數朝臣都對昊帝腹誹頗深。年前有幾家大的綢緞坊突然閉門歇業，坊間火熱的絲綢生意一下子便冷了下來，官員手中的絲綢無人敢買，也無人敢賣。緊接著，天都中又流傳起一些說法，暗指蓮貴妃當年所育並非皇族血脈，朝野上下傳言紛紜，漸生動蕩。衛宗平審時度勢，湛王看來是越發占了上風，步步先發制人。何況再怎麼說，湛王妃可是衛家的女兒，這他不得不思量。

但是年初三衛嫣回門相府，竟然滿腹怨懟。衛宗平和夫人追問方知，她前些日子為了點小事責罰府中一個侍女，湛王卻當著府中眾人駁她面子，不但親自攔了下來，還將人從她那裡帶走。最令她無法忍受的是，隔日府中掌儀女官前來知會，湛王竟給了那女子侍妾的名分，命其隨侍煙波送爽齋。

衛嫣氣得不輕，認定湛王這是借此事偏袒靳慧。衛宗平聽了後立刻敏感地想到最近和湛王的關係不甚融洽，這莫不是一個警醒？想到此處，他往湛王看去，湛王的目光正巧越過幾個大臣落在他這邊，清俊的眸子勾起一笑。

衛宗平忙拱手：「王爺！」

夜天湛微微頷首：「衛相早。」

衛宗平道：「王爺身子康復，能夠入朝主事，著實讓我們鬆了口氣。」

夜天湛道：「有勞衛相掛心。」簡簡單單幾個字，點到為止了。衛宗平原想和他多聊幾句，緩緩近日來的僵局，恰巧太極殿前三通鼓響，肅天門緩緩洞開，早朝時辰已到，衛宗平只得讓了讓，「王爺請。」

夜天湛淡笑，舉步先行。

鼓聲剛停，禁鐘響起，天都凡四品以上王公官吏肅衣列隊，分文東武西魚貫入肅天門，登階循廊分班侍立。其餘四品以下的官員候於肅天門外，行三拜九叩之禮後，向北拱立靜候旨意。

丹陛煊彩，紫簷飛雲，朝陽穿透雲霞，在御道龍階上照出一片奪目的金光。太極殿前三聲清脆的鞭響，傳旨內侍悠長透亮的嗓音傳聞內外：「陛——下——駕——到！」

剎那間，從肅天門外廣場之上，到殿前御道兩側以及金臺御幄下東西簷柱之間，近千名文武百官同時叩跪，原本四處竊竊私語的場面頓時變得鴉雀無聲，肅穆非常。

昊帝冕冠袞服，登臨御座，淡淡垂眸之間，眾臣叩首，山呼萬歲之聲響徹入雲。御座前昊帝玄色廣袖微抬：「眾卿平身。」

「謝陛下聖恩！」百官叩首謝恩，起身按部就班而立，準備奏事。卻聽靜鞭再響，先有兩名殿前內侍手捧聖旨步下金階，黃帛一展，高聲宣讀：

「……為臣之道，職在盡忠，其有朋黨比周，負國謀私，事資懲戒，必正典刑。戶部尚書同中書門下平章事文瀾閣大學士齊商，久從禁署，謬列鼎臺，恣意妄為，政行貪蠹。朕初臨萬邦，務於宏大，每存容恕，冀有悛心。而乃不顧憲章，敢行欺罔。宜從貶削，以儆效尤！齊商領旨謝恩！」

御旨天威，當頭一個晴天霹靂，將齊商震呆在殿前。殿中內侍立刻上前除去他的官袍玉帶，就地罷免，回身覆旨。齊商跪俯於地，惶然抬頭看向立於群臣之首、御臺之旁的湛王，卻接著便聽第二道聖旨下。正考司卿斯惟雲擢升戶部，授尚書僕射兼戶部尚書。年前禮部尚書空缺，由欽天監正卿烏從昭接任。

這兩道聖旨未經中書門下兩省擬審直接頒布，當朝革辦、提調三品大員，事先誰也不知情。聖旨中明著是斥責齊商，但朋黨之類分明暗有所指。殷監正按捺不下，便要上前奏保齊商，卻被湛王一個眼神壓了下去。他正不明所以，只見湛王目光往衛宗平身上落去，似是漫不經心地，便和衛宗平打了個照面。

衛宗平心頭一凜，片刻之後，他拱手出班，上前奏道：「陛下，齊商自聖武朝始便入主戶部，素來行為端謹。戶部虧空雖確有其事，也不能全怪在他身上，是否應該貶黜，宜再商討。再者，欽天監責任重大，突然將烏從昭調至禮部，一時也難有合適之人接任，還請陛下再行斟酌。」

衛宗平說著，抬了抬眼，卻見御座之上，昊帝脣角微挑：「欽天監職責特殊，有別於各部，立時找人代替烏從昭的確並非易事。朕體諒你們的難處，已幫你們選了一個人。」一抬頭，「宣莫不平。」

傳旨內侍立刻高聲傳旨：「宣莫不平！」

一聲聲傳召遠出殿外，直入紫雲丹霄。眾臣盡皆驚詫，紛紛相顧議論，翹首看望。

二十餘年前，莫不平便曾主理欽天監，其星相預言料事如神，屢言屢中，在當時聲名斐然。天命之說，神鬼莫測，時人篤信甚深，趨近追從，無形中便在莫不平身邊形成一股不可小覷的勢力。以至於後來，欽天監每發一言幾可左右朝局，逐漸令天帝心生忌憚。莫不平有所察覺，隨即辭官而去，那時也在朝中引起不小的震動。此時他復出朝堂，群臣心中不免生出同樣的想法：天命所歸。

不過須臾，莫不平登階入殿，灰衣布袍飄然，一身仙風道骨，眼中精光落於人身，如透肺腑，卻只一掠而過，至御前，行九叩之禮，朝見天子。衛宗平深知莫不平在朝野的聲望，此時方知前些日子昊帝以帝師之禮延請莫不平還朝，傳言非虛。

夜天凌此時令莫不平免禮，俯視殿前眾臣，含笑問道：「朕欲以莫先生為欽天監正卿，眾卿以為如何？」

鳳衍眼角往衛宗平那裡一瞥，隨即先行奏道：「陛下聖明，識人為用，莫先生得歸社稷，實乃我朝之福，天下之幸！」

「衛卿意下如何？」夜天凌看向衛宗平，淡淡再問。

雲淡風輕的問話後，一道深邃的注視落在身上，衛宗平雖不願附和鳳衍，卻不得不俯身道：「莫先生德高望重，臣……並無異議。」

夜天淩聽了這話，脣角那絲笑意緩緩加深，點頭道：「朕今日得莫先生入朝輔弼，實為一大幸事。太上皇昔日所用的股肱老臣，朕都一樣敬重。日前中書有表，翰林大學士穆元、弘文、孫普等幾位老臣已年逾古稀，仍舊每日早朝，十分辛苦。朕心不忍，特許他們一月一朝，賜座太極殿，免跪叩之禮。」

「臣謝陛下隆恩！」幾位老臣相繼出列，叩謝聖恩，龍階之前高冠朱纓、皓首白鬚，一片顫顫巍巍。衛宗平心裡又往下沉了幾分，穆元等人都是與湛王關係密切的老臣，在朝中說話極有分量。眼前昊帝幾句溫言話語，一番寬仁體恤，實則是將他們逐出朝堂，這無疑是大大削弱了湛王的影響力。他看往湛王，湛王那溫朗的面容之上亦無法掩抑地掠過了一絲陰霾。

面對這接二連三的強硬措施，夜天湛心底那陣焦躁過後，當即恢復了冷靜。此時斯惟雲正奏報近來虧空清查的幾處大項，隨著他肅正的聲音，已有幾名大臣跪前請罪。昊帝尚未表態，但剛有齊商的前車之鑑，可以想見這幾人的下場。夜天湛目光轉往御史臺那面，當眾廷議，接下來就是御史彈劾跟著罷免了，他整一整思緒，平心靜氣地繼續聽下去。

斯惟雲奏畢，大殿中鴉雀無聲，落針可聞。唯有昊帝清冷的聲音傳下：「你們還有什麼話可說？」

階下跪著的幾個大臣無不汗流浹背，惶恐難言。突然，丹陛之前有人道：「陛下，斯惟雲方才所言之事，臣有異議。」

潤玉般的聲音，清若流水，緩似清風，淡淡響起在大殿冷凝的氣氛中，令人渾身一鬆。沿著那聲音，是一雙溫文爾雅的眼睛，眼梢輕挑，正對上昊帝的目光。

滿朝文武，有誰敢和昊帝這般對視？那眼中含著笑，昊帝亦神色清淡，朝臣們卻人人心弦緊繃，屏聲斂氣。

「你有何異議？」片刻之後，昊帝徐徐開口。

湛王有條不紊地奏道：「陛下，各部的帳目冗雜繁多，正考司成立日短，想必對其中有些情況並不是很清楚。據臣所知，方才說的幾筆虧空實際都有去處。第一筆一百七十二萬，是聖武二十二年永、和兩州通汶江渠，工部預算不足，由戶部追加補齊；第二筆八十五萬，是聖武十七年東州蝗災，顆粒無收，曾自中樞撥糧賑濟；第三筆一百四十萬，是聖武十九年平定東突厥之後，臨時撥往邊城的軍費，與此相同，後面還另有兩次北征，共比預期多耗庫銀近三百萬。最近的一筆是聖武二十五年為迎接吐蕃贊普及景盛公主東來中原，禮部及鴻臚寺籌備典儀的實際花銷，數目不多，大概只有四十萬左右。再者就是京隸瘟疫、懷灤地動兩次天災，太上皇當時曾下旨出內帑賑災，這筆錢實際上是由戶部先行墊付……」他條理有序，緩緩道來，斯惟雲方才所奏之事幾乎無一疏漏，天朝這些年的政情皆在胸間，信手拈來。有些不熟財政的大臣難免一頭霧水，但明白的卻已經聽出其中關鍵。

就這麼幾句話，避重就輕，原本近千萬的貪汙一轉眼變成了挪用。貪汙罪大，挪用罪輕，何況這種挪用難以界定查處，也沒有人知道究竟有多少流入了大臣的私囊，要追討就更是遙遙無期。

湛王說話的時候，御座上昊帝始終面色冷淡，一雙深眸，喜怒難辨，此時問道：「若照這說法，搬空了國庫也是情有可原，朕非但不該嚴查，還得謝他們為國盡忠了？」

湛王從容道：「陛下要查虧空，是清正乾坤之舉，臣甚以為然。但臣身領戶部之職，既知其中隱情，便應使之上達天聽。此臣職責所在，還請陛下明察。」

有湛王撐腰，殿下幾名大臣不似方才那般忐忑，慌忙叩首附和：「臣等惶恐，請陛下明察！」倒像受了莫大的冤屈。

夜天凌抬眼掃向他們，冷冷一笑：「湛王提醒得好，朕還真是忽略了這一點。既如此，朕便先查挪用，再查虧空，每一筆帳總查得清楚，該索賠的一分一毫也別想僥倖。」

夜天湛的語氣仍舊不疾不徐，問題卻見尖銳：「臣請陛下明示，這挪用該怎麼查？其中賑災的內帑，當年為太皇太后慶壽所撥的絲綢賞銀，戶部是否該去找太上皇和太皇太后追討？」

話音一落，大殿前驚電般的一瞥，半空中兩道目光猝然相交，隔著御臺龍階，透過耀目的晨光，如兩柄出鞘之劍，劍氣如霜，鋒芒冷然，直迫眉睫。

「問得好！朕日前頒下的旨意中早就說過，虧空之事，不能償還者，究其子孫。涉及太皇太后和太上皇的挪用，朕來還！」

夜天凌此話一出，群臣相顧失色，就連湛王也沒想到他連太皇太后和太上皇的舊帳也不放過，頓時愣愣當場。

濟王素來是應付朝堂，懶得參與政議，這時突然拱一拱手：「陛下，臣向來花錢沒數，沒有多少家底，但願意共同償還這部分挪用，為陛下分憂。」

夜天湛臉色一白，心神驟然定下，他反應極快，當即道：「臣以微薄之力，也願替太上皇及太皇太后償清款項。」

夜天凌垂眸看向他，緩緩道：「難得你有這分孝心，不枉太皇太后臨終前對你牽掛不下，百般叮囑於朕。既然如此，昭甯寺即將動工，正沒有合適的人去督建，朕便將此事交給你了。」

太極殿中微微掀起騷動，昭甯寺選址在伊歌城外近百里之地，命湛王前去督建，實與削奪權柄、貶出天都無異。殷監正當即上前跪奏：「陛下，王爺病體未癒，實難經此重任，還請陛下三思！」

他這一跪，大臣們紛紛跟隨，黑壓壓跪下大半。鳳衍揣度形勢，現在貶黜湛王容易，但卻不能不考慮隨後而來的效應，於是率眾跪下，卻一言未發。

面對一殿朝臣，夜天凌面上峻冷無波，卻隱隱透著股迫人的威勢，忽然輕笑一聲：「朕倒疏忽了，那朕便再准你三個月的假，即日起朝中停九章親王用璽，你在府中好好靜養吧。」

這也已經近乎幽閉，但總比離開天都要好。相對於眾臣，首當其衝的湛王卻顯得極為鎮定，躬身領旨：「臣謝陛下恩典。」

正當這裡鬧得不可開交之時，殿外內侍匆匆入內，跪地稟道：「啟奏陛下，定州巡使劉光餘求見！」

殿中君臣都十分意外，劉光餘鎮守定州，責任重大，何故突然未經傳召來到天都？除非是定州出了大事。夜天凌抬手道：「宣！」

不過片刻，劉光餘在鴻臚寺官員的引領下大步流星步入太極殿。常年邊關的生活磨練再加上一身的風塵僕僕，使他那原本文秀的輪廓頗有幾分硬朗之氣，但照面之下令人印象深刻的卻是他神情中的憤懣。他行至御臺之前，拂衣跪倒，高聲道：「臣定州巡使劉光餘參見陛下！」

夜天凌蹙眉：「劉光餘，你為何擅離職守，前來見朕？」

劉光餘重重叩首：「臣今日來天都，是要請陛下給定州數萬將士做主！」說著自懷中取出一袋東西，雙手舉過頭頂。

群臣竊竊私議，皆不知劉光餘所為何事。夜天凌抬頭示意，一名內侍上前將東西接過來，捧到御座之前，打開袋子，裡面盛著不少穀物。

「你讓朕看這些穀物是何用意？」

劉光餘雙拳緊握，神情十分憤慨：「陛下，這是前幾日經時州調撥給定州的軍糧。請陛下細看，這些軍糧都是陳年的黃變米，卻參雜在一些新米之中送入軍營。最近定州軍中突然許多人渾身無力、呼吸困難，經查正是吃了這些有毒的軍糧所致！臣走的時候，定州已經有三十多名士兵不治身亡！」

這話如一塊巨石，重重擲進原本便波瀾暗湧的水中。文武百官聞言震驚，殿前譁然一片。夜天凌眼光陡然凌厲：「豈有此理！時州糧道是誰，調撥的軍糧怎麼會是陳年霉米？」

此話無人敢答，停頓片刻，鳳衍道：「回稟陛下，負責時州糧道的是穎川轉運使鞏可。」

夜天凌驚怒過後，瞬間冷靜，即刻便明白了事情緣由。年前北疆各州軍需短缺，國庫因賦稅不足而吃緊，便自產出富饒的時州、陵州等地徵借了一批錢糧暫時應急。照這樣看來，時州府庫表面上錢糧充足，實際上定然虧空甚巨，官員們想辦法蒙蔽清查並非難事，但中樞忽然調糧，他們無以應對，便以次充好，用變質的稻米冒充好米。他想到此處，當真火上澆油：「傳朕旨意，命有司即刻鎖拿鞏可，時州巡使、按察使停職待罪，聽候發落！中書馬上八百里疾馳令告合、景、燕、薊諸州，仔細檢查外州調撥的軍糧，謹防此類事情再度發生。」

劉光餘再道：「陛下，北疆現在天寒地凍、風雪肆虐，藥材糧食緊缺，中毒的士兵們不是昏迷不醒便是全身無力，連站立都困難，沒有中毒的都空著肚子，還要在這樣惡劣的天氣下戍衛邊境。這些軍糧已經無法食用，臣懇請陛下先調糧救急，否則這樣下去，難保不會出現餓死將士的情況！那臣……臣百死難贖！」他一向愛護將士，這時悲憤至極，不由喉頭哽咽，兩眼已見淚光。

現在莫說自天都調糧根本來不及，便是來得及，國庫一時又到哪裡去籌措這麼多軍糧？夜天凌幾乎立刻便往夜天湛看去，若不是因為虧空，定州怎會出這樣的亂子？

夜天湛的臉色並不比他好多少，青白一片，震驚之中帶著惱怒，與平日瀟灑自若判若兩人。他不光是因定州出了這樣的事始料未及，更惱的是穎川轉運使鞏可正是鞏思呈的長子。

像是感覺到眼前的注視，他一抬眸，原本平靜的眼底如過急浪，瞬息萬變，複雜至極。

暗流洶湧，從殿前兩人之間彌漫到整個朝堂，就連剛剛到達、不明就裡的劉光餘也隱約感覺到些什麼，被面前這種無聲卻冷然透骨的對峙所震懾，噤口無言。

只是片刻功夫，卻煎熬得所有人站立難安。湛王承受著御臺之上由震怒漸漸轉為深冷的逼視，忽然躬了躬身，很快道：「請陛下給臣五日時間，五日之內，臣保證定州將士有飯可吃，絕無後顧之憂。」

殷監正恨不得頓足長嘆，不過這麼短的時間，從中樞到地方亂象已生。湛王只要澈底置之不理，哪怕是被幽閉府中，朝中早晚也要請他出面，那時豈不今非昔比？如此大好時機，湛王卻偏偏抬手放過！

湛王這時候出言請命，似乎已忘了先前發生過何事，肅立殿中，靜候旨意。

現在所有人都在等著昊帝發話，是准，還是不准。若准，劉光餘進殿之前的那些話都成了空話，湛王不但仍穩在中樞，更讓人意識到他舉足輕重的地位；若不准，朝中形勢膠著，定州事態緊急，又如何平定此事？

湛王這一步進退有據，頓時將先前的劣勢扳了回來。但每一個人都清楚，以昊帝剛冷孤傲的性子，倘若執意要以定州為代價處置湛王，也是易如反掌。鳳衍揣摩聖意，即刻上前奏道：「陛下，眼下所需的軍糧可從漢中四州徵調，最多不過十日，便也到定州了。」

湛王聞言俊眸一瞇，殷監正和衛宗平同時惱恨地看向鳳衍，不料卻見昊帝抬手止住後面所有大臣的奏議，目視湛王：「若五日之後，軍糧到不了定州，又當如何？」

這便是默認了湛王的請奏。對視之間，湛王眼中明光微耀：「若有分毫差錯，臣聽憑陛下處置。」

一段時間的沉默，昊帝緩緩道：「朕給你十天時間，你好自為之。」

第一二六章　山明落日水明沙

這一日的朝會直到近午才散，退朝後夜天湛並沒有像眾人想像的那樣忙於籌調軍糧，只對劉光餘交代一句：「回定州之前來王府見我。」便策馬回府。

劉光餘另行去致遠殿見駕，詳述了定州現在的情形後，準備連夜趕回，臨走前記著湛王的囑咐，先行趕往湛王府。

在門廳候了不過片刻，湛王身邊的內侍秦越迎了出來，笑著問候一聲：「劉大人裡面請，我們王爺在書房等大人。」

劉光餘隨秦越到王府內院，沿著雪落薄冰的閒玉湖，入了煙波送爽齋。正值冬日，這書房臨湖近水，原應是分外冷清的地方，卻因燒了地暖讓人絲毫感覺不到深冬的寒意。四周有一股近似檀木的淡香被暖意催得飄浮在空氣中，往裡走去，一進進都是字畫藏書，頗給人目不暇接的感覺。

劉光餘本是文官出身，精通書畫，一邊走，一邊著目欣賞，不免感嘆湛王之風雅名不虛傳。待走到一間靜室，秦越抬手請他入內，自己則留在外面。

裡面十分安靜，劉光餘見湛王闔目半躺在一張軟椅之上，室內暖得讓人穿不住外袍，他身上卻還搭著件銀灰色的貂裘。劉光餘覺得此時的湛王和先前似乎不太一樣，在太極殿中見到他，即便是當時那種情形之下，他身上始終是卓然尊貴的神采，明珠美玉般懾人，而現在他卻好像有些疲憊，微緊的眉心使人直覺他不願被打擾，劉光餘便猶豫要不要開口說話。

他正遲疑，夜天湛已睜開眼睛向他看來。抬眸之間，劉光餘只見那墨玉般的眸中透出絲銳亮，如同太陽下黑寶石耀目的光芒，但轉眼又被平靜與倦然所取代。

「王爺。」

「哦，是你來了。」夜天湛坐起來，指一指近旁書案上的兩封信，「你回定州之前，先拿這兩封信去找禹州巡使林路、嵩州轉運使何隸，定州的軍糧從他們那裡暫調，最多五六日便到了。」

劉光餘在他的示意下過去拿了信，但見封口處蓋的不是親王玉璽，而是湛王的私印，不禁有些狐疑。就憑這兩封私信，難道就能調動禹、嵩兩州數百萬軍糧？他忍不住問道：「就拿這兩封信？」

夜天湛自然看得出他的疑慮，也不多說，只淡淡道：「足夠了。」

劉光餘雖駐守定州，但對天都最近的形勢也大概了解，聽他這麼說，便知北疆軍需短缺果然是因為湛王斷了國庫來源所致，但卻想不明白湛王既然如此，為何又在這個緊要關頭援手定州。想歸想，問卻萬萬不能，便拱手道：「下官先代定州將士謝過王爺。」

夜天湛靜默了會兒，輕嘆一聲，抬頭道：「坐。」

劉光餘便在一旁落座，夜天湛細問了定州的情形，聽完之後，臉色越發不好。他起身踱了數步，對劉光餘道：「這樣，你到禹州，先讓林路出庫銀在當地購進急需的藥材，送到定州。軍糧我會設法再行追加，若有什麼特殊需要，可以直接送信給我，務必要控制下定州的事態，不能再出亂子。」

劉光餘道：「下官知道了，事不宜遲，王爺若沒別的吩咐，下官這就啟程回定州。」

夜天湛點頭道：「你去吧。」

劉光餘將信收入懷中，告辭出來。仍舊是秦越親自送他出府，為趕時間，便走了湛王府的偏門。秦越送走了劉光餘，回頭正好見有輛油壁輕車停在門前，他看到車旁的人一怔，那人對他笑著一點頭：「秦公公。」

秦越疑惑地看向車內，上前拱手道：「衛統領，這是……」

衛長征道：「秦公公，王爺可在府中？」

秦越道：「在。」

衛長征便到車前低聲說了句什麼，車門輕輕一開，一個白衣輕裘、髮束綸巾的清秀公子走下來。秦越這一驚卻非同小可，脫口道：「娘娘！」

卿塵抬手阻止他行禮：「帶我去見你們王爺。」

秦越連忙俯身請她入府，琢磨著皇后這身打扮是不想太多人知道，便挑了條人少的路往煙波送爽齋去。

劉光餘走後夜天湛重新躺回軟椅上，今天從宮中回府，便有種難言的疲憊透骨不散，熟悉的寒氣絲絲泛上來，渾身上下陣陣發冷。他知道這是舊疾未癒，隱約又要發作的徵兆，但卻始終靜不下心來休息。劉光餘來之前，殷監正剛剛才從湛王府離開，他來這裡說的自然是早朝上的事。

夜天湛早已料到殷監正會來，而他比殷監正更清楚，定州出事，是他在和夜天凌的較量中翻占上風的絕好時機。他應該作壁上觀，看著國庫捉襟見肘，四處起火，但是他卻沒有。太極殿上，他透過劉光餘的憤慨想到的是數十萬戍邊將士。他在北疆曾親眼見他們不畏風沙、無懼嚴寒，揮戈執劍，鎮守邊關。夜寒天作被，渴飲胡虜血，那種常人所不能想見的艱苦和豪邁，讓錚錚男兒熱血沸騰，更讓每一個身臨其境的人肅然起敬。

他不得不承認，對這些軍中將士，甚至對一直浴血征戰、抵禦外敵的四皇兄，他由衷地敬佩。那是男人對男人的欣賞和尊敬，不會因身分、地位或者立場而有所不同。所以今天早朝上，他走出了那步險棋。

這一切他都沒有對殷監正說，不想說，也沒有必要說。當煙波送爽齋中剩下他一個人時，有種莫名孤獨的感覺毫無預兆地在心中擴散開來，隨著那股寒冷浸入了四肢百骸。

是的，孤獨。雖千萬人在側，卻形單影隻的孤獨。不知從什麼時候起他開始有這樣的感覺，路越走越遠，這感覺便越來越強烈。或許在他邁出第一步的時候，並未料知這是一條如此孤獨的路。

然而更令他無論如何也沒想到的是，今天站在丹陛之側，在和夜天凌數度交鋒、形勢一觸即發的關頭，他們兩人會為相同的目的用不同的方式各自退讓一步。那彈指瞬間，好像是一種殊途同歸的默契，他到底為什麼那麼做夜天凌似乎知道，並且為此也做出了決定。這種想法簡直荒謬，但是偏偏如此真實。

他有些困惑地抬手壓著隱隱作痛的額角，是為什麼呢？突如其來的迷茫竟讓他心中生出一絲懼意，苦心經營卻失去自己真正的目的，活著卻不知道究竟為什麼活著是如此可怕的事情。他絕不願陷入這樣的泥沼之中，如他的父皇，得到所有卻一無所有；如他的母后，苦苦追尋卻迷失在其中而不自知。

有些東西他若捨不下，便有可能得不到他想要的，但如果捨下了他所堅持的，得到了，又有什麼意義呢？

這一刻心中各種念頭紛至沓來，就像太極殿中剎那間天人交戰的激烈。他極力壓抑著剛剛冒出來的想法，只要有一絲動搖，或許隨之而來的便是滅頂之災，不提起十二萬分的精神，他如何抗得過那個人……不，是那兩個人。

頭漸漸疼得厲害，讓他心裡有些煩躁，這時聽見有人進了靜室，是秦越的聲音輕輕叫道：「王爺。」

夜天湛仍舊閉著眼睛，心知又是有人來了，頗不耐煩地道：「不管是什麼人，不見。」

「王……」秦越的聲音似乎被打斷，接著便是他退出的腳步聲。身邊重新安靜下來，夜天湛卻直覺有人還在室中，一種異樣的感覺油然而生。他蹙眉睜眼，看清來人後卻一下子從軟椅上直起身子，身上的貂裘半落於地。

面前，卿塵淡笑而立，一身男兒袍服像極了以前她要出王府去玩時的裝扮。他幾乎脫口就要問她今天是要去聽講經還是逛西山，若是有閒暇，他會陪她一起去。但這樣的距離下他看得清楚，她的眉眼間多了一種嫵媚的溫柔，這溫柔是他所陌生的，提醒他，人雖在，昨日休。

他眼中剛剛現出的欣喜霎時落了下來，卿塵仔細看他的臉色，向他伸出手。他往後一靠，語氣疏淡：「娘娘今天來，又想找臣要什麼？」

卿塵輕嘆，跪坐在他身旁：「手給我。」

夜天湛沒有動，卿塵將滑下的貂裘重新搭到他身上，執過他的手腕平放，手指搭在他的關脈間。她半側著頭，黛眉漸緊，過了一會兒，要換另外一隻手重新診脈，夜天湛突然反手將她手腕狠狠扣住，他身上冷雪般的氣息兜上心頭，溫熱的呼吸卻近在咫尺。

「妳來幹什麼？」

他手上力道不輕，卿塵深蹙了眉，卻不掙扎，任那冰涼瘦削的手將她緊緊箝著，道：「宋德方見你一面都難，他的藥你是不是根本沒用？難怪四哥說你氣色不好，我若不來，你就這麼下去，難道真不顧自己的身子？」

夜天湛道：「他讓妳來的？」

卿塵道：「是。」

夜天湛拂手鬆開她，漠然道：「回去轉告他，我死不了，請他放心。」

卿塵從未見過他如此冷冰冰的樣子，眉眼沉寂，默不作聲。她轉身研墨執筆，細細思量，寫就一服藥方，便起身走到門口：「秦越。」

秦越一直伺候在外面，聞聲而來。卿塵道：「照這個去煎藥，另外差人去牧原堂告訴張定水，就說我請他每隔三日來一趟湛王府，替王爺診脈。」

秦越答應著離開，卿塵回到夜天湛身邊，靜靜站了一會兒，自袖中取出兩份紙卷給他。

夜天湛本不想看，但卿塵固執地將東西送到眼前，他終於接了過來。打開其中一卷看下去，他突然微微色變，逐漸將身子坐起來，緊盯著手上，迅速翻閱，看完之後，霍然轉頭：「這是什麼！」

卿塵看著他因驚怒而有些蒼白的臉色，回答：「這是殷娘娘薨逝當晚，我審問她身邊幾名女官和清泉宮中侍女的口供。另外一份，是太皇太后留給皇上的懿旨。」

夜天湛手抑不住有些發抖，他當然看得出這些是什麼。以他的心智，也曾想到過處死殷皇后未必是夜天凌的意思，他一直以為殷皇后是自行求死。但從這幾份口供中卻可以看出，一手導演此事的，居然是衛家，而配合衛家完成此事的，正是殷皇后自己。

衛家安排宮中內侍送去那杯賜死殷皇后的鴆酒，殷皇后事先就已知情。在此之前，衛嫣曾與殷皇后暗通書信，說湛王之所以始終按兵不動，完全是顧忌她身在宮中。換言之，殷皇后已經成了湛王最大的絆腳石。殷皇后本就心高氣傲，再加上太皇太后那晚說過的話，她越想越心灰意冷，也早已對身遭幽禁的境地難以忍受，所以心甘情願飲鴆自盡。

這些倒還是其次，最讓夜天湛怒火中燒的是，衛嫣始終是借湛王府的名義規勸殷皇后顧全大局。那對於殷皇后來說，這杯致命的毒酒，無異於她的兒子在皇位和母親之間做出了最後的選擇，不管她是不是願意飲下那杯酒，她在這人世間最後的一刻究竟是何等心情？

幾份供狀被夜天湛緊攥著，片片落下來，盡毀於指間。他心中陡然衝起一股悲憤之氣，強忍著無處發洩，猛地一側頭，自唇間迸出連串劇烈的咳嗽。卿塵忙扶他，他卻用力一把將她拂開，袖袍掠過她身前，上面已是點點猩紅。

卿塵驚道：「你怎麼樣了？」

夜天湛抬手緩緩將脣邊血跡拭去，眼中千尺深寒，是恨之入骨的殺意，但此刻他心中卻比任何時候都清醒。夜天凌先是放著衛家不動，又在這個關頭將殷皇后之死的實情告知於他，是料定他絕對再容不下衛家。這是在逼他對衛家動手，要他親手掃清清查虧空的道路，打開門閥勢力的缺口，那將一發不可收拾。

他的心裡像是烈火焚燒，忽然被塞進了一把刺骨的冰雪，火與冰的翻騰，煎熬骨髓。他竭力穩住自己的聲音，揮手將破敗不堪的供狀和那道懿旨丟去：「拿走，我不信。」

卿塵任那些東西落在地上，看也不看：「我沒有騙你，信與不信在你自己。」

夜天湛眸心驟然緊縮，轉頭目視於她，生出絲冷笑：「好，那我問妳一件事，妳若敢對我說實話，我便信妳。」

「你問。」

「夜天凌是不是父皇的兒子？」

卿塵修眉一緊，眼底卻依然沉靜如初，過了良久，她淡淡說出兩個字：「不是。」

她的回答著實讓夜天湛萬分意外，抬眼問道：「妳可知道這兩個字從妳嘴裡說出來意味著什麼？」

卿塵道：「意味著我說過的話，我這一生，絕不欺瞞你。你心裡明白，若留著衛家，遲早更生禍端，長痛不如短痛。」

夜天湛道：「衛家，我容不下，現在他也一樣容不下。妳知道我的耐性並不差，我等得起，他若還想將事情做下去，就會比我先動手。不過別怪我沒有提醒，這是和天下士族為敵，若有一絲不慎，我不會再放過第二次機會。」

卿塵道：「他究竟要做什麼，你比我更清楚。難道你看不出這其中有多少曾是你的構想？你自己立下的鴻圖壯志，你在這煙波送爽齋中說過的話，你若忘了，我沒有忘，我不信你真的願意讓他功虧一簣！」

夜天湛身子微微一震，臉上卻漠然如初：「妳只要相信我能就行了。」

卿塵搖頭道：「別再在國庫和虧空上和他糾纏，你不可能真正逼他到山窮水盡。何況，我不會坐視不理。」

夜天湛道：「妳又能怎樣？」

他的目光銳利而冷漠，透著剛硬如鐵的堅決，那冷厲的中心似一個無底的黑洞，越來越深，越來越廣，看得卿塵心驚。她細密的睫毛忽而一抬，對他說出了四個足以令任何人震驚的字：「皇族寶庫。」

夜天湛眼底驀然生波：「妳說什麼？」

卿塵卻只靜靜望他：「如果到了那一步，就真的無法挽回了。你可想過，那根本是兩敗俱傷的局，必然禍及整個天朝。就像今天，不管你再徵調多少軍糧，不管我再教御醫院多少治病解毒的法子，定州三十七名士兵已經死了，我們愧對他們。」

夜天湛盯了她半晌，忽然乏力地靠回軟椅，長嘆：「卿塵，妳究竟想怎樣？妳替他出謀劃策，現在卻又幫著我，事事坦誠相告，妳到底要幹什麼？」

聽了這話，卿塵在他身邊坐下，抱起膝頭，望著別處，緩緩搖一搖頭：「我不知道，眼前這般情勢，我想怎樣有用嗎？你若下了狠手，我便幫他；他若逼得你緊了，我便幫你。我還能幹什麼？你們誰能放手？就連我自己也放不開手。」

夜天湛平靜地問道：「倘若有一日分了生死呢？」

卿塵無聲一笑：「他死，我隨他。」

死。」

「若是我呢？」

「我拚死護著。」

夜天湛微有動容，卿塵說完突然又笑道：「奇怪了，怎麼聽起來倒成了我左右都是死。」

夜天湛緊緊一皺眉頭：「別再說這個字，我不想聽。」

卿塵道：「是你先說的。」

夜天湛沒有就此和她論究，他突然專注地端詳著她，彷彿從來沒有見過她一般。他眼中凌厲的鋒芒漸漸褪去，墨色蕩漾，那泓澄淨如同最黑的夜、最深的海洋，緩緩地流動出濃烈的色彩。「卿塵，」他低聲叫她的名字，「做我的女人吧，我放手，只要妳。」

這不像是他會說的話，低沉的柔，淡倦的暖，絲絲令人心酸，卻真誠地發自肺腑。他一瞬不瞬地看著她，等待她的答案。卿塵回視他，丹脣輕啟：「可能嗎？」

她的眼睛倒映在夜天湛的眸底，幽靜澄澈，冷靜到絕美，他從這幾乎令人發狂的冷靜中看到了一切。隔了片刻，夜天湛突然輕聲笑起來，神情間卻是萬分落寞。他終於挪開了目光，望向眼前一方空處，緩緩搖頭。

卿塵靜了一會兒，道：「我是他的妻子。」

夜天湛道：「我知道。」

然後兩人都沒有再說話，一人躺著，一人坐著。屋裡安靜得可以聽到空氣的流動，隔著簾幕屏風，透過來檀木枝暖暖的淡香。卿塵轉頭，突然發現夜天湛書案之上的每樣東西都如從前，分毫未變。還是那方麒麟瑞池硯，還是那種薛濤冰絲箋，一盆清雅的水仙花放在左側，透花冰盞裡面是她丟進去的幾粒紫玉石。一枝黃玉竹雕筆是他慣用的，向來放在右首，筆架上空出的位置，當初被她掛上去一個晶瑩剔透的玉鈴鐺，如今仍懸在那裡。

她伸手輕輕碰觸鈴鐺，薄玉微響，清脆和潤。聽到聲音，夜天湛淡淡一笑：「煩心的時候聽聽鈴聲，煩惱就都不見了，這是妳說的。」

「管用嗎？」

「嗯。」

卿塵也笑一笑，索性頻搖鈴鐺。叮叮噹噹的玉聲響滿一室，突然讓人忘了眼前所有的事情，唯有紅爐畫屏，香暖雪輕，人如玉，笑如花，夜天湛看著卿塵輕嘆，但神情間漸漸泛起愉悅。

卿塵側頭靠在自己膝蓋上，和他的眼神相觸，明眸坦亮。這一刻，屋中似乎格外溫暖。她看著他，他也看著她，時光彷彿悄然倒流，回到多年前曾有的一刻，回到記憶中久遠的場景。一幕幕似曾相識，幾世的糾纏，心頭似有萬般思緒緩緩流淌，濃得令人嘆息。彼此熟悉的面容，目光中沉澱下淡淡的安寧與微笑。

這時候外面秦越隔著簾子稟道：「娘娘、王爺，藥好了。」

卿塵轉頭道：「拿進來吧。」

秦越入內將藥放在旁邊，便識趣地回避開來，退出門外後走了沒幾步，迎面見衛嫣進了水榭，急忙站住：「王妃！」

衛嫣也不看他，逕自往前走著，一邊走一邊問：「幹什麼呢？」

秦越道：「剛給王爺送了藥。」

「怎麼這時候奉藥？誰在王爺這兒？」

秦越心想現在王爺定然不願有人打擾，卻又沒有理由攔衛嫣，支吾道：「是新換的方子……王爺……呃……」

「怎麼回事？」衛嫣見他吞吞吐吐，頓時不悅，自己拂開垂簾便步入靜室。秦越沒來得及攔下她，忙跟在後面喊了聲：「王爺，王妃來了。」

衛嫣轉過煙水流雲屏風，突然間看到一身男裝打扮的卿塵，猛地收住腳步。夜天湛見到她，眉心一鎖，臉色霎時便沉了下來。

待衛嫣看清屋裡的人是卿塵，臉上立刻有嫉恨的神情一閃而過，她向前福了一禮：「不知皇后娘娘駕到，有失遠迎。娘娘怎麼不差人先通知一聲，府中也好開中門迎駕。」

卿塵抬眸，淡緩一笑：「不必了，我只是聽說王爺身體欠安，過來看一看。」

衛嫣目光在夜天湛和卿塵之間轉過，看到旁邊的藥盞，便知道秦越剛才說新換的藥定是卿塵開出的方子，不由得微微冷笑：「真是有勞娘娘，娘娘開方子下藥，我們怎麼敢用？」

卿塵聽出她話中別有他意，漫不經心地挑眉：「是嗎？」她側首看向夜天湛。

夜天湛自從衛嫣進來便一直冷冷目視於她，這時也沒有移開目光，回手拿起身旁的藥盞，仰頭便一飲而盡。

他這樣不給情面，衛嫣又驚又氣：「王爺！你怎就這麼喝了！」

夜天湛一字一句地對她道：「我不妨告訴妳，只要是她給的，就算是穿腸毒藥，我也照喝不誤！」說罷將藥盞往地上一摜，匡的一聲脆響，冰瓷四濺，他霍然起身，喝道：「來人！」

秦越立刻領著幾個內侍進來，夜天湛袖袍靜垂，寒聲道：「帶她回住處，從今天起不准踏出屋門一步，有誰敢往外面傳半個字，別怪本王無情！」

衛嫣始料未及，被嚇愣在那裡，張了張嘴，顫聲問道：「王爺，我做錯什麼了，你要這樣對我？」

夜天湛緩步來到她身前，冷笑如霜。他一把捏住她的下巴，將那張美豔的臉龐抬起來：「妳做過什麼，自己心裡清楚，本王此生最失敗的一件事，就是娶了妳這個王妃！」

他的指尖冰涼，衣袖劃過眼前有雪般的氣息，夾雜著一股清苦的藥香。衛嫣睜大眼睛看著他，他眼底的寒意更勝嚴冬，讓人如墜冰窖。那樣溫文的一個人，他在發怒，他的手緩緩移到她的脖子上，似乎只要稍一用力便能斷送她的性命，她從來沒有覺得他這樣可怕。

夜天湛臉色白得幾近透明，額前青筋隱現，表明他在極力控制著自己的情緒，他揮手鬆開衛嫣：「滾！」

在水榭中的都是夜天湛的近身心腹，平常早對衛嫣的頤指氣使忍無可忍，只因她是王妃，勉強還算恭敬，秦越上前道：「王妃請吧。」

衛嫣惱怒地掙開他們，抬手指著卿塵，氣得渾身發抖，對夜天湛道：「我知道，你……你就是為了這個女人，你是為她瘋魔了，你……」

她話未說完，卿塵便慢慢拂開了指向眼前的手，眼底一抹清光迫人：「衛嫣，妳不妨仔細想想妳和衛家都做過些什麼，這樣的話妳若再多說一句，我便讓整個衛家給妳陪葬。」

衛嫣頓時明白了夜天湛今天為何如此震怒，慘白著臉看著面前兩人，若他們聯手要亡衛家，衛家絕無活路。那種絕望的感覺從天而降，她像是被扼住了喉嚨，再也說不出一個字，身子搖搖欲墜。秦越往旁邊遞了個眼神，兩名內侍立刻上前半請半挾地將她帶出了水榭。

人都走了，夜天湛卻一動不動地站在原地，方才凌厲的神態早已不見，取而代之的是一種疲憊的傷感。他身子微微一晃，卿塵擔心地叫他一聲，伸手想要扶他，他對她搖了搖手：「我沒事。」

他沒有看她，自己轉身慢慢坐了下來。她還在身邊，他能感覺到她關切的目光，其實很想告訴她，衛嫣說對了，他就是為她瘋魔了，她已經讓他不是他了，但是他終究什麼也沒說。

第一二七章 莫損心頭一寸天

位於臨仙坊的歸鴻樓向來是伊歌城中把酒清談的好去處，登樓閒坐，放眼大江，潑墨揮毫，擊築笑歌，都是賓客們常有的雅興。眼前雖還不十分暖和，但二月一過，楚堰江冰消雪融，走馬長街，迎面而來輕風料峭，已帶了桃紅柳綠的清爽氣，讓人深吸一口便心生愜意，渾身輕鬆起來。

歸鴻樓開闊的前堂人聲喧譁，賓客如鯽，和往常一樣頗為熱鬧，這幾天多數人都樂此不疲地談著同一件事情。

今年二月甲申，昊帝納欽天監正卿莫不平之議，設祀禮，行大典，攜皇后登宣聖宮五明臺遙祭驚雲山。

當日，天都上空日月同輝，照臨萬方。驚雲山境內紫雲繚繞，面南一側山崖無故崩裂，失蹤數十年的皇族至寶歸離、浮翾二劍重現蹤跡。

得歸離者得天下，雙劍同出，更是皇權天授、帝后並尊的祥瑞吉兆。

昊帝在繼位之前，外禦強敵、內肅九州的形象早已深入民心。他深知多年戰亂，民生不安，稱帝之後薄徭賦，廢苛政，與民休養生息，復又罷貪官，懲酷吏，興農工，通商路，破格提拔有識之士，這一切都使寒門士子及百姓深為擁戴。而皇后亦是出身名門，愛民如子，之前更曾數次救民於大難之中，親善賢德有口皆碑。如今天降神兆，雙劍合璧，天朝諸州人人奔相走告，無不稱頌天命所歸。

開國神劍一事越傳越是神祕莫測，緊接著昊帝頒詔天下，廢強徵兵役，廢奴役賤籍。此舉使得天子威望日盛，先前些許流言蜚語很快湮沒在這來勢洶洶的天命之中。

雖已事隔多日，但無論走到天都何處，都常能聽到「歸離劍」、「浮翾劍」。此時歸鴻樓中正有樂女曼聲彈唱關於此事的唱曲，瑤琴輕鼓，隔著珠簾玉戶不時傳入裡面略為安靜的一間雅室。

鞏思呈凝神聽了一會兒，喟然一嘆，對面前的人道：「雙劍出世，四海咸服。莫先生技高一籌，在下佩服。」

莫不平眉梢微動，呵呵笑道：「天佑我朝，聖主應命而生，神劍失而復得，實為幸事。」

鞏思呈明知此事另有蹊蹺，卻也清楚莫不平不可能露出半點口風，只得隨他笑笑，道：「莫先生神機妙算，常常救人於危難，今天我請先生來，正是有事相求。」

莫不平道：「請講。」

鞏思呈道：「想必先生早已知道，犬子不爭氣，惹下大禍，還望先生救他一命。」

十日之前，原穎川轉運使鞏可被押至天都，如今正關在大理寺刑牢。定州之事雖尚未定案，但任誰都知道，鞏可此番已難逃一死。

莫不平端起面前的天青玉瓷盞，卻不急著飲茶：「此事你應該去求湛王殿下，何故找到我這裡？」

鞏思呈頹然搖頭：「莫先生是明白人，定州出了這樣的亂子，我還有何顏面再去求湛王？他沒怪罪於我，已是看在多年賓主的分上，給足了我情面。眼下唯有先生能救小兒，將伯之助，義不敢忘，請先生務必成全！」

莫不平道：「定州之事交由三司會審，證據確鑿，老夫也無能為力。」

鞏思呈沒想到他這樣直截了當地拒絕，臉色立時一白：「莫先生……」

莫不平倒非絕然無情之人，只是這事的確無法相幫：「你應該很清楚，究竟是誰想要令郎的性命，又是為了何事。實不相瞞，一個時辰前，御史臺又有奏本彈劾府上二公子國喪之中宴酒行樂，這道奏本已明發廷議，很快便見結果，你還是有個準備吧。」

鞏思呈臉上已是蒼白如死：「百丈原之事全是我一人過錯，各為其主，娘娘若因此要取我性命，我無話可說。煩請先生代為轉告，我願以此身告慰澈王在天之靈，請娘娘高抬貴手，放過小犬。」

「娘娘並不想要你的性命。」莫不平嘆道，「痛失至親是何等滋味，想必你現在也已明白一二，我能說的也只有這些了。」他起身告辭，終究還是有些不忍，便再道：「其實有個人你不妨去試試，他若願幫你，令公子或許有救。」

鞏思呈忙問：「是誰？」

莫不平道：「濟王。」

*

伊歌城南以射日臺為中心的騎射場周回二十餘里，占地廣闊，最多可容納騎兵兩萬、步兵三萬，是平時天軍操練的主要場地。

聖武朝以來因戰事頻繁，天下尚武之風逐漸盛行，無論是士族子弟還是平民百姓，大都騎馬射箭，修習武藝。久而久之，士族之中除了遊園擊鞠、清談宴樂之外多以此為消遣遊戲，騎射場中處處不乏他們的身影。

夜天漓在封王之前便是天都大名鼎鼎的放浪人物，一等一的疏懶，一等一的紈褲，雖然現在接管了京畿司也絲毫不見收斂，照樣尋歡作樂，顯然沒有做個良臣賢王的打算。從那道委他以重任的詔令下後，京畿司中從來不見他的影子，非但如此，他還一聲令下將數千京畿衛大半趕出府營，任他們出入賭坊青樓也不過問。

滿朝皆知漓王聖恩隆寵，昊帝對他簡直就是縱容。他這般行事，惹得一群老臣憂心不已，頻頻上書規勸。可偏偏最近天都中上報有司的案件逐日減少，城坊間治安良好井然有序，誰也挑不出錯處，昊帝放任不理，漓王我行我素，十分逍遙。

天氣回暖，騎射場上比往常多出幾分熱鬧，京畿衛的士兵們近來最怕的便是隨漓王來校場，一見到漓王手中那杆銀槍，人人心中發顫。

漓王的槍法現在是越來越出神入化，這幾個月興致極好，幾乎每天都點十幾名京畿衛陪練槍法，哪個花拳繡腿讓他看不順眼，當即逐出京畿司，連委屈訴苦的地方都沒有。

場中銀光暴閃，一柄長刀噹地被激上半空，四周侍衛們齊聲叫好。夜天漓瀟灑地將銀槍一擲，丟給身旁近衛：「刀都拿不穩，回頭練去！」

方才和他對練的士兵已在他手下走了近百招，正跪在面前惴惴不安，聞言喜形於色，知道今天算是過關了：「多謝王爺指教！」

夜天漓往外走去，剛才就聽到相隔不遠的左營校場鬧鬧嚷嚷，一邊走一邊問道：「那邊吵什麼？」

侍衛立刻回道：「是麟臺少卿鞏行和殷家大小姐在較量箭法。」

夜天漓奇道：「怎麼回事？」

侍衛道：「聽說年前殷家和鞏家訂了婚約，殷小姐想必是不願，卻父命難違，便帶人找上鞏行，好像是要逼他退婚。」

夜天漓聽罷，心裡便將殷監正暗罵了一聲，他到底把女兒當什麼？卻轉念又一想，轉身道：「走，去看看。」

左營校場中除了圍觀的將士和一些前來射獵的士族公子外，另有十餘名身著騎裝的女子圍在四周，個個冠帶束髮，英姿颯爽，看來是隨殷采倩一同來助聲勢的。

這時候原本亂糟糟的吵鬧聲漸漸低了下來，夜天漓沒讓侍衛驚動別人，先站在周邊往場中看去，卻見這哪裡是在比箭。殷采倩騎在一匹紫騮馬上，身著雪貂鑲邊騎裝，足踏烏皮勒金靴，手中飛燕銀弓彎如滿月，正隔著數步的距離不偏不倚地對準鞏行，面如寒霜：「鞏行，我話說得夠明白了吧？你到底答不答應！」

這鞏行正是鞏思呈的二公子，此人平時舞文弄墨，自命風流，除了鬥雞走狗、花天酒地外倒也沒什麼劣行，至少比起他的兄長要好得多。此刻被殷采倩拿箭指著，倒也不慌張：「大小姐何必如此？父母之命，媒妁之言，豈是我一句話就能作罷？妳我自幼相熟，也算是青梅竹馬，這婚約也無不妥當，怎麼至於動刀動槍呢？」

殷采倩柳眉冷挑：「胡說！誰和你青梅竹馬了？再說就算是要訂青梅竹馬的婚約也輪不

到你！」

翬行笑道：「這麼說，大小姐難道是心有所屬？卻不知是哪家的公子，何不請來一見？」

殷采倩向來崇拜的是霸氣英武的男兒，對他這種油腔滑調的花花公子最是厭惡，銀牙咬碎，臉上沒有半分好顏色：「對！我就是心有所屬，非他不嫁。他好過你千倍百倍，你若不服，先贏了我手中的箭，再去和他較量！」

即便天朝民風並不拘謹，在場的也大多是生性豪爽的將士，但有女子當眾說這樣的話還是引得四周譁然一片。她話音落後，人群裡卻傳來陣掌聲，只見夜天漓緩步邁入場中：「說得好！」

突然見漓王前來，翬行和身旁諸人紛紛上前見禮。殷采倩也不能再這樣拿箭指著翬行，收弓下馬：「王爺。」

夜天漓盯了她一會兒，挑一挑脣角，慢悠悠地轉身對翬行道：「翬行，你好大的膽子，也不先問問她是誰的人，就敢訂下婚約。本王倒想看看你有多少能耐，還能逼她嫁你不成？」

這話讓所有人愣住，人人心中都冒出一個念想，殷采倩方才所說的人，難道竟是漓王？若果真如此，按漓王平時飛揚跋扈的性子，這事絕不會善罷甘休。

翬行呆了呆，憑他的身分，如何敢惹眼前這位驕橫王爺，先時應對自如的模樣全無：「王……王爺，我並沒有逼她嫁我，這是兩府長輩替我們訂下的婚約，我只是遵從父命而已。」

夜天漓眉梢一吊：「殷采倩早有婚約，尚未解除，豈能隨便嫁與他人？你們兩家若糊塗了，本王給你們提個醒。」

鞏行道：「敢問王爺此言何意？我們從來不曾聽說殷小姐另有婚約啊。」

夜天漓道：「聖武二十六年，殷皇后做主將殷采倩指為澈王妃，雖當時因虞夙叛亂，十一皇兄帶兵出征沒來得及大婚，但此事早就內定下來，這不是婚約是什麼？你鞏行吃了熊心豹子膽，敢娶澈王妃？」

眾人都不料他說的竟是這件事，頓時面面相覷。當初這指婚雖確有其事，但澈王戰死沙場後，這事便無人再提，可偏偏現在漓王一說，大家卻又都覺得無法反駁。宮中從來沒有旨意廢除這婚約，那麼殷采倩在名義上，的確應該是尚未舉行大婚典禮的澈王妃。

鞏行愣了半天才道：「可是澈王……」話說到一半，夜天漓一道鋒利的眼神直刺過來，竟駭得他沒敢說下去。夜天漓顯然不打算和他講什麼道理，警告過後，將目光轉到了殷采倩身上，待要看她什麼反應，卻意外地發現殷采倩正目不轉睛地看著他，神情間一絲迷離的哀愁，讓他有些不解。

殷采倩見他看過來，往前走了一步，對鞏行道：「王爺說得沒錯，我與澈王的婚約從來都沒有解除。我剛才就已經說過了，我喜歡的人，他比你好千倍百倍！」她一抬下頦，揚聲讓所有人都聽得清楚，「無論澈王生死，我殷采倩非他不嫁！我現在就入宮請旨完婚，鞏行你要是有膽量的話，咱們去請皇上和娘娘聖裁！」

她此舉大出夜天漓的意料，因為澈王的事，夜天漓恨極了殷家和鞏家，對殷采倩的態度也大不如從前。他今天插手此事，原本就是想讓這兩家騎虎難下，就算不陷入兩難的境地，也要顏面盡失，落人笑柄。至於殷采倩是不是真要為澈王守節，這原本並沒在他的考慮之中。突然聽到殷采倩要履行那時的指婚，驚愕之餘，不免有些動容：「妳要和十一皇兄完婚？」

殷采倩道：「不錯，我要和他完婚。」她決心已定，當即翻身上馬，便出校場而去。

夜天漓比殷采倩遲了一會兒，沒能在入宮之前攔住她。他趕到致遠殿，才知皇上和皇后都在清華臺。

清華臺殿閣玲瓏，因在宮城偏南一方，臨近岐山地脈，有溫泉之水接引而成五色池，池水色澤深淺多變，清氣馥郁，常年不竭。每到冬季，四處冰寒雪冷，唯獨這裡溫暖如春。五色池四周遍植蘭芷，這時候修葉娉婷，已婀娜綻放，淡香縹緲於蘭臺鳳閣，那股出塵的安靜與外面翦翦風寒的冷意自不相同。

卿塵因怕冷，入冬以後便常居此處，一來避寒，二來那溫泉之水略具療效，對身子十分有益，便於調養。夜天凌除了召見外臣，平日批閱奏章、處理政事也都在這裡，今天正和卿塵商量什麼事情，神色沉肅，卿塵臉上亦略帶傷感。殷采倩和夜天漓先後求見，一個提出這樣離譜的要求，一個站在那裡欲言又止，夜天凌聽著眉間便見了幾分深色，也不看殷采倩，只問夜天漓：「怎麼回事？」

夜天漓遲疑片刻，便將剛才的事大概說了，而後又對殷采倩道：「我在校場說的話只是存心讓翟行難堪，妳何必當真？再說當初賜婚，十一皇兄也沒答應，並不算數。」

卿塵見殷采倩神情堅決地跪在面前，輕聲嘆道：「剛剛才和陛下在商量，要將澈王的靈柩遷回天都入葬東陵，你們倒好，先鬧上這麼一場。」她移步上前，伸手扶了殷采倩，「妳起來，這樣的事豈能拿來兒戲？」

殷采倩順著她的手抬起頭來，不料早已滿臉是淚：「求娘娘成全我，我是真的願意嫁給澈王，當著那麼多人說下的話，我並不是玩笑。」

卿塵垂眸看她，羽睫投下深影如扇，堪堪掩住眉宇間的淒然，輕聲道：「澈王已經不在了，我成全不了妳。妳與他的婚約我替你們取消，當時妳離家出走不也就是為此嗎？如今，各得其所吧。」

殷采倩臉上漣漣淚水濺落在冰涼的青石地上，只是向前叩首：「采倩心意已決，求娘娘成全！」

卿塵原本便心緒不佳，略有不悅，蹙眉道：「妳在幽州軍營前，曾當著我的面請澈王收回請旨完婚的話，與他彼此兩清，難道忘了？」

殷采倩道：「當時當日，他不識我，我不知他；今時今日，我敬他胸懷磊落，愛他快意瀟灑，念他生死情重。那時候我離家出走，並不是因為澈王殿下不好，而是……」她突然有些怯懦，停了停，最終鼓起勇氣往夜天凌那邊看去：「我喜歡著別人。後來我想清楚了很多事，但是，卻都晚了。」

卿塵眼底浮起雲水般的顏色，一時間深淺難辨。殿裡擷雲香的氣息沉沉渺渺地散開，如輕微的嘆息、遙遙的思念，飄落錦屏御案，漸漸地落了滿地。

眼前的殷采倩分明已不再是當年那一味刁蠻任性的小姑娘，她如含苞初綻的花朵，正逐漸盛開屬於自己的美麗，那一雙杏眸中不僅僅帶著明豔與俏麗，兩年的時日已在其中沉澱了太多東西，淚光之後，黑若點漆。

驀然邂逅，擦肩而過，生命中本就有太多的來去匆匆，快得甚至讓人來不及去遺憾。過往與相逢或許在深夜夢迴中殘留下淡淡的痕跡，縱不能相忘，已無處可尋。

不管現在殷采倩對十一究竟是什麼樣的感情，這分情義終究是有的，就因此卿塵也再狠不下心斥責她，言語便溫和許多：「漓王剛才只是無意說了那話，妳若執意如此，倒讓他不好收場了。」

這時夜天凌目光掃過殷采倩，突然問道：「妳真的想清楚了？」

殷采倩一閉雙眼，淚水自臉上劃出兩行清痕：「回陛下，想清楚了。」想清了，看透了，傷透了，那個榮耀的家族能帶給她的都是什麼，她無法選擇，就這麼守著那個男子風一樣遠逝的笑容一生一世，也好。

夜天凌站起身來，在殿中緩緩踱步，腰間龍佩垂下深青色的絲條隨著他的腳步輕微晃動，一步步無端透出沉重的壓力。過了些時候，他道：「既如此，妳隨行去雁涼，先將澈王的靈柩迎回天都再說。」

他的聲音清冷冷的，不辨喜怒，卿塵聞言一震，卻接著嘆了口氣，沒有出言反對。讓殷采倩去一趟雁涼也好，來回幾個月，想必等她回來，情緒便也定下來了。

殷采倩對夜天凌原本便心存敬畏，而他稱帝之後威嚴與日俱增，言行號令，越發讓人不敢忤逆，她呆了一刻，輕聲道：「采倩遵旨。」

夜天凌往殿外看了一會兒，對夜天漓道：「禮部已經擬好了儀程，讓別人去不妥當，你便親自去一趟雁涼，護送你十一哥回來吧。」

夜天漓肅容道：「臣弟領旨。但是她……」

夜天凌抬一抬手，讓他不必多言，拿起案前一道奏疏給殷采倩：「至於鞏行，妳帶這個回去給殷監正，讓他自行斟酌。」

殷采倩上前接過來，翻開一看，是御史臺彈劾鞏行的奏疏。貶遷涿州的定論之上赫然是明紅的朱批，簡單一個「准」字鋒峻峭拔，撲面而來竟帶凌厲之氣，看得她手心涔涔盡是冷汗，心裡百感交集。這樣一來，與鞏家的婚事自然不復再議，但鞏行日後的境地也由此可見。

夜天漓和殷采倩一起出了清華臺，殷采倩極沉默地走在前面，夜天漓一反常態，也默不作聲。

到了宮外，殷采倩低頭行了個鞠禮，便要轉身上馬，夜天漓忽然叫住她：「哎，妳等等！」

殷采倩站住腳步，夜天漓皺著眉頭：「抱歉，我今天並不是想讓妳為難，妳也別再賭這分氣，若十一哥知道了，倒要怪我了。」

殷采倩目光淡淡投過他身邊，並不看他：「王爺今天說得並沒錯，不必跟我道歉，我往後就為澈王守一輩子靈，念一輩子佛，也是我應該的。」

「妳這算什麼？」夜天漓臉上冷了下來，「想替殷家贖罪嗎？」

殷采倩搖頭：「若要說罪，你們男人的恩恩怨怨，輪不到我來贖。我就只記著在北疆最難過的時候，是澈王他陪著我，雖然他那時候也沒把我當成未來的澈王妃，但他陪我喝酒聊天、騎馬射箭，現在想起來，還真是開心。你們爭你們的恩怨，我陪他喝杯酒、說說話，難道不好嗎？」她半仰著頭看那透藍的天，衣袍紛飛，微風輕寒掠過鬢髮，「又要去北疆了呢，我倒是想，犯不著一定要回天都，他應該更喜歡北疆，可以縱馬馳騁、仗劍嘯傲的地方，才適合他。」

夜天漓心底滋味難言，沉甸甸壓得人難受，喝了句：「別說了！」

殷采倩終於看向他，細看了會兒，悵然道：「方才在校場見著你，我真以為是澈王回來了。可是現在仔細看，是像，可又不十分像。他發起怒來更像皇上，冷冰冰地不說話，想想也挺嚇人呢。」

夜天漓有些惱火，話中就帶了狠意：「我們本就是兄弟，像有什麼奇怪？妳回去告訴殷監正，十一哥這筆帳，我和殷家沒完！」

殷采倩將頭一轉，眼中酸楚刺痛，淒涼難耐：「王爺要怎樣便怎樣吧，只是別誤了去北疆的正事。」說罷翻身上馬，嬌叱一聲，紫騮馬放蹄而去，很快便消失在青石平闊的大路上。

夜天漓滿心情緒無處發洩，緊繃著臉策馬回府，身邊人都看出他心情惡劣，格外小心翼翼。府中內侍見他回來，有事情欲上前稟報，看看他臉色卻又猶豫。

夜天漓轉頭沒好氣地道：「有事就說，幹什麼吞吞吐吐的？」

那內侍忙俯身道：「是，王爺，鞏思呈又來求見，等了王爺半天了。」

夜天漓揮手將纏金馬鞭擲下，心頭轟地就是一陣怒火。鞏思呈昨天便來過漓王府，夜天漓心知他是為鞏可之事而來，見都不見，沒想到他今天還來。

那內侍跟著夜天漓大步往前走去，眼見他將身上披風一扯，兜頭摺了過來，轉身站住：「讓他來見我！」

內侍躬著身去了，不多會兒引了鞏思呈前來。夜天漓已經進了寢殿，內侍前去通報，鞏思呈站在階下再等。高簷華柱之前他獨立的身子有些佝僂，花白鬢角，風霜蒼老。他抬頭往殿內看去，宮幔遙遙，深不見底，無端令人覺得壓抑和不安。原本連著兩天都見不到濟王，他早有些心灰意冷，只是現在除了濟王外，沒有人能在皇上和皇后面前說上一句話，不管濟王是什麼態度，他總要試一試，這畢竟是最後的希望了。

過了好一會兒，寢殿深處終於有人走了出來，正是濟王。鞏思呈來不及細思，忙趨前幾步：「王爺。」

夜天漓此時已經換了一身雲錦長衫，扣帶鑲玉，箭袖纏金，頭綰攢珠七寶冠，玉面俊俏，帶著高貴與冷傲。他緩步在殿前站住，居高臨下看向鞏思呈，臉上倒也不見先前的怒意，只是陰沉沉有些駭人，驕狂之中透著幾分煞氣。

他不出聲，鞏思呈只得彎腰候著。良久聽到上面冷笑一聲，夜天漓道：「你想保鞏可一命？」

他直接就這麼問，鞏思呈倒愣住，接著道：「逆子混帳，百死莫贖，但請王爺救他一救。王爺若肯說話，皇上定會開恩。」

夜天漓道：「好，本王答應你。」

他如此痛快，非但沒有之前料想的羞辱，連一句推諉都不見，鞏思呈意外至極，隨後匆忙道：「……多謝王爺！」

夜天漓盯著他，脣角慢慢生出抹極冷的笑：「用不著謝本王，皇上說了，鞏行既然定了貶去涿州，鞏可，就發配定州充軍，你謝恩吧。」劍眉一挑、聲音一揚，「來人，送客！」說罷頭也不回逕自轉回殿中去了。

他那句話如同晴天霹靂，鞏思呈眼前幾乎漆黑一片，仿若由死路直墜地獄。天下三十六州，單單發配到定州，鞏可軍糧一案害死定州數十名將士，定州軍民早恨不得將其扒皮抽筋，生啖其肉，落到他們手裡，這是生不如死啊！鞏思呈僵立在原地，混濁的眼中一片空茫，冷風襲來，寒徹心骨。

第一二八章　麒麟吐玉盛陽春

春江水暖，遠山吐翠，幾痕堤帶橫陳。

楚堰江上輕舟畫舫，穿梭如織，江水東西，往來南北，既有商賈俠客，亦有名士鴻儒。這幾日正是三年一度的春闈都試，各州士子齊聚天都，登科應試，一時風華雲集。

楚江杏林是天都一大勝景，時逢春至，繁花錦繡如雲似雪，連綿西山三十里，直至江畔。春闈收試之後，江上舟舫不斷，遊人比肩，錦衣雕鞍，笑語倜儻，幾乎比金科放榜還要熱鬧。臨江一艘巨大的石舫依山帶水迎風，乃是登舟飲酒、遙看花林的好去處，此時聚集著來自各地的士子，船上寒暄之聲此起彼伏。

都是同年參試應考，士子們呼朋引伴，落座品酒，不免便要說起今年都試。這個話題一開，頓時高談闊論沸沸揚揚，細聽之下，其中竟有不少非議之詞。

今春都試一反常例，重時策而輕經史，夔州士子盧綸以一篇平實無華的《南滇茶稅考述》竟得以金榜題名，御筆欽點為金科狀元，同榜探花梅羽先的《平江水治說》更有誹經謗道之言，十分惹人爭議。這次都試因與歷年的慣例大相徑庭，令不少人措手不及以至名落孫山，難免頗有微詞。

應試的士子大都是些年輕人，自負詩書滿腹，你一言我一語各抒己見，越說越是喧鬧，再加上推杯換盞，酒助談興，漸漸竟要指責起朝政來。

隔著幾轉屏風，這石舫往裡面便是分隔開來的清閣雅室，其中一間幾面花窗正對著那些士子聚集的地方。窗前青簾半捲，點點篩進些陽光。素席清酒，落花片片，室內幾人也都是普通文士的打扮，但卻顯然不是今年應試的士子。坐在當中一張低案之後的人身著水天色素錦長衫，髮結銀絲青玉帶，身形頎長，神色清峻，正透過花窗遙看著那邊人聲鼎沸的場面。他只是坐在那裡，閒握杯酒，渾身上下卻透著教人不敢逼視的尊嚴氣度，目光淡定間彷彿盡覽一切，沉穩深邃有種掌控全域的力量。

外面喧譁的聲音傳到這裡已經弱了不少，但依舊聽得清楚。坐在他身旁的人一邊聽著這紛紛的議論，一邊抬手輕拈了落在席前的落蕊，腕上那道幽光冥亮的墨色串珠一晃而過，沉靜奪目。

這人聽了一會兒，突然笑道：「都說文人的嘴最為刻薄，果然如此，讓他們這麼一說，如今這朝政竟是混亂不堪，恐怕不出三年便要天下大亂了。」

那青衫人笑了笑，隨意說了一句：「年少氣盛，難免自以為是，也是人之常情。」

那邊士子中有個白衣黃衫的年輕人，一直是眾人間最活躍的一個。這時仰首飲盡杯中酒，酒壯膽色，在大家的簇擁中鋪紙沾墨，牽袖揮毫，片刻間將一篇指責都試政策的文章一揮而就，眾人傳看之下，紛紛叫好。

那人將筆一擲，揚聲道：「諸位同年，今年都試廢經取仕，屏棄禮制，小弟實不敢苟同。我等寒窗苦讀，十年一試，卻遭逢這樣不公平的待遇，諸位若覺得小弟今天這一篇告文寫得有理，大家一同去都試放榜的宸文門前張貼起來，請朝廷給個公論，必使之上達天聽，以陳諫言。」

眾士子聞言而起，頗有一呼百應之勢。雅閣中坐在下首的陸遷有些忍耐不住：「主上，不能任他們這麼鬧下去，讓我過去約束一下吧。」

眼前兩人正是為了解仕情微服出宮的昊帝和皇后，都試這番調整必然在朝野引起震動，夜天凌早已預料到，脣角淡淡一挑：「你可壓得住他們？」

陸遷俊秀的面龐上一派自信灑脫，笑道：「這點把握還是有的。」

「不急在此時，」夜天凌一抬頭，「冥執，去想法子將他們寫的那篇告文弄來看看。」

冥執領命去了，遠遠見他和那群士子周旋一陣，也不知用了什麼法子，過不久，便拿著一張墨漬簇新的告文回來。

夜天凌著眼看去，先見其字龍飛鳳舞，瀟灑遒勁，再看文章，詞藻並茂，通篇錦繡。內容雖誹謗朝政，但一氣讀下，酣暢淋漓，倒似句句切中人心，極具煽動性。他將告文遞給卿塵，笑讚道：「好文章，可問了那人是誰？」

冥執道：「此人是雲州士子秋子易，今年都試也榜上有名，點了二甲進士出身。」

夜天凌對陸遷道：「雲州果然出才子，先有你陸遷名冠江東，現在又出一個秋子易，想要轟動京華。」

陸遷道：「先前倒也聽說過他，似乎是個極放浪的人物，平時恃才自傲，在士林中頗有些名聲。」

「的確好文才。」卿塵看完了告文，想了會兒，「越州巡使秋翟，和他可有關係？」

經她一提，陸遷記起來：「雲州秋家是當地名門望族，秋翟是這秋子易的嫡親叔父。」

「哦。」卿塵眉梢略緊，後面的話便沒再說。越州巡使秋翟，那是殷監正的門生。

夜天凌若有所思，徐徐淺酌杯中酒。此時忽聞馬蹄聲緊，遙見江邊堤岸上一騎飛馬快奔而來。馬上也是個年輕男子，尋到石舫裡，下馬快步踏上石橋，遠遠便道：「子易兄，諸位，諸位！國子監那邊出大事了！三千太學士因今年都試題制廢經典輕禮制，偏頗取仕，聯名上書以示不滿，現在全都在麟臺靜坐，請求聖上重新裁奪！」

這消息傳來，頓如烈火添柴，眾皆譁然，一時群情激昂。陸遷眼見那群士子要趁勢起鬨，忙道：「主上，讓他們再推波助瀾，怕會釀成大亂。」

夜天凌輕叩酒盞，信手放下：「你去吧，壓住那個秋子易，傳朕口諭，准他們自聖儀門入麟臺參議此事。」

陸遷聽到這樣的安排，十分吃驚，但隨即拱手一鞠，低聲道：「臣領旨。」便快步離去。

陸遷離開後，夜天凌站起身來，說了一句意味深長的話：「三千太學士聯名奏表，聖武年間也有過一次。」

卿塵手指籠在袖中，不由略微收緊：聖武二十六年天帝詔眾臣舉薦太子，國子監三千太學士曾聯名上書，具湛王賢，請立儲君。

＊

春盛，日暖，風輕。麟臺之內，氣氛卻凝重。

正午的陽光在魚鱗般層層鋪疊的琉璃瓦上反射出耀目的色澤，連帶著殿前的瓊階玉壁也似映著光彩，然而透到靳觀心底下，卻深涼一片。

面對眼前人頭攢動，靳觀怎麼也沒想到昊帝敢讓國子監太學士與今年新科進士們同臺辯論，並准天都士子麟臺參議。

都是些血氣方剛的士子新貴，這要是控制不了場面，可是要生大亂的。更令他心驚的是，剛才進來的時候，見到麟臺四周已經遍布玄甲禁衛，重兵環伺，為首的是上軍大將軍南宮競。

金釘朱漆的巨大宮門緩緩閉闔，靳觀臉上鎮靜，背心卻已是一片冷汗，眼前盡是昊帝那張冷峻無情的臉，彷彿那深不可測的眸光就在身後，刺得人如坐針氈。

若是麟臺中真鬧出事來……他沒敢往下深想。原本默許太學士聯名上書，他自認是進是退，總有把握控制局面，可眼前伸來隻手輕輕一翻，棋盤顛覆，下棋的人反成了棋子，那強有力的手就這麼扼在關鍵處，頓時教人進退兩難。

好在場面目前還算穩定，靳觀環目四視，除了深衣高冠的太學士們，麟臺之東是今年金榜題名的新科進士，一律冠服綠袍，循階而立，引領他們的，是銀青光祿大夫杜君述。麟臺之西，是服色各異的天都士子，原本這應是最混亂的一面，此時倒也秩序井然。靳觀一眼便看到在他們之中正與秋子易相談甚歡的陸遷，眼角不自覺地牽了牽。

江左陸遷，少時素有才名，尚在弱冠之年便因不滿當時雲州科場營私舞弊、貪墨昏暗，曾放肆行事，在雲州貢院外牆之上潑墨揮毫草書狂詩一百二十句，直刺考場弊端。隨後糾集江左士子近千人棄書罷考，以至於那年雲州巡使、江左布政使相繼遭貶，甚至牽扯到數名中樞要員。陸遷自己也因此被革去功名，險些廢除士籍，但在士林之中卻從此聲名鵲起。

一晃十年有餘，現在的陸遷也尚不到而立之年，站在那些士子當中，仍是意氣飛揚。以他的經歷與名聲，自然極易鎮撫這些士子的情緒，效果如何，只看眼前秋子易的態度便知。

以前只知昊帝手下精兵猛將所向披靡，卻不料如今出一個斯惟雲，就敢清查百官；出一個莫不平，可以牽引朝堂；出一個陸遷，又領袖士林。再看看身旁坐著的灝王，這是前太子，曾經一人之下萬人之上的儲君，按理說新皇即位是最容不得這樣的人，但灝王卻頗受重用，甚至連春闈都由他主試。還有一個漓王，平時看上去不務正業，偏偏就能掌控京畿司，協理天都兩城八十一坊大小事宜。

志在雲霄，心如瀚海，縱橫棋盤，落子不多，卻每一步都在關鍵處啊！

「王爺，」靳觀正了下心神，側身對灝王道，「麟臺辯論這是從來沒有過的事，也無先例可循，不知皇上到底是什麼意思？」

坐在他身邊的灝王微微一笑：「為水者決之使導，為民者宣之使言，這便是皇上的意思。他們既然有話要說，就讓他們說，至於說得對不對，不妨公論。今天在麟臺，皇上就是給他們暢所欲言的機會，等到說完了，結果也就出來了。」

靳觀道：「皇上開天下士子之言路，實為聖明之舉。不知王爺對這場辯論的結果可有預料？」

陽光下，一身金繡蟠龍的親王常服穩穩襯著灝王高華的氣度，他始終溫文含笑：「靳大人該對我們選出來的新科進士們有些信心，本王相信他們哪一個也不是徒博功名之人，若他們輸了，那就是你我有負聖望了。」

靳觀心中突地一跳，身為今年都試的兩名主試之一，這些新科進士可都是他和灝王共同遴選的，若他們名不副實，那豈不是主試官員嚴重失職？靳觀苦不能言，捏了一手冷汗，只點頭道：「王爺言之有理。無論結果如何，這都是天朝士林一大盛事。」

灝王側過頭來一笑：「的確如此，時間已到，也可以開始了。本王只是奉旨監場，有勞靳大人費心主持，該怎麼控制場面，大人多多斟酌吧。」

報時金鼓隆隆響起，這綿裡藏針的話聽在耳中卻異常地清晰，靳觀心底長嘆一聲，躬身應命，便整束衣襟，往臺前去了。

第一二九章　萬樹桃花月滿天

車馬行行，不疾不徐地沿著江岸離開杏林石舫。卿塵鬆手將車簾放下，轉頭問道：「四哥，鬧出這樣的事，靳觀這個國子監祭酒難辭其咎，你卻一再用他，不知他會怎麼想？」

夜天凌淡聲道：「他怎麼想不重要，關鍵不在他。」

卿塵與夜天凌目光一觸，迎面深不見底的雙眸，似一泓寒潭，斂著冰墨般的顏色，春光也難入其中，她話到嘴邊，復又無言。這漫天明槍暗箭，夜天凌因勢利導，反為己用，自始至終都還留著一分餘地。這裡面是他對她的一言承諾，也是他高瞻遠矚，於國於民之期望。但是這僅有的忍讓在接踵而來的衝擊之下，還能維持多久？還有什麼理由要維持？就這麼一步步走下去，她已經可以預見結果，但卻無計可施。

其實從一開始便無比清楚，這是無法平衡的局面。就像是一個瀕危的病人，只能靠針藥延緩衰弱，最後終究還是要面對死亡。此時此刻，她似乎是提前觸摸到結局，冰冷的滋味從指尖悄然而上，漸漸蔓延成悵然與失落。她不由自主地將手籠在脣邊呵了口暖氣，似是自言自語：「是啊，關鍵不在他。但我也無能為力了。」

夜天凌聞言突然一笑，握住她的手：「還有我。」

卿塵抬頭，只見他臉上近乎自負的驕傲，淡淡地，帶著一抹瀟灑。他俯視她，薄唇微挑。如果有什麼事做不到，還有他；如果有什麼得不到，還有他；如果覺得倦了累了失望了，還有他。

無論何時，都有他。

卿塵仰頭看著他，自從那次意外之後，她總覺得他和以前有些不同，但是到底哪裡不同，又說不上來。

昨天在清華臺，她倚在他身邊閒翻書，無意問道：「古時烽火戲諸侯，也不知是個什麼場面，你說有什麼好笑的呢？」他擱下手中的事低頭答了句：「妳若是哪天不笑了，我也戲給妳看，看妳笑不笑。」卿塵便道：「四方侯國都被你撤了，哪裡還有戲？你先叫人撕些綢帛來聽聽，說不定我便笑了呢？」誰知夜天凌揚聲便命晏奚去取綢帛來，卿塵又氣又笑：「你真當我是亡國的妖后啊！」夜天凌道：「妳非要做那樣的妖后又有什麼辦法？朕只好陪妳當昏君了。」

雖是玩笑話，卿塵過後卻想了好久，換作以前，這樣的話他會說嗎？

她幾乎是在他的寵溺下隨心所欲，就在他身邊，她放縱自己的喜怒哀樂，就在她面前，他也才是那個誰也看不到的他。她喜歡那種感覺，他就是他，無關其他任何身分，她也就是她，是他的清兒，他的女人。

她一時間有些走神，突然面前一隻修長的手將她的頭抬起來，夜天凌目帶研判與深思，看了她一會兒：「在想什麼？」

卿塵見他深邃的眸中倒映出自己的影子，輕微地漾過亮光。她便也這般看著他，在他的注視下，淡淡轉出一笑：「其實我什麼都不想要，我只要你。無論怎樣，我都只要你。」

捏在下頦的手略微一緊，夜天凌脣邊卻勾起抹笑，他細起眼眸，「妳不要行嗎？」

卿塵嘆息一聲，順從地伏向他的懷中，將退縮和厭倦都藏在他的溫暖之下，如一隻逃避寒冷的小獸。過了一會兒，她道：「四哥，我們去武英園好嗎？」

武英園一直保持著原來的樣子，一石一泉一草一木和十一在的時候並無區別。尋徑而入，遙見桃色點點，碧枝萬樹，雲霞鋪展，猶勝當年。

亭臺樓閣，朗聲笑語猶在耳，夜天凌陪著卿塵緩步往園子深處走去，心中不免生出絲感慨。不過幾年而已，物是人非，這世間還有幾個人能兄弟相稱，把酒言歡，暢談天下事？曾經桃李瓊筵，羽觴醉月，群季在座，談笑賦詩，如今也只剩這一園寂寥了。他輕嘆一聲，無意一抬頭，突然停下了腳步。

卿塵轉頭，沿著他的目光看去，意外地發現前面半山之側八角亭中，竟是夜天湛獨自一人坐在那裡。

一棵老樹虬枝蒼勁，自山岩縫隙扎根而生，樹幹斜伸，如傘如蓋半遮亭上。落花在山側，在亭中，在衣袂飄飄間轉瞬而去，一天花雨下，亭中白衣素服的人遙望遠處，滿身竟是難言的孤單與蕭索。

夜天湛聽到腳步聲回頭，忽然見到夜天凌和卿塵，瞬間愣愣，隨即拂襟而起，淡淡躬身：「見過陛下、娘娘。」

飄逸俊雅的姿態，從容沉著的話語，輕風撲面，衣袖微揚，帶來他身上一股微苦的藥香夾雜著清冽的酒氣，幽州「冽泉」，那是十一獨愛的美酒。

亭中桌上，落紅點點，幾個細泥封口的酒瓶放在那裡，已經空了兩瓶。卿塵問道：「你怎麼會在這兒？」

夜天湛輕輕一抬眸，回答：「明日，是十一弟的生辰。」本來是想避開別人，誰知這般巧合，該來的，竟避也避不開。

卿塵看向漠然立在身旁的夜天凌，又將目光轉回夜天湛身上，夜天湛視線和她微微一觸，他臉上因酒的緣故頗有幾分倜儻神采，然而那笑卻勉強。

夜天凌坐到桌前，拿起酒來：「不想你也知道十一弟喜歡這幽州冽泉。」

夜天湛道：「在北疆時曾和十一弟一起喝過。他嫌天都桃夭太過醇濃，失了酒的豪氣，說只有這酒烈中纏綿，最合他的口味。」

夜天凌指下微挑，捏破泥封，仰首傾酒入喉：「清含冰雪之氣，濃有風焰之魂，是好酒，朕還欠著十一弟一醉，到現在也不曾還他。」

卿塵眼底驀然一酸，眼前桃林盛放，胭脂色，燦如雲，盡成了一片模糊的浮影。

身邊是一陣無聲的沉默，亭前風過，花落如雨。

百丈原前，痛失手足，兄弟反目，刀劍相見。從那以後再無人提過此事，大家好像都在回避著什麼，但即便不願提、不想提，卻始終壓在心頭。

恩恩怨怨糾纏得深了，反而變得誰也說不清楚，是非黑白，成敗對錯，早已一言難盡。

夜天湛抬手灌了一口酒，修長的手指握在瓶頸處略顯得蒼白，透著緊致的力度，似乎再用一分力氣，那酒瓶便會迸碎在他指間。「四哥，抱歉。」他的聲音極淡，說話時好像只在看那片桃林，目光遙遙落在亭子外面，脣角微抿。

夜天凌亦沒有看他，只是突然將手中的酒一飲而盡，在放下酒瓶的時候，他望著前方說出了同樣的兩個字：「抱歉。」

卿塵詫異地看向他們兩人，稍後，她往後退了一步，輕聲道：「你們聊，我去下面走走。」

夜天凌和夜天湛同時看了她一眼，但都沒有開口。

依山連水的武英園，半邊青峰，奇石疊嶂，兩道流瀑如注，自岩石間長掛垂瀉，一前一後匯入其下深深清潭。潭水碧色翻湧，如翠如玉，風過髮間，水霧紛紛撲面，似微雨漫天。

幽潭深不見底，倒映著卿塵白衣緲縵，她望著那飛濺而下的瀑布出神，耳邊水聲隱隱，卻似乎靜得要令人窒息，聽不到其他聲音。

男人與男人之間，自有他們處理事情的方法，她不想在此時介入其中。她盼望著他們能深談一次，然而亭中是極漫長的沉默，也不知過了多久，終於隱約傳來那兩人的說話聲，開始還是語氣平和，緊接著越說越快，逐漸變成了激烈的爭吵。

夜天凌的聲音深沉凌厲，夜天湛的聲音冷淡犀利，兩人都不再見平素那不動聲色的沉穩和耐心，各持己見，措詞鋒銳。

麟臺之前，一場天朝開國未有的辯論正在進行；武英園裡，兩個掌控著天朝興亡的男人亦正針鋒相對。

是君臣，是兄弟，是對手，是朋友。是君子胸懷，是王者氣度，是放眼蒼生，是心懷天下。

曾同窗共讀，曾一朝為王，曾並肩作戰，龍爭虎鬥之下，是對彼此至深的了解。人之一生，如果沒有旗鼓相當的對手，沒有惺惺相惜的知己，男兒英雄亦寂寞，雄心壯志也孤單。

卿塵仰首閉目，任紛飛的水霧灑了滿身，點點清涼讓心頭翻滾的焦灼淡下幾分。她修削的指甲直刺進掌心，連疼痛都不覺得。日影漸西，將眼前瀑布清流漸漸染上琥珀的色澤，時光一刻一刻難熬，彷彿千萬年也走不完，等不到那個盡頭。

誰也不知道結果會是怎樣，她唯有相信這兩個男人，除此之外，別無選擇。

突然間，上面的說話聲中斷，卿塵不由自主地抬頭。過了會兒，才聽幾聲低低的咳嗽後，夜天湛的聲音重新響起：「的確，各州究竟有些什麼手段應付清查，我清楚得很。四哥若想知道，我也不怕據實相告。但知道歸知道，要讓他們把吞進去的銀子吐出來，哪裡那麼容易？」

夜天凌沉聲道：「要說容易，繼續放任他們侵吞國庫、盤剝百姓倒容易，可惜別人能容，我容不得。」

夜天湛道：「負國營私，法理難容，其心可誅，任誰也容不得！四哥要清查虧空，我倒先要問，查到什麼地步？若只是解決一時之困，像以前那樣點到為止，不如趁早。」

夜天凌道：「查到什麼地步？查到天下無官不清，查到國庫充盈，還民以富足，一天不達目的，我一天不會放手！」

夜天湛停頓片刻，緩緩道：「清查天下百官，必招眾怒，卻不知四哥你是否當得這苛刻寡恩、涼薄無情的罵名？」

夜天凌冷笑一聲：「刻薄寡恩又如何？我豈用姑息養奸去博這明君聖主的虛名？今日我便把話說在前面，你若怕得罪天下官吏，可以置身事外，我不想，也沒有太多耐性和你周旋！」

夜天湛聲音略提：「笑話！我會怕得罪他們？四哥若想看看，我們不妨較量一下，你查中樞，我查地方，三年之後，看誰辦得乾淨澈底！」

「好！」夜天凌也一揚聲，「三年為期，分個高下又如何？就怕你做不到。」

夜天湛情緒緩下來：「做到做不到，屆時便知，但我有個條件在先。」

「說。」

「四哥可敢答應我，各州各府，清查之中罷什麼人、用什麼人，都由我說了算？」

這句話要的是天下三十六州的官吏任免之權。卿塵渾身的血液凝滯於一瞬，不愧是湛王，他不是一時意氣，更不是就此向對手妥協。天都城外，他可以兵息干戈，以退為進；朝堂之上，他可以屏棄前嫌，顧全大局。這一場較量，他是深思熟慮，甘冒奇險，決定放手一搏。

那麼夜天凌，他是否也願赴此豪賭，給這場死局以生機？

他會答應嗎？

四周恢復了漫長的沉寂，卿塵沒有再聽下去，緩步往桃林中走去，笑容相映了桃花。

金烏西墜，明月東升。

武英園外不知何時悄無聲息地布滿了玄甲禁衛，漸深的夜幕下，十步一哨，肅然而立。

夜天凌和夜天湛一起走下山亭，身上都已帶了幾分酒意。月朗天清，微風拂面，兩人心間竟不約而同有股舒暢的感覺油然而生。夜天凌負手緩步，目光遙遙望向墨玉般的天際，忽然淡淡一笑，轉頭道：「不知今年閒玉湖上的荷花怎樣，似乎好些年沒再見了。」

一抹月華落在夜天湛文雅的面容上，清晰明亮，他似是輕嘆了一聲，道：「這麼多年，荷花倒是年年盛放，皇兄若有興致，臣弟備下美酒，恭迎聖駕。」

夜天凌點頭：「朕記得你府中那菡萏酒似乎也不錯，不妨叫上大哥和十二弟，再去嘗嘗。」

夜天湛俊眸輕抬，頓了一頓：「臣弟遵旨。」說到這裡突然停住，他看到了卿塵。

桃林前，月湖旁，一抹清麗的身影獨對明月，合十身前，默默禱祝。

萬樹桃花，清輝滿天。夜風吹皺湖中波光淺影，吹起她衣帶當風，袖袂飄舉，她半仰的秀顏沐浴在月色之下，髮絲輕揚，似將乘風歸去。

月中花落，林空人靜。那一刻，時間緩緩停駐，他眼底心中，唯有她的影子。

相逢相知，只是紅塵一夢。

情絲萬丈，幾世芳華，一身愛恨，一生風月，都作浮雲飛煙。

他聽到夜天凌叫她的名字，她回眸的一刻月華流轉，湖光如夢，彷彿隔了千年，她的目光終於越過了夜天凌的肩頭，穿過漫天紛揚的花雨看向他。

那一瞬對視，他向她展開淡然的笑，在看到她的淚水前，瀟灑轉身。

第一三〇章　暮雨瀟瀟聞子規

麟臺之議的三天，每日例行朝會因此暫停，昊帝御駕親至麟臺，並由湛王率百官旁聽參議。

鐘鼓欽欽，韶樂宏揚，名士學子泱泱齊聚，鴻儒俊才舉袖如雲。千百之眾，皆在鴻臚寺官員的指引之下進退如儀，各陳己見。

湛王代百官上言，巧妙引導，指點經緯。昊帝虛位求賢，恩威並施。原本頗具火藥味的對立在這樣的暗牽明引之下，變成天朝開國以來前所未有的一場暢開言路、廣納諫議的大朝會。

三天議論，各家之言百花齊放，異采紛呈，不少頗具才華的士子脫穎而出，嶄露頭角，即刻便獲重用，在士林之中引起不小的轟動。

鴻臚寺卿陸遷臨場而作〈麟臺賦〉記此盛事，華賦文章，紙筆相傳，天子威穆，維烈四方。

帝曜二年春，昊帝正式下詔重新修訂科考例制，依據中樞六部所需，開六科取仕之路，廢文試題制限定。

同月，詔令天下，廣招賢才，並允許異族有識之士入朝為官。

天朝自此盛開明之風，更加親融四域，在許多昏庸貪婪之臣因虧空而被紛紛淘汰出局的同時，一大批年輕有為的臣子為中樞注入了新鮮血液，朝堂之上，風氣煥然一新。

七月仲夏，湛王壽辰，宮中除了例行豐厚賞賜之外，另比往年多了一卷御筆親書。

夜天湛在煙波送爽齋展書而閱，上面是皇上峭拔有力的筆跡：兄弟齊心，其利斷金。

抬眼望，閒玉湖上風清雲朗，碧荷連天。

*

是年秋，歷經三朝的宰相衛宗平因貪弊案獲罪入獄，親族門人皆受牽連。一夜之間，四大士族之一的衛氏門閥頹然崩塌，昔日朱門畫堂，而今只餘黃葉枯草，秋風瑟瑟。

大理寺刑牢，甬道深長，燈火昏冥，勉強可以看到粗重的牢欄之後，衛宗平囚服散髮，形容委頓，再不見權臣風光。

一陣腳步聲由遠及近，停在牢房前。隨著鐵鎖的響聲，引路的牢子討好地躬身下去，對身前的人道：「鳳相請。」

鳳衍錦衣玉帶，負手踱入牢房，上下打量四周，面帶笑容：「多日不見，衛相近來可好啊？」

多年的宿敵了，眼前天壤之別的境地，鳳衍那得意之情溢於言表。衛宗平抬了抬眼，並無激烈的反應，不過冷笑了一下：「有勞鳳相掛念。牢獄不祥之地，敢問鳳相屈尊前來有何貴幹？」

鳳衍笑道：「這麼多年的同僚共事，老夫是該來看看的，何況剛剛得了個消息，特地來告知衛相一聲。」

衛宗平道：「不知何事竟勞動鳳相大駕？」

鳳衍道：「今日中宮有旨，湛王妃私通宮闈，多行悖妄之事，廢為庶人，發千憫寺為尼。湛王領旨廢妃，乾脆得很啊！」

衛宗平眼角青筋猛跳，衛家最後一絲希望破滅，連日後翻身的機會也澈底喪失。這幾日來，他在心中將這滅頂橫禍反覆琢磨，驟然在此時想通了一件可怕的事情：湛王顯然不僅是知道了殷皇后之死的真正原因，而且，他已經與昊帝聯手了。

這個念頭讓衛宗平怔在當場，鳳衍以一種勝利者的姿態欣賞著衛宗平的每一絲神情，十分愜意。不料衛宗平突然看著他仰首大笑，花白的鬍子顫顫直抖，笑得鳳衍略微惱怒：「你笑什麼！」

衛宗平好不容易止住了笑，原本暗無精神的眼中猛地生出一絲精亮，儼然仍是往日與他分庭抗禮的宰輔之臣：「我笑你自以為是。鳳衍啊鳳衍，我們兩個鬥了三十幾年了，誰也占不了誰多少上風，你我心裡都清楚，你以為我真是敗在你的手中嗎？」

鳳衍袖袍一拂：「手下敗將，還敢大言不慚，如今你已是階下之囚，還有什麼可說的？」

衛宗平道：「你別忘了，這天下歸根究柢是姓夜。敢問鳳相與皇上，難道近得過皇上與湛王兄弟之情？百年士族風光將盡了，今天是一個衛家，明天就是鳳家，我不過先行一步，在前恭候鳳相。」

鳳衍似乎聽到了極為好笑的事：「皇上與湛王？哈哈，看來你真是糊塗了。衛家之後，是殷家、靳家，凡是與我鳳家作對的，早晚都是這個下場，就算湛王也一樣。」

衛宗平瞇了眼睛打量鳳衍，半明半暗的燈影下，掃除對手後的自滿與手中滔天的權勢在鳳衍臉上盡數化作不可一世，換作三十年前鳳家鼎盛的時候，衛宗平都沒有見過他這種表情。

聰明一世，糊塗一時啊！衛宗平脣角噙著不明所以的笑，鳳衍顯然低估了昊帝，就像他從頭到尾低估了湛王。這兩個人聯手的力量究竟是什麼樣子，他有些難以想像，想必即使沒有殷皇后的事，衛家也難逃今天的結局，鳳家就更不會例外。不過他現在樂得裝糊塗，在對手欣賞著他落敗窘態的同時，他也滿意地看著對手逐漸走向相同的結局。

*

秋夜深靜，白露輕寒，流光飛轉的宮燈下，卿塵青絲半綰，以手支頤，正看著面前幾串水晶靈石。

七色碧璽、冰藍晶、月華石、紫晶石、血玲瓏、幽靈石、金鳳石，她將那串黑曜石也放入其中，輕聲慨嘆。轉眼多少歲月已往，這一串串靈石似乎串連著她在此經歷過的點點滴滴，雖然悲歡離合不盡相同，但對她來說都別有含義，如那串冰藍晶，如那串幽靈石。靈石中彷彿沉澱了記憶的痕跡，當觸摸到的時候她會想起一些人，一個微笑，或者一句戲語，那跨越了千年的相逢，抑或是，離別。

三生之後他們是誰？三生之前他們又是誰？輪迴之中她與他們生命的交集深深淺淺，流轉不休，不知始於何時，不知止於何處。

心口又有些隱隱作痛，她並不喜歡這種虛弱的感覺，但卻早已習慣。習慣了做鳳卿塵，習慣了做他的妻子，如果真的能陪他一生一世，那便不枉這人生一場，想必他也是願意的。
正獨自出神，肩頭一暖，夜天凌不知什麼時候回了寢宮，自後面將她環住：「想什麼呢，我進來都不知道？」
卿塵仰頭看他：「想你。」
夜天凌問：「想我什麼了？」
卿塵道：「沒什麼，就是想你。」
夜天凌淡淡笑說：「我說怎麼剛才總靜不下心來，原來是妳作怪。」
卿塵輕輕一笑：「是我，怎樣？」
夜天凌挑了挑眉梢，笑著挽她轉身。這時外面碧瑤稟報了一聲，侍女們像往常一樣奉了皇后每天該用的藥進來。金盤玉盞，藥香微苦漸漸散了滿室，將秋夜中清風的氣息、殿中安寧的淡香都蓋了過去，莫名地便在卿塵心裡牽出一絲難過的情緒。
她對著藥盞發了會兒呆，慢慢將藥喝了下去，秀眉微鎖。待侍女們都退出去後，夜天凌見她許久不說話，問道：「怎麼突然愁眉苦臉的？」
卿塵垂眸道：「我以後不喝這藥了。」
夜天凌道：「為什麼？」
卿塵道：「喝了沒有用，我不喝了。」
夜天凌原本含笑的眼中微微一滯，卻溫聲道：「誰說沒有用，妳最近氣色好多了。」他坐來她身旁，抬手攏住她的肩頭，隔著衣衫她單薄的身子不盈一握，卻是比先前更見消瘦。
卿塵不看他，有些任性地重複道：「我不喝了。」

夜天凌沉默了片刻，復又一笑：「好，妳說不喝就不喝了。」他眼底倒映著燭火的微光，清淡而柔和，卻有一抹寂然漸漸沉澱在那幽深之中。

「四哥。」過了一會兒，卿塵叫他，他卻好像沒有聽到，「四哥？」

「哦！」夜天凌似乎從某種思緒中突然被驚醒，答應了一聲。

卿塵輕聲道：「這藥裡，一直用的有麝香。」

夜天凌不解，以目相詢。卿塵在他耳邊輕輕說了一句，他面露恍然之色。「那也不能停了藥。」他低聲道。

「停了也無妨的。」卿塵道，「是藥三分毒，多用了也不好。四哥，我有分寸。」

玉枝宮燈淡淡的光影下，夜天凌眸光深邃，凝視於她，隨後點點頭，道：「剛才說了，都依妳。」

遲遲鐘鼓，耿耿星河，夜已三更。

安靜的寢殿中銀燭低照，畫屏朦朧，龍榻鳳衾，明黃綃帳層層低垂，四處無聲。

卿塵早已枕著夜天凌的肩頭沉睡過去，而夜天凌卻一時無眠，獨自望著帳頂出神。隔著夜裡薄薄的微光，卿塵的臉色極淡，似如破曉前一抹月痕，漸漸要隱去在天幕的底色中，柔弱而蒼白。方才她任性地說不想再吃藥，他原本絕不會答應，但就在觸到她眸光的那一刻，卻突然改變了主意。在一起一年也好，十年也好，百年也好，去到哪裡，他都陪著她便是，只要她覺得開心，他倒不是很在乎其他，生生死死，也都無妨。

他淡淡笑了笑，閉目歇息，半睡半醒間聽到外面突然傳來陣嘈雜的腳步聲，不過片刻，便聽帳外晏奚低聲道：「陛下。」

卿塵夜裡向來睡得淺，被這樣驚動，早已醒來，夜天凌轉身問道：「什麼事？」

晏奚的聲音隔著帷帳聽起來，有些遙遠和飄忽：「福明宮剛才來人稟報，太上皇……怕是不成了。」

靜垂的羅帷霍然被掀開，晏奚低著頭看到一角雪色單衣飄掠過眼前，上面飛龍暗紋在鎏金燈下一閃，落回榻前背光的低影處，是皇上猛地坐起身來。

然而再沒有什麼動靜，晏奚等了一會兒，抬一抬眼：「陛下？」

「知道了。」就這麼三個字，晏奚看到的是一張清冷平靜的臉，恰似更深夜沉，秋風露重。

＊

帝曜二年秋，太上皇崩於福明宮。

秋雨成幕，已經淅淅瀝瀝下了整天。雨水急急，洗過翠瓦碧簷，垂落細流如注，沿著玉石瓊階上的瑞雕祥紋傾瀉而下，天地間一片飄搖的雨色，紅牆金殿，依稀可見。

偌大的福明宮中，連雨聲也漸暗，孫仕低頭垂眸走過那道漫長曲折的迴廊，玄衣墨袍猶如天低處黑沉沉的深苑，沒在濛濛雨中，一眼望不到盡頭。

偏殿幽深，轉進去宮燈點點，雨意氤氳如霧。深碧似墨的羅幕之後，淡淡人影綽約。前面引路的碧瑤輕聲稟報後，退出殿外，孫仕有些吃力地俯身跪叩下來。

簾幕拂動，玉環聲輕，眼前落來一襲淡墨色的廣袖，示意他免禮，一陣沉靜的木蘭清香飄下，如這秋雨的氣息。

看著孫仕一頭蒼蒼白髮，行動遲緩，卿塵心裡五味雜陳。不過幾年時間，一轉眼的空隙，生老病死，各有各的歸路。人去燈滅，不知九天黃泉再相見，都是個什麼境地，那一代的愛恨，可有終了？

「為太上皇守了這麼多天，委實辛苦你了。」

孫仕低垂眼簾：「伺候太上皇，本是老奴分內的事。」

卿塵輕嘆道：「你跟了太上皇三十幾年，不曾有過半分疏漏，皇上和我都念著你的忠心。如今太上皇賓天，你年紀也大了，是時候該歇一歇了。」她轉身，執了鳳案之前的玉壺清酒，緩緩斟了一杯。酒色冰澈，在碧玉盞中旋起流轉的縠紋，碧色漸濃，沉澱成一泓幽暗平靜。

深深淺淺的雨聲穿透幕簾燈影傳來，在殿中沉下濛重的溼意。這結局在當初凌王邁入清和殿的那一刻便已落定，孫仕沒有任何驚懼，彎腰接過酒盞，復又叩首：「老奴謝皇上恩典。」

「孫公公，」卿塵在他將酒盞舉到脣邊的時候靜靜地道，「喝了這盞酒，自會有人送你出宮，今後你便將這大正宮忘了，將自己也忘了吧。」

孫仕手一抖，本來死寂的臉上突然生出了震動：「娘娘……」

「酒是皇上賜的，去處是我給你的，從此以後，你好自為之。」

孫仕將酒盞放了下來，抬頭只見到一雙淡定的眸子，濛濛如煙湖深遠，手中已是微微顫抖：「老奴在大正宮過了大半輩子，該活的都活過了。太上皇偏居廢殿，娘娘一直多方照拂，老奴早已感激不盡，娘娘何苦再為了老奴這條賤命違拗皇上的意思，這教老奴如何受得起？」

卿塵淺淡一笑：「你不必擔心我和皇上。我和皇上能結連理，也是你當年盡了一分心力，我並沒有忘記。既然大半生都耗在宮裡了，日後便換個地方，安安穩穩，過些清靜的日子去吧，便算是我謝你那分成全之情。」

孫仕眼中老淚難禁，一時語聲哽咽：「多謝娘娘仁慈。老奴已是風燭殘年，再沒有什麼能為娘娘效力的地方了，但有樣東西娘娘或許以後用得著。」他抖著手自懷中取出一個金絲錦囊，奉給卿塵。

卿塵疑惑，接過來打開，裡面封著一道朱墨御旨，其上赫然壓著天帝的龍璽金印。她看過內容，周身漸生涼意，這是一道節制皇權的密旨，若昊帝行為有差，憑此可行廢立之舉，上面的日期和天帝的傳位詔書一致，想必是同日所書。她壓下心中震驚，緩緩抬眸：「這是太上皇的手書？若沒有今天，你打算怎麼辦？」

孫仕悵然道：「貴妃娘娘故去之後，太上皇自知不久於人世，將畢生的心願都寄託在皇上身上，只是皇上畢竟有一半柔然族的血統，太上皇不能不顧忌萬一，所以，當日留了兩道詔書。不瞞娘娘，皇上對太上皇絕情至此，老奴曾想過要設法將這詔書交給湛王，但太上皇一直不曾應允。娘娘知道，太上皇雖言語困難，可他心裡清楚，直到彌留之際他都認得老奴。太上皇到底都惦記著貴妃娘娘，現在好了，太上皇終於又能見著貴妃娘娘了。事到如今，這道詔書對老奴來說已沒有任何意義，便請娘娘收著吧。老奴說句不該說的話，皇族宮闈，恩寵無常，或者什麼時候娘娘能用上也說不定。」

卿塵將那詔書收好，重新放回錦囊中，徐徐步下案階，走向近處寂靜燃燒的燈燭。

琉璃金燈在青石地上拉出一道修長的影子，她背對著孫仕，纖柔的手指挑著那個錦囊靠上焰火。

轟地一陣明焰沖起，孫仕看到沿著那婉轉曳地的宮裝，燃燒的錦囊落向腳下，那瞬間的明亮在皇后飄垂的羅裳雲帶一角劃出淡金光影，流嵐一般的顏色。

「娘娘！」

卿塵看著那密旨漸漸化成灰燼，安靜轉身，淡然而笑：「我不需要這個。」

第一三一章　瓊臺金殿起秋塵

雨過天涼，秋風滿階。

放眼御苑，百花凋零，落木蕭瑟，唯有清湖碧波連天色，秋空萬里，黃葉翩飛。

沿著湖中橫跨兩岸的練雲堤，一個著深青籠紗袍服的內侍快步自武臺殿方向過來，因為走得太急，帽冠上垂下的綴珠長纓急劇晃動，他卻根本顧不得整理。

待進了清華臺，那內侍臉上已經滲出薄薄一層熱汗，到了寢殿前急忙對當值的侍女道：「煩請通報一下，求見娘娘。」

這時正好碧瑤從寢殿裡出來，問了他幾句，便道：「你跟我來吧。」

那內侍跟著碧瑤入了寢殿，深殿之中越走越暖，空氣中隱約飄浮著杜若清香。轉過靜長的殿廊，入了內宮，碧瑤讓他在外稍等，先行去稟報。

那內侍屏息靜氣站在下首，悄悄抬眼看到錦繡流雲屏風之後，侍女層層挽起紫綃紗帳，依稀便見皇后斜倚在鳳榻之上。碧瑤近前低聲說了什麼，一個柔和而略微慵然的聲音似透過屏風上的雲水傳了出來：「是什麼事？」

那內侍忙趨前跪下，低頭道：「啟稟娘娘，晏公公命小人速來請娘娘，請鸞駕移步武臺殿。」

皇后問道：「怎麼了，皇上今天不是在武臺殿嗎？」

那內侍道：「皇上今天在武臺殿議事，笞責了數名大臣，連秦國公、長定侯等都要牽連上了，眼下沒人能勸得住皇上，只好來請娘娘。」

輕輕一聲環佩清響，鳳榻之上皇后由侍女扶著起身。那內侍覷見皇后移步轉出了屏風，輕柔的月色雲裳散披在身上，烏髮如瀑，襯得雙眸幽深似秋水，而那聲音亦比方才靜冷了幾分：「這是為什麼？」

「似乎是為了太上皇與和惠太后合葬的事，諸位大人奏本上諫，結果惹怒了皇上，就成了這般局面。」

卿塵緩緩移步，蹙眉細想，一轉身，對碧瑤道：「換朝服，去武臺殿。」

武臺殿前，晏奚站在皇上身後不遠處，心急如焚。階前執刑內侍往上看來，他不動聲色地將足尖向外挪移，階下會意，動杖行刑。

幾名大臣除去官服，俯身撐地，笞杖在內侍手中高高舉起，半空中劃出一個凌厲的弧度抽上脊背，啪的一聲震響，不過數下便已鮮血橫飛。

血色點點，落上青石地，接連不斷笞杖落下的響聲，聽得人心驚膽戰。好在執刑內侍得了晏奚暗示，明白皇上是要杖下留人，手下聲勢雖駭人，卻都留了餘地。否則重笞下去，不用見血便能摧筋裂骨，這些文臣又哪裡經受得住？

秋風肅殺，捲得殿前廣場之上枯葉亂飛。皇上負手立在高高撐起的華蓋金傘之下，冷眼看著下方繼續死諫不休的大臣，面色淡淡，喜怒難辨。

天帝入葬東陵，牽扯到帝后合葬的事宜。按儀制，天帝生前所冊封的孝貞皇后、殷皇后以及事後追封為和惠太后的蓮貴妃都應該合陵同葬。然而卻有不少大臣認為和惠太后先後侍奉過穆帝與天帝，此時不應與天帝合葬，因此上書表示異議。

但意想不到的是，皇上看過奏表後，居然降旨開穆帝陵，遷太后靈柩入葬。這一來朝臣們更是無法接受，連日具表奏諫，面折廷爭，竟逐漸發展為太后是否能入葬皇陵的爭論。今日一早，有名殿院侍御史懷揣奏表長跪武臺殿前，又是為了此事。

皇上置諫不納，命人將堅持苦諫的御史逐出殿外。誰知這位侍御史竟手抱廊柱大聲疾呼：「陛下能開天下士人之言，何以獨不聽臣之諫？臣今日以死諫言，以正天聽！」說罷反身就撞往廊柱上，若不是內侍攔得及時，當真就要血濺朝堂。

這一來更激起在場大臣們同心之氣，紛紛趨前跪奏，言詞激烈。卻誰也沒有料到，一向寬仁的皇上當場震怒，即刻下令架出為首的兩名大臣廷前笞責，命眾臣出殿觀刑，再有敢言此事者便按此例，嚴懲不貸。

「陛下此舉有悖禮制，臣竊恐社稷危亂，為陛下憂之……」秦國公話未說完，便見皇上龍袖重重一甩：「帶下去！」

立刻有兩名內侍上前將秦國公架起來，群臣大驚，旁邊的長定侯連忙叩首苦勸道：「陛下開恩，秦國西元老之臣，年事已高，豈能承受得了這笞杖重責？」

眾人一邊求情，秦國公卻一邊仍是死諫：「不以禮法，國之將危，臣死不足惜，還請陛下以國為重！」

皇上平素對這些元老重臣禮遇有加，今天卻像是動了真怒，目視前方，眼角也不曾往下瞥一下，那副神情決然堅冷，無端令人心寒。

湛王在旁看得透澈，這段時間整頓虧空，皇上手段之俐落，決心之堅定，行事之澈底，讓朝中不少人聞風自危。今天這些大臣中有些的確是食古不化，抱著禮法不放，卻有更多是妄圖借此生事，攪亂朝局。皇上今天一反往日從諫如流的做法，甚至不惜行廷杖之舉，顯然是心中有數，有意為之。面對這些士族門閥、皇親公侯，想要將虧空順利查下去，必要有雷霆手段懾服朝堂。所以對於皇上的冷酷行事，他不能勸。

但他身邊的灝王性情仁和，眼見情勢越演越烈，終於忍不住上前勸道：「陛下，朝事有異議，大臣勸諫並無過錯，即便所言不當，也應寬以待之。陛下此舉，恐使今後諫官畏言，群臣緘口，還請陛下多加斟酌。」

湛王眉梢輕微一緊，隨即轉頭看向皇上，只見皇上眼中掠過一絲不易察覺的微瀾。這時忽聽殿前內侍亮聲稟道：「皇后駕到！」

晏奚心中大喜，湛王也暗中鬆了口氣，這場風波鬧得太大也不行，只有皇后能從中緩和了。

皇后鳳冠朝服，妝容端肅，在幾名女官的隨侍下沿著白石御道步入武臺殿，側首看過殿前正受責罰的大臣，神色沉靜。待到階前，她輕斂襟帶，盈盈拜下：「臣妾參見陛下。」

夜天凌冷肅的神情略緩，親手扶她：「皇后平身。」

卿塵卻沒有順著他的手起身，看了看階下，婉轉道：「臣妾嘗聞，自古刑不上大夫。今有朝臣當廷受責，臣妾實不忍相見，懇請陛下先寬恕他們。」

夜天凌手上一僵，垂眸見那九翟四鳳冠上翠鈿柔靜，銜珠低垂，卿塵這樣跪拜在身前，明紅鸞衣的長襟鋪展身後，紋絲不動，不折不扣是一個貞靜賢淑的正宮娘娘。他冷冷收回手：「妳也是來勸朕的？」

卿塵抬頭道：「臣妾聽說陛下欲開啟穆帝寢陵，如此一來，豈不驚動穆帝靈宮？想必太后泉下有知也是不忍的。陛下仁孝，定不會令穆帝與太后難安。朝臣縱言詞激烈了些，陛下罰也罰過了，便不要繼續追究了吧。」

夜天凌眸心清寂的色澤無聲沉下，彷彿整個寒秋的深涼都斂在了其中：「那麼太后與穆帝合葬一事，妳也反對？」

卿塵道：「臣妾確實以為不妥。」說這話的時候她與夜天凌兩兩對視，細密的羽睫淡淡一揚。

殿前靜極，夜天凌看了卿塵良久，霍然拂袖轉身：「朕已說過，再有諫議此事者，當同此例，妳難道沒有見到？」

卿塵仍舊靜穩俯身：「臣妾既為皇后，則對陛下有勸諫之責，陛下即便因此要責罰臣妾，臣妾亦無怨言。」

夜天凌背對著她，抬眼往殿前掃去，群臣只見他面色一沉：「來人！將皇后帶下去！」此時若說帶下去，便是就地受責。眾臣聞言驚駭，就連堅持死諫的秦國公也是一呆。

旁邊內侍皆不敢相信這親耳聽到的旨意，面面相覷，不知所措。晏奚驚得魂飛魄散，沒想到連皇后前來都無濟於事，急忙跪下求道：「陛下，娘娘千金之軀，怎經受得了杖責……」

夜天凌皺眉打斷他：「皇后恃寵而驕，忤逆犯上，送長宵宮閉門思過。」長宵宮乃是掖庭冷宮，專門幽閉犯錯妃嬪。夜天凌話音落後，四周大臣哄地一亂，隨即化作一片死寂，無人再敢多言。

「臣妾遵旨。」卿塵垂眸說著，緩緩起身。

這時大殿前突然有兩個聲音同時響起，攔下了近旁的內侍：「臣有話要奏！」、「請陛下三思！」一個是鳳衍，一個卻是湛王。

夜天凌對他們的話恍如未聞，漠然道：「朕的話都沒聽到嗎？」

內侍們只得上前，卻無人敢放肆，只低聲道：「娘娘請。」

卿塵舉步而行，似乎無意轉眸看過夜天湛，隨即被帶出了武臺殿。夜天湛驀地一愣，卿塵目光中有著阻止他的意味，而那轉頭的瞬間，他分明還自她眼中看到了一絲別樣的光芒。

＊

秋風淡，秋草長，椒房空曠，秋塵四起。

碧瑤自外面回來，氣得眼中帶淚，不過是去尋一床被衾，處處都受冷言羞辱，這長宵宮中人情勢利，涼比秋風。

梁間蛛網積塵，地上碎葉枯敗，屋中只有一方冷硬的低榻，旁邊放著個黃木几案，簡陋至極。卿塵素衣散髮，立在窗前靜靜望向那片清透遙遠的天空，對眼前的處境倒是安然。

碧瑤快步上前道：「窗口風涼，娘娘快別站在這兒。」她一邊說著一邊轉身去掩窗子，不料窗欞上滿是灰塵，一動便飛了滿身，嗆得她一陣咳嗽。

卿塵走到低榻前，長袖輕揚，掃開榻上浮塵，坐下來細看碧瑤的神色，笑道：「早說了讓妳別去，碰釘子了吧？」

碧瑤恨恨地蹙了眉：「都是些什麼東西！一個個裝腔作勢。我好言相求，他們……」她說了兩句，怕惹卿塵不快，強忍下來，只是看著屋子犯愁，「這樣子晚上怎麼辦呢？不行，我找這裡的掌宮女官去。」

卿塵道：「我的話妳都不聽了？哪兒也別再去。我剛才見外面倒有不少菊花，陪我出去看看。」她一邊說著一邊站起來，便往外面走去。

碧瑤怔住：「娘娘，妳怎麼還有心情看這些，這是什麼地方啊？」

卿塵微笑道：「這地方怕是得住上些時日，四壁徒然看著怪單調，不如院子裡好些。」

碧瑤急忙跟上她：「娘娘不快想想辦法，看這些花草有什麼用？」

卿塵道：「想什麼辦法？」

碧瑤忍不住道：「也不知道皇上這是怎麼了……」

卿塵淡淡一回頭，碧瑤話就只說了一半。卿塵也不再多說什麼，只是步出迴廊，信手擷了一朵菊花。碧瑤見她神情悠然，閒步賞花，攢著眉道：「人都說皇帝不急急死太監，這倒好，娘娘不急，急壞我這丫頭。這不過是些自生自長的菊花，有什麼好看的？」

卿塵在一叢金菊面前站下，風一過，點點素香落了滿袖：「一花一世界，一葉一菩提，妳心不靜，自然看不出這花自生自長的妙趣。」

碧瑤愁道：「靜得下來嗎？」

卿塵笑而不語，突然聽到腳步聲傳來，緊跟著有人道：「皇后娘娘倒真有雅興，這時候還有心情賞花。」她和碧瑤轉身看去，見幾個青衣玄裙的女官站在身後，為首的一個年約四十，眉眼苛刻，面帶冷笑，正打量著卿塵。

卿塵看一眼她的服飾，對她這樣不敬的態度倒也不意外，淡聲道：「這長宵宮中的菊花開得不錯，宮苑也清靜。」

那女官道：「娘娘以後在這裡可以慢慢清靜，日子還長著呢，但就怕娘娘熬不住。」她話中連諷帶刺，顯然是存心來尋事的，碧瑤氣道：「皇后娘娘面前，妳這是怎麼說話的？」

那女官冷笑道：「皇后娘娘？我在這宮中幾十年，還從沒見哪個娘娘進了這裡還能走出去，皇后娘娘又怎樣？到了長宵宮，就要按長宵宮的規矩，任誰都一樣！」

「妳……」碧瑤氣得不輕，卿塵以目光制止她，問道：「妳是掖庭女官？」

「不錯。」

「各宮各殿的瑣事，我平日裡過問得不多，倒不知道長宵宮原來還有自己的規矩，說說吧，都是些什麼規矩？讓我也聽聽。」

卿塵語氣輕緩，目光掃過眼前，無喜無怒。那女官似乎一掌擊在水中，空不著力，渾然不覺已經濺了一身的水：「長宵宮的規矩娘娘很快就知道了，別的不敢說，千憫寺裡湛王妃怎樣，娘娘今後在這兒也絕不會差了半分。」

卿塵一雙鳳眸略略一細，尚未及說話，便聽到一聲厲斥：「大膽！竟敢對皇后娘娘放肆，還不掌嘴！」

那女官往說話的人看去，臉上頓時色變，來人竟是內侍省監吳未。隨著吳未的出現，一陣陣整肅的靴聲傳來，數列御林禁衛入駐長宵宮，由內而外，迅速布守各處。那女官心中驚疑，忙俯身退往一旁，屈膝行禮：「見過吳公公。」

吳未卻正眼都不看她們，轉身畢恭畢敬地對皇后行禮：「娘娘。」

卿塵點點頭，卻往那女官看去。雖說是長宵宮這種偏僻冷宮，但歷經前後兩次清洗，衛家也已然門庭傾頹，宮中竟仍有殘餘勢力，無怪乎皇上，甚至湛王都無法再容忍外戚門閥。

那女官看著被重兵把守的長宵宮，再看對皇后恭敬如常的吳未，早已隱覺不妙，一抬頭，觸到皇后靜冷的眼神，心頭一驚。

卿塵緩緩踱步走過那女官身邊，容色清冷：「我倒不記得千憫寺中還有個湛王妃，吳未，既然有人糊塗，就送她去看清楚吧。」

吳未低頭道：「老奴遵旨。」

那女官被嚇愣在那裡，待她清醒過來，先前囂張的樣子早不復見，腿一軟，撲通跪在地上：「娘娘……娘娘開恩！奴婢知錯！」

皇后素衣飄飄，早已舉步離開，那清傲的背影從容遠去，連半絲餘地都未留，是澈頭澈尾的不屑一顧。

吳未往身後揮一下手，命內侍遵懿旨處置，亦不再理會那女官，跟隨皇后而去。

除了封鎖宮門的禁衛，另有四名內侍、四名宮女隨吳未前來。不過一炷香的功夫，先前的宮室便被整理妥當，羅帳錦衾、裘衣暖爐一應俱全，榻前一個瑞鳳呈祥金銅爐，置了清華臺中常用的木蘭香，嫋嫋煙輕，和著秋風乾淨的氣息，滿室清寧。吳未恭聲道：「娘娘看看可還缺什麼？」

卿塵步入室中，聞到這薰香的味道便一笑，回頭道：「難為你想得周到，我枕旁有本未看完的書，讓人送來，這幾天你不必再來這兒。」

「老奴記下了。」

第一三二章　長宵永夜花解語

宣室之中燈火通明，殿前內侍又換了一班，個個低眉垂目站在華柱深帷的暗影裡，不聞一絲響動。

晏奚籠著袖袍靜立在御案之側，有些犯愁地抬眼看了看那些奏疏。

連著幾天了，皇上每晚與湛王議事過亥時，緊接著便是這沒完沒了的奏章，待看個差不多，也到了早朝的時間。湛王蒙御賜九章金令，可以隨時出入宮城，但如此連夜奉召卻也少見，而且是密召，接連幾天下來，朝堂上的局勢又是一番不動聲色的改觀。

夜天凌略緊著眉，放下手中一份奏本。這是漓王的奏本，今年五月，漓王與華翊郡主殷采倩啟程前往雁涼，到達雁涼後不久，卻一同奏本回京，請求將澈王靈柩安於北疆，不再遷葬。

夜天凌與卿塵幾經商議，終於准他二人所奏，降旨修王陵，建祭祠，並將雁涼改名武英。之後復遷附近郡中百姓三萬餘戶，擴城通衢，在原武威都護府與北庭都護府間增設武英都護府，使之成為鎮守西北邊疆的重鎮。

天帝駕崩，漓王奉旨回京赴喪，昨日剛剛到達伊歌，除了帶回殷采倩請求留在武英的奏章，又接連上了兩道奏本，一道是例行述職，另一道自然就是為了皇后遷居長宵宮的事。

面前還有一堆沒有處理的政事，夜天凌卻有些心浮氣躁，站起來在室中走了一會兒，便緩步踱往殿外。晏奚見狀忙跟了上去，卻見他在階前一站便是半個多時辰，不動也不說話。

左右宮人都知皇上這幾日心情欠佳，處處小心。晏奚和殿前當值的衛長征對視一眼，衛長征悄悄沿著皇上目光去處，往宮城西北角方向抬了抬眼。晏奚掂量了一番，便上前道：「陛下，今晚月色倒不錯，看了這麼久摺子，不如走動走動，鬆緩下筋骨。」

夜天凌倒沒反對，月色極好，清清靜靜鋪了一天一地，瓊殿瑤闍，玉池秋水，縹緲如仙境。他心裡有事，一直若有所思地負手而行，不知走了多久，忽聽晏奚低聲道：「陛下，再往前就是長宵宮了。」

夜天凌腳步一頓，目光掠往晏奚身前。晏奚低著頭心裡七上八下，大氣也不敢出，但再一抬頭，卻見皇上已往長宵宮走去。

宮宵影重，幕燈搖曳，長宵宮平簷素閣，庭園清寂，月灑青玉瓦，霜華千里白。

碧瑤服侍卿塵睡下，剛要轉身熄了宮燈，聽到帳中低低叫道：「碧瑤。」

碧瑤轉身，見卿塵擁了被衾坐起來：「娘娘，還有什麼事？」

卿塵抬手，牽著羅帳靜了半晌：「我睡不著。」她起身步下帳榻，碧瑤忙給她披了件長衣。她側身看著穿窗斜灑的月色，那月光直照到心頭，浮浮沉沉，一片如水的明亮。她突然攏了衣裳，轉身便往外面走去。

「娘娘妳去哪兒？」碧瑤連忙跟上。卿塵越走越快，心頭異樣的感覺呼之欲出，彷彿前面有什麼在等待著她。這裡不像含光宮那般宮深殿廣，她數步便出了寢室，轉到外面，步上階前。

碧瑤跟在身後，往前一看，輕呼出聲。

園中清輝似水，有人獨立庭前，玄裳半溼，素衣深涼，不是皇上又是誰？

月上中天，秋風白露玉階寒。卿塵立在離夜天凌數步之遙的地方，飄搖雲裳似攏了月華，青絲半散，落落風中。兩兩相望，夜天凌忽然大步上前，猛地抬手將她抱入懷中。碧瑤眼中微覺酸楚，悄然屏息退下。

卿塵被夜天凌緊緊抱著，他身上帶著秋寒浸透的微涼，卻又有溫暖的氣息透過衣衫包圍了她，她輕輕推一推他：「你怎麼來了這裡？事情解決了沒有？」

夜天凌沒有鬆開她，只點了點頭。他自登基以來始終不立妃嬪，眾人皆知皇后獨尊後宮，極受寵愛。武臺殿前一番爭議，連皇后都因此被打入冷宮，誰人還敢忤逆抗旨、再犯龍鱗？帝后合葬之事，無人敢再置一詞，朝堂上下清肅。

卿塵在夜天凌懷中仰頭：「那怎麼還悶悶不樂？」

夜天凌看向她，伸手輕輕撫摸她的面頰，良久，深深一嘆：「清兒，這江山天下，我終究還是委屈了妳。」

卿塵卻笑道：「這是什麼話？你怎麼不說我在武臺殿做得好不好？你們兄弟兩人最近一個唱黑臉，一個唱白臉，朝裡朝外風生水起，好歹也給我個機會。若說這樣的話，那你蓋座金屋子把我藏起來，風吹不著，雨淋不到，可是會悶壞人啊！」

夜天凌抬頭，環視這長宵宮，復又凝視於她，低聲道：「我只覺得，好像有多少年沒見著妳了。」他執了她的手放在心口，「這裡空蕩蕩的，什麼黑臉白臉、好了壞了，都沒細想。十二弟昨日回來，進宮找我大吵了一架，口口聲聲問我這是要幹什麼，我也只有苦笑的分。想他說得也對，我若連妳也容不得，就該等著去做孤家寡人。」

他心口的溫度從掌心傳來，化作一片暖流蕩漾。卿塵修眉輕挑：「這個十二，也就他敢跟你這樣。太妃娘娘那麼溫柔的人，他這個脾氣也不知道是像誰。」

夜天凌道：「幸而他還敢，七弟這幾日天天進宮，他分明也是有話想說，卻一忍再忍，絕口不提。清兒，現在連妳也不肯和我爭執了，我要讓母后和父皇合葬，妳不贊成，卻始終也不曾和我說。」

夜天湛果然還是比十二老練些，看來她臨去那一眼，他終究還是明白了。非但如此，他或許也是在避嫌，無論皇上對穆帝的態度也好，對皇后的態度也好，站在他的立場，說得越多，越可能適得其反。卿塵鬆了口氣，她知道夜天凌現在口中的父皇是指穆帝，柔聲道：「我不是不願和你說，我只是覺得，於情於理，你怎樣做都沒有錯。再者，即便天下人都說你錯，我也會在身邊支持你。那些大臣，我們總有法子讓他們退步。」

夜天凌微微動容，眉心卻不見舒展。福明宮傳來喪訊之後，他第二天便下旨將御書房遷至武臺殿，表面上無動於衷，一切喪禮如儀，然而心底那種感覺卻連自己都不能解釋。一直以來在他心中，穆帝的形象是如此模糊，所能見的唯有《禁中起居註》中一些書於卷冊的記載。求仙問道、耽於享樂、荒廢國政、重用外戚……這些都沒給他留下任何好印象，相反，往日天帝愛責教訓，卻歷歷在目。他甚至有時候會想，若天帝早幾年登基，說不定天朝的情況會比現在要好得多。

喪禮祭祀，面對著宗廟中那些高高在上的牌位，他似乎發現，那個他叫了二十多年父皇的人，理所當然地比那個應該是他父皇的人更像他的父皇，以至於他時常會懷疑，是不是母后和皇祖母弄錯了事情的真相？「這件事，妳說母后她會希望怎樣？」他突然低頭問卿塵。

卿塵想了一會兒，道：「我覺得母后對天帝是有恨，卻也有情，而天帝對母后怎樣，你我都看在眼裡。四哥，你想讓親生父母合葬，這自然是人之常情，但若肯成全母后和天帝，又何嘗不是一分孝心？」

夜天凌的聲音如同這深深長夜，幽涼濃重：「他是我的殺父仇人。」

「不要讓恨迷了自己的心。」卿塵低聲道，「這是很久以前母后讓我轉告你的話。」

「母后？」夜天凌抬頭遙望寒夜，「嗯，我是恨他，所以我要用那樣的法子奪取皇位，我讓他病老深宮，孤苦淒涼。」他眼中現出一絲復仇的快感，伴隨著落寞交替而下，絲絲牽人心疼。他忽然輕笑一聲：「可是他死了，我心裡竟會覺得難過。妳說，這不可笑嗎？」

卿塵擁著他，輕聲道：「不可笑，四哥，二十多年父子相稱，恨他敬他，都是真實的你，何必分得這麼清楚？你只要做你想做的事情就行了。你是天子，是皇上，一句話生殺予奪，一抬手予人榮辱，你可以讓萬人哭、萬人笑，你的恨會讓他一無所有，但你也能給他一分成全，只要你願意。」

夜天凌俯身盯著她，卿塵眸光澄透：「恨過他，成全他，從此一刀兩斷。上一代過去了，可我們都還有很長的路要走，難道要停在這裡，糾纏不休？」

夜天凌抬頭，望向那無垠的夜空，明月清亮，直透心間，如水浮沉。一切忽然靜了下來，多少年來的心結梗在心頭，始終難以開解，天帝的死觸動了他積壓至深的情緒，卻亦如一把鋒利的劍，堪堪斬在那死結之上。是啊，該到此為止了，死者已矣，生者將往，將該恨的恨了，該還的還了，還有多少事等著他去做？比起恨，成全，需要更大的智慧和勇氣。

他豁然一笑，有些自嘲，又帶幾分灑脫，忽而喟嘆：「生我者父母，知我者清兒。」

卿塵輕抿著脣，含笑相望。月光淡淡照出兩人的影子，斜斜投映在地上，無聲交疊。夜天凌眸底深深一亮，突然抬手將卿塵橫抱起來，大步便向外走去。

卿塵嚇了一跳，輕呼道：「你幹什麼，去哪裡啊？」

夜天凌邊走邊道：「回寢宮。」

卿塵道：「才這麼幾天，你這樣會穿幫的，一臺戲好歹也要唱到底！」

夜天凌低頭道：「這齣戲朕不唱了，這麼多天若還鎮不住那幫大臣，朕不如退位讓賢。今天念在十二弟求情，赦妳這一回，但妳又小瞧夫君，罰妳回含光宮侍寢……」

「誰跟你回含光宮，我去清華臺……」卿塵攀著他的脖頸，話語聲落，月光飄飄淡淡如夢，漸遠漸輕。

《禁中起居註》，卷七，第四十六章，起自天都凡一百一十二日。

……后當朝忤帝，帝怒遷之長宵宮，重兵幽閉，內侍宮人皆不得近。漓王力求於御前，中書令鳳衍上表三章，具后素日之德，群臣請赦。帝有感，迎后歸含光宮，復恩嘉。

十二月，遷和惠太后靈，伴天帝，合葬東陵。

第一三三章　蘭池春暖露華濃

輕輕灑灑一夜的小雪，裝點了肅穆宏偉的帝宮，又是一年秋去冬來。

旋轉飄飛的輕雪落到清華臺，未及積下便化作了雪水，暖融融的地氣一呵，四處落得蘭露點點，芬芳清冽，倒似進了細雨滋潤的晚春。玉蘭樹下，鳳鳥鸞鶴閒步展翅，不時一聲清啼婉轉，空靈悅耳。

兩排紫衣侍女手挑盛著蘭花的竹籃，袖袂飄曳，穿過瓊苑步入清華臺，翩躚恍若瑤臺仙子。五色池旁水霧縹緲，卿塵正仰面躺在玉榻之上，身上隨意罩了件夜天凌的衣袍，寬襟長衣散散垂落，別有一番嫻雅的風韻。

夜天凌倒是端身坐在榻前，一手有意無意地撫著卿塵散瀉身旁的長髮，一手在眼前奏疏上批了幾個字。五色池的內池連著殿中溫室，剛剛沐浴過後，一時不想去御書房，他便命人將今天的奏疏取來。事情不多，和卿塵談笑間便大概處理妥當，難得清閒的一天。

侍女們進來將池中殘餘的藥草清理乾淨，復又將玉勺中的蘭花撒入池中，碧池蘭若，微香清淡。卿塵拍了拍趴在身上的雪影，將手裡一份奏疏放回案上：「真讓殷采倩留在北疆嗎？」

夜天凌低頭嗯了一聲，稍後道：「她既執意請求，便成全她。」

卿塵想了一想，道：「也好吧。」然後反手又去取下一份奏疏，剛剛摸到，突然手底一空，那奏疏已被夜天凌抽走，轉手放到案頭她拿不到的地方。

「幹什麼？這邊你不是都看完了嗎？」卿塵問道。

夜天凌沒回答，只點了點剩下的那些奏疏：「妳看這些。」

這意思便是那份不讓她看，卿塵奇怪道：「為什麼那份不給我看？」

夜天凌道：「無聊瑣事，不看也罷。」

卿塵轉過身來琢磨他的神情，夜天凌原本低頭寫東西，被她盯了一會兒，一笑將筆擱下：「剛才我進來，妳藏了東西不給我看，先說說那是什麼？」

卿塵側首，眨眨眼睛：「不告訴你。」

夜天凌就指了指那奏疏，對她一搖頭。卿塵鳳眸一瞥，綰了頭髮站起來，雪影從她身上跳下來湊往夜天凌身邊。她撥開珠簾，一邊走一邊道：「你不給我看，我也知道是什麼。」

夜天凌道：「那便不必看了。」

「不看就不看。」卿塵身上外袍滑落，沿著淺階步下五色池，浸入水中，浮香氤氳、烏髮飄散，池水溫暖得讓人心骨鬆散。她半闔雙目靠在玉石池邊，信手撥弄著一朵清蘭，心思還是轉到那道奏疏上去了。

定然又是請求皇上冊立妃嬪的奏疏，上次冷宮之事後，這種奏疏就沒斷過。皇上即位三年多，至今六宮虛設，臣子們早就不以為然，尤其與鳳家對立的門閥勢力不願見鳳家之女把持內宮，自然要在此事上動些心思。先前他們都還摸不透皇上的想法，只見帝后情深意重，便是有些奏議，也輕描淡寫，可突然出了冷宮之事，便好像積蓄已久的洪水終於找到了出口，一時洶湧而來。

夜天凌極少和她提起這些，但這幾個月來見他接連提拔鳳家親族，卿塵便也能知道大概。中樞平衡，沒有什麼比讓這些士族門閥自行牽制最有效，鳳家無論如何也不會容他人動搖了皇后的地位。而夜天凌最終同意殷采倩留在北疆，或許也有此事的緣故吧。

他替她守著呢，他和她的家，誰也別想踏足一步。卿塵緩緩吐一口氣，往水中沉下幾分，突然聽到身後一聲低笑。她回頭，夜天凌正看著雪影從垂帳後面叼出的一樣東西，笑不可抑。卿塵一愣，險些從水裡就那麼站起來：「雪影！」

雪影聞聲，嗖地竄到了夜天凌懷裡，尾巴一擺縮起來，一雙藍晶晶的眼睛斜瞅著卿塵。卿塵氣結，雪影叼出的正是她剛才不肯給夜天凌看的東西，這時候卻拿在夜天凌手裡，是一條腰帶，玄玉色的底子，金絲嵌邊，上面繡的是……

夜天凌端詳著，面上笑意加深，看了又看，問：「這是……龍？」

卿塵恨不得把雪影揪過來打一頓，攀著池邊伸手：「還給我！」

夜天凌閒步到池邊，一直強忍著笑：「到底是不是？」

卿塵俏臉飛紅，銀牙輕咬：「你看不出來啊！」

夜天凌似乎實在是忍不住了，笑得雙肩微抖：「開始確實是，沒看出來。」

卿塵哭笑不得，她是繡的……好吧，是針法差了點，但也不至於看不出是什麼吧？眼見夜天凌一臉戲謔，雪影三兩下跳到夜天凌肩頭，蹲在那裡神氣活現，也不知牠最近是怎麼討好夜天凌，現在時不時連肩頭都可以蹲一下了。「賣主求榮的傢伙。」她信手丟了朵蘭花過去，雪影身形一轉，急忙跑掉了。

夜天凌含笑在池邊蹲下來，白衣微鬆，襟懷半敞：「繡給我的？」他低聲問道。

卿塵斜飛他一眼：「不是！」

「哦？」夜天凌低下身來，笑看著她，「不是給我，那是給誰？」

卿塵抬手搶那腰帶，被他一閃躲開了，深深的眸光籠著她：「是不是給我的？」

卿塵半仰著頭，嫵媚地看他，唇角淺淺帶笑：「你是天子，腰帶上都要繡龍才行，我這又不是龍，怎麼是給你的？」

夜天凌驀然失笑，心中極是暢快，拿著那腰帶再看。卿塵便問道：「是不是龍啊？」

夜天凌挑眉：「嗯，妳這麼一說，好像還真的是。」

卿塵抿著嘴，雙手環上他脖頸：「真的是？」

「嗯，」夜天凌一本正經地點頭，「真的越看越像。」

卿塵眼中狡黠的清光微閃，攀著他的手略一使勁，就將他往玉池中拉來。夜天凌也不反抗，順勢將她抱住，兩人雙雙墜入池中。卿塵頑皮心起，站穩之後便拿水去潑他，夜天凌這身剛換的衣衫反正已經被她弄得溼透，索性抄水反擊。兩人孩子一樣在玉池中笑鬧躲讓，層層水珠飛濺，竟玩得不亦樂乎，哪裡還有半點帝后的樣子。

直到卿塵玩累了耍賴，夜天凌將她抱回榻上擦乾身子，舒舒服服窩在那裡。雪影湊過來被卿塵抓住，點著牠的腦門要罰，雪戰不知從哪裡玩回來了，圍著卿塵直轉圈。卿塵對夜天凌笑道：「四哥你看，還來了個求情的。」

夜天凌瞇著眼靠在榻上：「那就請皇后娘娘高抬貴手，饒了牠吧。」

卿塵道：「陛下聖諭，臣妾豈敢不從？」說著拎著雪影的手一鬆，雪影忙不迭地就往夜天凌身邊躲。

夜天凌顯然心情不錯，破例允許雪影趴在胸前，剛剛抬手摸上牠的腦袋，卿塵卻伸手把雪影拎開：「誰准你趴在這裡了？」

雪影被丟到雪戰身邊去，兩隻小獸滾成一團。清香淡雅袖袂拂面，她已經舒舒服服地枕上了他的胸膛。他脣邊勾起愜意微笑，這個女人，居然和一隻小獸吃醋。

他垂眸看她，目帶笑謔之意，她揚一揚修挑的眉梢，一副理所當然的樣子。

夜天凌感慨一句：「女人。」這時忽聽外面晏奚隔著屏風急聲道：「啟稟陛下，韋州八百里急報！」

夜天凌拂開珠簾步下龍榻，晏奚拿了急報入內，火漆紅印，竟是軍報。

夜天凌看過之後，幾分笑意深深一沉，眼底精光熠熠，劍鋒般明銳，轉身對卿塵道：「這個萬俟朔風，居然和吐蕃開戰了。」

＊

聖武朝之前，西北一帶的大片領土原來一直控制在西突厥手中。天朝與突厥交戰，吐蕃趁機北擴，奪取領地。柔然族取代突厥之後，雙方一直對峙。

赤朗倫贊此人野心勃勃，聖武二十七年景盛公主病逝，吐蕃與天朝關係曾一度陷入緊張。三年前湛王兵懾邊陲，聯姻西域，使得吐蕃暫時不敢輕舉妄動。萬俟朔風那時也剛剛站穩腳步，休養生息，培植勢力，盡量避免事端。

這幾年天朝內政不穩，吐蕃趁機又蠢蠢欲動。夜天凌一面厚賜嘉封，示以安撫，一面扶植萬俟朔風，助他掃清突厥殘餘勢力，先後滅掉同羅、僕固等散遊部落，統一漠北。如今柔然今非昔比，與吐蕃的矛盾也日益顯露。

五日之前，萬俟朔風借事主動挑起爭端，親引三萬鐵騎，以快襲戰術突襲吐蕃軍隊。赤朗倫贊也非平庸之輩，即刻引兵北上，雙方在疏勒河一帶短兵相接。

夜天凌三年來對吐蕃退以忍讓，暗中部署，這份軍報一入天都，他當即決定發兵西北。帝曜四年二月，夜天凌在宣聖宮光武臺祭天封將，命上軍大將軍南宮競、武衛將軍唐初率輕騎二十萬兵分兩路進擊吐蕃。

月末，南宮競所率左路軍在大非川擊敗吐蕃軍隊，曾被吐蕃吞併的吐谷渾一帶重歸天朝。與此同時，萬俟朔風調集柔然騎兵，揮軍猛攻，吐蕃兩面遇敵，戰事吃緊。

赤朗倫贊審時度勢，欲與天朝暫時修好，以緩和局勢。夜天凌面告使臣，命吐蕃退出碎葉、拙彌等一直在他們控制之下的西域諸國，赤朗倫贊拒絕。

夜天凌態度強硬，當即驅逐來使，支持于闐發兵南下。十日之後于闐攻陷拙彌國都城，盡殲城中吐蕃軍隊。拙彌國國君被驅逐出境，流亡吐蕃，繼位的新國君對天朝俯首稱臣。

四月，夜天凌調川蜀精兵，以岳青雲為左衛大將軍、西州都督，自原州通山路，越白水，向西夾擊吐蕃。

戰報如雪，一日數封飛報天都。武臺殿燈火長明，晝夜不歇。

吐蕃在赤朗倫贊多年苦心經營之下，國力強盛，騎兵勇猛，不乏與天朝對抗的資本。連月以來，戰事時有反覆，朝中大臣很快分成主戰與主和兩派。

夜天凌心志堅毅，一旦決定澈底遏制吐蕃勢力，便毫不動搖。在此事上夜天湛與他意見一致，朝中主戰一派正是以他為首。

這是湛王繼麟臺之議後又一次明確支持皇上的政見，太極殿上脣槍舌劍爭論的結果是一戰到底。

夜深人靜，主和一派為首的鳳相燈下踱步，湛王溫潤淡笑下犀利的詞鋒，御座之上皇上高深莫測的注視，竟讓他不由得記起衛宗平在獄中曾說過的那些話。

這次對戰吐蕃夜天凌不曾親臨戰場，但運籌帷幄，仍是以往用兵果決之風格。排除朝中反對意見後，逐步穩定戰局，繼而發動大軍，配合萬俟朔風連戰快攻。

六月初，他與萬俟朔風設誘敵之計，假裝雙方失和，故意放歸吐蕃俘虜，引誘赤朗倫贊進攻掖城。

赤朗倫贊果然中計，十萬大軍在鳴沙海被團團圍困，幾乎全軍覆沒。天朝、柔然兩軍乘勝追擊，五戰皆勝，赤朗倫贊亦在戰中被萬俟朔風所傷。之後天朝大軍一鼓作氣，接連收回西域數鎮，萬俟朔風則率領柔然鐵騎馳戰千里，直接攻入吐蕃境內。

捷報傳來，舉朝上下爭相慶賀，戰局已然明朗。

赤朗倫贊遭此大敗，難以為繼，終於意識到柔然和突厥情況不同，想要對抗他們，就絕不能與天朝失和，於是再次遣使向昊帝請求息戰。

吐蕃使臣到了天都，朝見之前先私下拜會鳳衍，贈送異寶舍利佛珠。次日使者入朝，鳳衍出班力主受和，昊帝此次終於降旨接受。吐蕃對天朝稱臣、納貢，退出西域，承認天朝對西域的絕對統治。

是年七月，三方正式退兵，各遣使節至玉門關，立和盟碑，歃血而誓，結大和盟約，舊恨消泯，更續新好。

第一三四章　曾經滄海難為水

此次天朝平定西陲，國威遠揚，四方番國皆遣使來賀，各國使臣雲集天都，覲見朝拜。昊帝降詔，冊封萬俟朔風為柔然可汗，冊封赤朗倫贊為歸義王。八月仲秋，南宮競、唐初班師回朝，賜宴宣聖宮澄明殿，舉朝同慶。

澄明殿，殿高九丈，瓊階鋪玉，層簷入雲，築於太宵湖中搖光臺上，四面雲波浩渺，霞霧繚繞，二十四道玲瓏浮玉橋貫通臨岸，另有復道飛閣相連各處宮殿。遠遠望去，宮女們環鬢輕衣，綽約而行，凌波微步，絲竹縹緲，恍如瑤池仙宮。

辰時初刻，親王皇宗、文武臣工入宮候駕，殿廊之前問候寒暄，已是顯而易見分明的兩派。一方是秦國公、長定侯、鳳衍、殷監正等耄耋老臣、宗親士族，一方是杜君述、陸遷、斯惟雲、南宮競、唐初等後起之秀、寒門武將，此次戰和之爭，也正是這兩派一場激烈的對立。

安定吐蕃，戰事大捷，讓朝中少壯之派揚眉吐氣。南宮競和唐初此次凱旋，分別受封驃騎將軍、撫軍大將軍，入進中樞，官比三公，隨征諸將各晉封賞。

寒門將士陡然崛起，羽翼漸豐，已儼然要與士族門閥分庭抗禮。殿前相見，拱手笑語間不免便帶了些許刀光劍影，隱隱浮動。

然而此時有一個人不曾進殿，站在兩方臣子之外，漢白玉欄前，負手面向煙波浩渺的明池碧水，風神秀澈的面容之上一抹清俊淡笑，廣袖飄拂間，竟有些遺世出塵、孤清的味道。

卻是湛王，不親不疏，不遠不近，不冷不熱，明明身在局中，偏似置身事外的湛王。鳳衍隔著華柱飛簷看著那身影便瞇起眼睛，眼角皺紋劃出深刻思忖。

若說前兩年還有些渾沌不明，那麼今年，大概所有人都看了個清楚，導致朝中新舊官員交替更迭的這場虧空清查，昊帝並不是孤行獨斷，真正在旁鼎力相助的，竟是湛王。扳倒衛家的是湛王，調換各州軍政要員的是湛王，充盈國庫的是湛王，在朝中處處壓制鳳家的，也是湛王。這分明是一場臺前幕後天衣無縫的配合，將滿朝文武都算計在其中。

那個立在廣殿瓊臺之上的身影忽然讓鳳衍生出不寒而慄的感覺，就像數年前在太極殿上，昊帝登基即位，抬袖命眾臣平身，俯瞰天下的一刻，那倨傲的目光讓他有過這樣的感覺，那是，如臨深淵。

鳳衍暗中皺眉，忽然間聽到身旁殷監正嘆了口氣，他也正從湛王那裡收回目光。

面對突然看來的鳳衍，殷監正一反常態地和顏招呼：「鳳相。」

鳳衍老眉微動，眼底掠過複雜神色，面上卻笑著：「捷慶之日，殷相何故嘆氣，莫非是忽有所感，起了兔死狐悲之心？」

這話說得頗有些嘲諷之意，殷監正反問一句：「秋風漸起，鳳相心不悲乎？」

鳳衍臉上笑意略收：「殷相多慮了吧。」

殷監正抬眼一看他：「那蘇意、杜君述補調門下省，斯惟雲升任中書侍郎也有些日子了，鳳相感覺如何？」

衛宗平被罷官貶黜之後，由大學士蘇意、光祿大夫杜君述共同接任門下侍中，從此恢復了中書、門下兩省各設兩名尚書、兩名侍中的舊例。天朝三省並相，這相當於無形中分化了宰相的權力，雖然中書省並未真正增添中書令，但卻調入了一個斯惟雲任侍郎，這便也與分權無異了。此事對於鳳家、殷家都有不小的衝擊，但兩家卻一如從前，仍舊對立著。鳳衍聞言冷哼：「殷相身在其中，何必來問我？若不是感同身受，方才何必望風悲秋呢？」

殷監正道：「呵呵，鳳相說得好，老夫方才想起衛宗平，確實是一時感慨，但鳳相似乎並無此憂。」

鳳衍神情中頗帶自負：「有勞殷相掛心了，凡事不盡相同，豈可同一而論？」

殷監正明白鳳衍指的是鳳家有皇后這尊靠山，也不多言，只是徐緩說了一句：「這天朝畢竟是姓夜啊！」

這和衛宗平異曲同工的話，令鳳衍心頭一驚，此時忽聞鐘磬鳴奏，九韶樂起。侍內侍宣駕之聲傳來，遠處華蓋遙遙，儀仗分明，五明金扇迤邐隨後，聖駕蒞臨。

鳳衍與殷監正中斷談話，連忙整肅儀容，與王公百官跪迎聖駕。

不過片刻，便見皇上攜皇后入殿，龍行虎步間玄袖飄飛，沉峻氣度王者威儀，傲然不可逼視。皇后含笑緩步隨行，雲鬢鳳冠，玉綬翟帶，百尺鋪繡金鸞衣長曳身後，秀穩如儀。兩人並肩而行，過玉階，登明臺，似自那雲中天闕飄然而來，神仙眷侶，風華天姿，不禁令人神奪。

「吾皇萬歲萬萬歲！」

山呼聲中，眾臣俯拜，玉冠朱纓、烏紗金簪於兩廊之側依序低俯，次第而下。皇上略一抬手，殿侍宣旨免禮，眾臣再拜，謝恩平身。

湛王抬眸而視，隔著金階玉簾，眼前忽然淡淡一亮。

卿塵在那光彩玲瓏的垂簾之後轉身，明華宮妝下那點淡淡的笑意，映入秋水瀲灩的鳳眸，似是灼灼秋陽灑上一碧千頃的太宵湖，清波炫目，攝魂奪魄，令這金碧輝煌的大殿華彩盡失。流金雲裳伴在龍袞玄袍之側，相映同輝，這一點清緩的笑，便讓皇上冷玉般的臉上帶了幾分暖色，待湛王回過神來，皇上已步到金龍御案之前，含笑攜了皇后的手，親自引她至左側鳳翔青玉案，並肩入座，轉而笑道：「眾卿平身就座，不必拘禮。」

眾臣見慣了皇上喜怒不形於色，少見他這般笑容，便都知他今日心情極好。天朝經此一役，國威大盛，一番中興之氣經歷了許久的醞釀、積壓，終成氣象，大有浩蕩四域、一掃乾坤之勢。這幾年的艱難化作胸中豪情振奮，使人心懷暢快。夜天凌環視殿下，心有感觸，目光一動落到了湛王身上，眼中笑意卻突然一緩。

麒麟金案之後，湛王正凝視卿塵明麗笑顏，神思專注。他似是感覺到夜天凌的掃視，微一抬頭，夜天凌卻已轉而往卿塵看去。卿塵自湛王處回眸，便對夜天凌嫣然而笑。

翦水雙瞳，玉色流光，澄淨裡透著嫵媚，清清明明浮浮沉沉，盡是她似幻似真的喜悅。夜天凌眉梢淡淡輕挑，便也以微笑回應。再轉頭看向湛王，湛王未曾回避他們任何一人的注視，淺笑溫文，毫不掩飾地欣賞，隨即起身，率文武群臣舉酒朝賀。

夜天凌環視群臣，有意無意間，獨對湛王舉了舉杯。湛王欣然回禮，對視之間，各有一笑。

三賀之後，殿前作〈韶箭〉之舞。舞畢，番邦使者在鴻臚寺官員引導下依次覲見。卿塵坐在夜天凌身畔，饒有興趣地欣賞各國使臣的服飾舉止。待到吐蕃使臣上前，她便格外留意，吐蕃此次戰敗，被迫稱臣，使臣在天都也有些底氣不足，卻不知會有什麼說詞。

但見那使者依照天朝禮儀，行三跪九叩之禮，一番讚譽天朝的得體話語之後，手按胸前，彎腰深鞠：「……吐蕃不自量力，冒犯天威，我王不勝悔之，決心與天朝重修舊好，故遣臣來朝，除納雙倍歲貢之外，願送嫁卓雅公主東入天都，以示誠意，懇請陛下不辭為恩。」

吐蕃此舉並不讓人意外。柔然族在西北逐日壯大，萬俟朔風野心勃勃，現在與吐蕃間的和平未必能維持太久。萬俟朔風與昊帝有母族之親，朋友之義，雙方各取所需，關係穩固，他得天朝支持，使吐蕃腹背受敵，吐蕃要挽回眼前劣勢，重新修補與天朝的關係，唯一的法子便是和親。

在此之前，天朝曾有華瑤、景盛兩位公主入嫁吐蕃，吐蕃也曾有兩位公主與天朝皇族子弟聯姻。如今赤朗倫贊主動提出和親，而且入嫁的是他的胞妹，景盛公主的親生女兒卓雅公主，這是盡最大的努力拉近與天朝的關係，以對抗柔然。

御座之上，夜天凌微微笑了笑，吐蕃要防，但西北不能沒有吐蕃，尤其是不能只有柔然而沒有吐蕃，赤朗倫贊這一番和親的美意，他當然不會拒絕。

「天朝與吐蕃早有聯姻之誼，再結親好更為美談，朕准此請。秦國公，宗族中可有合適子弟迎娶卓雅公主？」

身兼皇宗司正卿的秦國公站起來道：「陛下，臣對此事有提議。」

「你有何提議？」

秦國公花白的鬍子垂在胸前，恭謹嚴肅：「吐蕃此次雖觸犯聖威，但願送公主和親，足見其誠意。陛下後宮空置已久，四妃九嬪皆形同虛設，臣建議，陛下可納卓雅公主為妃，既成吐蕃和親之願，亦置後宮以為和美。」

夜天凌聞言，眸色已略略沉了下來，然削薄的脣角仍似帶笑，側首道：「秦國公之議，皇后以為如何？」

以為如何嗎？卿塵睨他一眼，這人今天興致還真是好，換作平常，怕早就冷下臉來了。此前秦國公便多次提過選立妃嬪，這樣的話她已聽到懶得再聽，他要她不必管，她便什麼也不理會。總之有他護著，她就是任性，堪堪視天下群臣如無物，善妒也好，失德也好，她不在乎，他亦我行我素，哪管他人非議。

這時來問她意下如何，卿塵眸光一轉，探進他深不見底的笑容。那笑裡的鋒芒直抵人心頭，如劍，將出長鞘，寒氣已漫空，再熟悉不過的眼神了。她眉梢淡挑，便放下手中玉盞，款款笑問秦國公：「秦國公可讀過灝王所作的《列國奇志》？」

秦國公微怔，不知皇后怎麼問起這個，據實答道：「臣讀過。」

卿塵徐徐道：「《列國奇志》第六卷，〈吐蕃國志〉裡曾提起過，吐蕃國素有習俗，男女通婚皆以血緣為界，稱作『骨系』，凡有嫁娶者必出五系之外。」她轉頭問灝王，「王爺，我可有記錯？」

昔年卿塵在松雨臺默記書稿，婉轉相勸天帝的情景仍記憶猶新，灝王淡然而笑，起身道：「確有其事，吐蕃國有一本《擇偶七善業儀軌》，據此書記載，吐蕃男女凡有父系血緣者，一律不得通婚，有母系血緣者通婚必在五系之外。否則通婚之人會全身變黑，給自己和族人帶來災難，尤其所生子女皆為痴傻怪異之胎，生生世世遭受神靈詛咒。」

卿塵點頭，語聲閒淡：「王爺當真是博聞強識，熟知各國風土人情。秦國公或許忘了，吐蕃卓雅公主的母親景盛公主乃是雲凰長公主的女兒，雲凰長公主是先帝的表姑母，到了皇上這裡雖又遠了一代，但還在五系之內。按吐蕃的俗禮，陛下與卓雅公主算是近親，通婚不祥。」

話中幾位公主、幾門宗親，秦國公掌管皇宗司，自然清楚得很。且不管對不對，意思已經十分明瞭，皇后這是當廷駁議，不准卓雅公主入宮為妃。

秦國公心中不滿，口氣便強硬道：「我天朝四海廣域，人口泱泱，從未有姑表之親不能通婚的說法。便是皇族之內，也曾有撫遠侯尚華毓公主，親上加親，陛下納卓雅公主為妃並無不妥。」

卿塵道：「撫遠侯尚華毓公主，公主連有三子，皆夭折於襁褓之中，自己也悲鬱早逝，這一段姻緣豈為美滿？」

「但華毓公主為撫遠侯納妾數名，生兒育女，可謂賢德。」秦國公脾氣急躁，眾所周知，這時他自恃資望，倚老賣老，便是皇后也不十分放在眼裡。

卿塵鳳眸輕掠，容色清雅溫和，卻斷然命道：「吐蕃雖是我朝邦屬之國，也該尊重他們的習俗，以卓雅公主為妃的事不必再提了，秦國公盡快自皇宗中選定子弟，迎娶公主吧。」

她再次否了秦國公的提議，毫無商量的餘地。夜天凌但笑不語，將龍雕玉盞輕輕把玩於修長的指間，深邃目光鎖定秦國公，順帶著亦看過長定侯等老臣，當然，並沒有漏過鳳衍。

如今還擋在面前的，唯此而已了。他緩緩坐直了身子，杯盞之中冰色清冽，倒映出一抹沉冷鋒銳的光澤。

聽了皇后的話，秦國公昂首向前，硬邦邦地回了一句：「據臣所知，皇族中並沒有十分合適的人選。」

卿塵一笑，笑中隱透靜涼：「照此說來，陛下若不納卓雅公主為妃，我朝便要拂了吐蕃結親的美意了？」

「娘娘所言不差。」秦國公一抬頭，只見皇后含笑回眸，對昊帝道：「陛下既已答應吐蕃和親的請求，自不應食言。但遠有吐蕃習俗禁忌，近有華毓公主喪子之痛，卓雅公主也不宜入宮為妃。秦國公既然找不出和親的人選，臣妾卻有個法子或能兩全其美。」

夜天凌唇角淡噙薄笑一縷：「皇后但說無妨。」

玉簾光影細細搖曳，灑上簾後之人柔和的側顏，一道清利的目光穿透那晶瑩光色，卿塵居高臨下，看著秦國公：「卓雅公主與陛下有兄妹親緣，不宜婚嫁，若願東來，可封為長公主，親善待之。素聞秦國公的孫女儀光郡主才貌出眾，品德賢淑，宗室諸女無人能及，可晉公主封號，下嫁吐蕃贊普，以成兩國和盟之親。」

輕描淡寫，寥寥數語，秦國公驟然變了臉色，幾疑自己聽錯了話。震驚抬頭，只見珠簾後秀穩儀容沉著淡定，其旁昊帝無波無瀾的聲音傳下來：「准奏。」

簡短的兩個字，便決定了一個女子要離開天都，遠嫁吐蕃，或許終其一生都難以再回故土。從此之後萬水千山，與親人天各一方，縱有公主之榮耀，卻是萬里飛沙，千里荒涼，生離死別。

殿上透心而來的目光深涼似水，秦國公又驚又氣，渾身發顫。此時才明白，皇后，更確切說昊帝，這是敲山震虎，警告這些從內政到外戰，甚至後宮之事都要指手畫腳的老臣，他的容忍到此為止。

順者昌，逆者亡，這就是皇權。

殿下諸臣尚未從震驚中清醒過來，卻聽湛王潤朗的聲音響起：「秦國公為君分憂，忠心可貴，儀光郡主以公主身分出嫁，臣以為秦國公可加封太公，以彰榮表，請陛下恩准。」

昊帝淡淡道：「湛王所言極是，便依此奏。傳朕旨意，秦國公加為太公，封儀光郡主為公主，擇日和親吐蕃。」

太公封號雖然尊榮，但毫無實權，這相當於完全架空了原本在朝中舉足輕重的秦國公，群臣此刻都已體會出些山雨欲來的意味。一朝天子一朝臣，昊帝的手段這幾年來人人深有體會，現在再加上一個外柔內剛的湛王，不知不覺中竟已改天換顏。所有人都像處於一鼎悄然升溫的溫水中，等真正意識到的時候，已經是水沸湯滾，無力掙扎了。

「陛下！」秦國公出席跪至階前，「臣……」

「秦國公還有何異議？」御案後一聲詢問，十分清冷。

「臣領旨謝恩！」秦國公不能違抗聖旨，但心裡驚恨不已，一張老臉漲得紫紅，雙手微顫，「但臣還有話要說，陛下遲遲不肯冊立妃嬪，臣不敢苟同！即便卓雅公主不能入宮，陛下也該選賢德之女子立為妃嬪，同主六宮，方為社稷之福！」

此話分明是暗指皇后失德，湛王朗朗俊眉不易察覺地一動，不由抬眼便看向卿塵。卿塵安靜地坐在夜天凌身側，唇畔淡笑非但不減，依稀更見加深。眼眸底處不見憂喜，只一味深靜下來，幽湖般斂著宮燈麗影，澄透無垠，無意間觸到湛王的目光，淡淡暈開一層細碎的縠紋。

他看著她，神情間有著憐惜的柔和，似是在問她，很久以前他給不了的，現在那個人是否能給她？然而那目光並不咄咄逼人，只無端讓卿塵覺得溫暖。

卿塵淡淡地一笑，便聽夜天凌道：「朕後宮家事，自有分寸，不勞秦國公操心，此事不必再提。」

秦國公執意再奏：「天子家事當同國事，臣豈敢不為陛下憂慮？臣早多次諫言，陛下登基數年，始終無嗣，國無根本，何以所託？請陛下以社稷為重，江山為重，聽從眾議，莫要再一意孤行！」

天子無嗣，國將如何！卿塵霍然抬眸，目光直刺秦國公，大殿下驀然死寂。

眾臣皆知，以前曾有臣子在朝中提過皇嗣的問題，惹得昊帝怫然不悅，此後沒有人敢當朝再議此事，唯有秦國公和幾個老臣一味上表奏諫，卻都被留中不發。卿塵心底恍然，夜天凌不讓她看的那些奏疏，並不單純是請立妃嬪的諫議，他不願她見到那些，是怕觸及她心事，一片苦心。

秦國公之語，似密密細針揉入心頭，流雲廣袖低垂，卿塵纖細的手指緊緊扣住鳳座之旁的浮雕，指節蒼白，面上笑容卻紋絲未動，只是那目光已如冰雪，漸漸寒涼。

窒息的感覺，像是被人緩緩壓入水中，越沉越深，越深越冷，明明可以掙脫，卻心灰意冷，動也不能動。

此時，大殿中忽然冷冷響起夜天凌的聲音：「朕尚安在，你們便急著考慮儲君，是盼著朕早些讓出這個位子，讓你們安心嗎？」

這話說得極重，滿朝文武驚出一身冷汗，秦國公張口結舌，匆忙叩首：「臣……臣不是這個意思，臣不敢！」

「哼！」夜天凌一聲冷哼，「不敢？朕看依你所言，江山社稷都要毀在朕手中了。」秦國公驚惶不敢再言，殿下左右兩席窸窣一片衣衫碎響，群臣紛紛離座，跪於一旁，烏壓壓直到外殿，盡是低俯的錦衣帽冠。靜若死域的大殿中，只餘秦國公沉重的呼吸，一聲又一聲，似已不勝負荷，隨時都要被扼斷在咽喉之間。

輝煌金玉琉璃燈在御案前轉過一抹浮沉的暗影，夜天凌刀削般堅毅的輪廓籠在其中，喜怒難辨，唯見玄袍之上飛揚倨傲的金龍，不怒自威，森然迫人。

「朕今天告訴你們，即便朕無子嗣，卻上有兄，下有弟，兄弟皆有子有女，皆是夜氏皇族的血脈。我天朝福祚綿長，江山亡不了。今日往後，若有人再提妃嬪子嗣四個字，以謀逆罪論！」

擲地有聲的話，前所未有的決斷，不但驚愕了群臣，更讓卿塵如遭雷擊。他竟維護她至此，卿塵痴痴看著夜天凌冷如堅玉的側顏，一股洶湧的熱浪漫過心頭，直衝眼眶。她匆忙一揚眼睫，傲然抬頭，留在群臣眼底的是高高在上的微笑，母儀鳳姿，清華奪目。

第一三五章 除卻巫山不是雲

一路未語，龍輦御駕落停凝雲殿前，卿塵與夜天凌步下車駕，穿過明階御道，腳步卻越走越快，身後內侍宮娥急急跟隨，幾乎是要小跑起來。夜天凌陪在她身邊走了會兒，突然快走一步，伸手將她挽住：「清兒。」

晏奚、碧瑤等都知趣，忙帶著侍從們遠遠屏息退開。

卿塵被夜天凌攔得腳下一個踉蹌，卻不曾回身，只站定看著前方，雕欄玉砌，瑤池天闕，盡皆迷濛一片。

夜天凌輕輕扳過她的身子，卻見明玉燈下，清光隱隱，她臉上已是淚水成行。

「清兒。」他皺眉低聲喚她，有一點欲言又止的歉意。

卿塵抬頭，忽然猛地撲入他懷中，力氣之大竟推得他後退一步，險些撞上身後的簷柱。

「四哥，給我個孩子。」卿塵聲音微啞，直視著他的雙眼，華柱暗影落在她的臉上，投下難以化開的濃濃悽楚。

夜天凌眉心驟然蹙擰，看了她半晌，環在她腰間的手緊緊勒住了她，他低頭，慢慢道：

「我雖然說過妳要什麼我都給妳，但是清兒，不要為別人來要，尤其是這個。我不喜歡妳帶著任何目的跟我說這樣的話，不管是為了什麼。」

卿塵淒然道：「你是天子，是一國之君，你不能沒有子嗣。」

夜天凌眸底那無邊無際的深黑似要將她淹沒，他靜視著她：「我剛才說過的話，不要讓我再重複了。有我在，妳不必理睬任何人，聽清楚，記住了，除了我，不准妳在乎任何人。」

他抬手撫上她的面頰，動作輕柔。卿塵強撐著的力氣在他的凝視下絲絲消散，原本近乎鋒利的眼神漸漸失落，隨淚水幽然滑落，她緩緩搖頭：「可我想要一個身上有著你的血脈、我的骨肉的孩子，我不管他們，我只想給你生一個孩子。」

夜天凌眼中泛起一絲疼惜的暖意，擁她入懷，輕聲道：「我中有妳，妳中有我，老天若給我們一個孩子，那是意外之幸，若不給，這一生我們便是彼此的孩子。」

他似乎遙遙看向雲霧縹緲的瑤池，看向廣袤的夜空深處，聲音低沉迴響在她耳畔，帶著奇異的力量。天地仿若退回遠古渾沌的一刻，只餘他們兩人，一切都化作虛無。

無邊的孤獨中，有妳有我相守，四目交投，綻放整個塵世的繁華。

無憂亦無怖，無懼亦無悲，心中落下沉緩而滿足的嘆息。卿塵一瞬不瞬地看著夜天凌，他緩緩勾起唇角，淡笑之下清矓的面容那樣清晰，觸手可及。不知過了多久，他低聲叫她，聲音略啞，帶著磁性的誘惑：「清兒，我想要妳。」

卿塵足尖一踮，長袖飄飄揚起，伸手便摟上他的脖頸，吻向他灼熱的雙唇。

夜天凌抱起她大步走向寢宮中，丹紗帳，柔絲錦，欺霜賽雪的肌膚，展若流瀑的髮。幔帳朦朧燈色媚，他霸道的氣息如若汪洋大海，她星眸中迷離光彩如絲如媚蠱惑著他，柔和而強勁的漩渦席捲下來，愛戀痴欲都化作他對她的渴求。

他輕吻她，沿著那栩栩如生的鳳蝶，流連於那雪玉凝脂般的柔軟。她在他熾熱的齧吻下輕輕顫慄，彷彿含羞帶露的一朵幽蘭，夜色下冶豔的美，如妖似魅，引誘他狂熱難遏。

他狠狠將她擁住，抬手拂滅搖曳的燈燭，黑暗中冰絲零亂，只餘她輕微的喘息伴著幽香纏綿。這一刻，她完全屬於他，他探入她靈魂至深處，融化她在激狂之下。

他就是她，她便是他，彼此占有一切，付出一切。他們在一起，灰飛煙滅也罷，擁有了所有，卻什麼都不再需要，只飄浮在無邊無際之中，無止無盡。

她痴纏著他，喚他的名字，這世上只有她一個人這樣叫他，也只有他會叫她清兒。

清兒，她只有這一個名字，只有這一個名字是她。

她是為他而生的，為他穿越了千年歲月，來世今生，都只為他，與他攜手共赴這熙熙攘攘的紅塵，甘願永世沉淪。

夜已深，人已靜，此生已成痴。

《天朝史．帝都》卷一百零三。

四年秋，于闐國王重病，帝遣玄甲軍五千人，送朵霞公主西歸，繼國王位。五年，封于闐女王為西海女王，立西海都護府。

平湖秋波三十里，一天秋月似水，一湖碎波如星。

湖心月影，遙遙輕舟獨泊，一波一漾，似要飄入那清寒空遠的月宮中去。船艙之側，夜天湛獨倚望月，手中半壺清酒，一身閒疏。

舉酒再傾入喉，旁邊船艙中款款走出個女子，伸手一撈，將他手中酒壺搶走，如蘭似麝的幽香隨著她袖間綃紗蕩過面頰，夜天湛半闔雙目，悠然笑道：「朵霞，還我。」

朵霞卻不理他，轉身將手一鬆，那酒壺噗地墜入湖心，清波裡搖搖曳曳，一抹玉瓷淡影剎那間便沉入了難以見底的深湖。

「不准你再喝了。」

夜天湛睜開眼睛，脣角輕挑，彎出個優雅的弧度，低沉笑語傳來：「好，就聽妳一回也罷。」

朵霞以手支頤，慵然倚靠在船舷之上，夜風拂袂飄過她美麗的面頰，她看著夜天湛，輕聲道：「明天，我便走了。」

夜天湛立在她身畔，一身白衣似浸染了月色清寒，他淡淡含笑：「嗯，明天就走了。」

「你沒有什麼話想對我說嗎？」朵霞濃密長睫下彎彎的雙眸，讓夜天湛想起沙海之畔的月牙泉，細亮的一刃嫵媚，是大漠飛沙下絕豔的風景。他欣賞她的美，她是他名義上的王妃，卻更像一個朋友。為妻為伴，因為知道最終要送她遠去，所以在她面前輕鬆得近乎真實。

「于闐國內我已替妳安排妥當，此程有玄甲軍護送妳，萬無一失，妳可以放心。」

「只有這些？」

清風月華，化作他眼中淡笑翩然：「無論在西域遇到什麼事，妳都可以修書與我，湛王府仍然是妳的家。」

「我從來沒有想過，到了這一天會是玄甲軍送我回去。」

朵霞看了他一會兒，挪開目光，低垂的長睫在她眼底覆上了一層淺淺的暗影，「我從來沒有想過，到了這一天會是玄甲軍送我回去。」

夜天湛笑嘆：「我也一樣沒有想到。」

朵霞問道：「你不後悔？」

夜天湛微微仰頭，月光灑上他俊秀的臉龐。「三年了，」他淡淡道，「這整整三年的時間，你可知道我做了什麼嗎？」

微風凌波，衣衫飄然。他的身影映入澄淨的湖面，映入朵霞明媚的眼底，縹緲如一道幻影：「我只看到你事事操心，夙夜辛勞，你為了她，要把自己的心掏出來嗎？」

「妳錯了。」夜天湛瀟灑回身，俊眸之中精光一閃，穿透月華盡是雄姿英發的豪氣，傲然隱有王者之風，「這三年，朝中吏治清正，已非昔日可比，國庫存銀五千餘萬，民生漸豐，吐蕃西域盡皆安定，邊患肅靖。政清國晏，四海咸服，雖然還有很長的路要走，但總有一日天朝會在我手中盛世大治，妳記得我這番話，那一天不會太久。」

他俊朗的臉上因沾了酒氣而透出一股風流神采，全然不是往日周旋於朝堂之上的沉著從容，亦不復宮中府中說一不二的雍容威嚴，舉手投足間的瀟灑融入那指點江山的泱泱氣度，魅力逼人。

朵霞一時愣在他面前，看得出神。他的風雅，他的孤獨，他的霸氣，哪一個他才是真正的他？她全然不知了，眼前這個男人心底藏了太多的東西，沉澱在那雙明澈的眼睛裡，是波瀾萬頃的風華。

「朵霞，多謝妳陪了我這麼多年。」

千里明月清秋色，莫道離別。

心中莫名地泛起愁緒依戀，朵霞向前撲入了夜天湛的懷中。夜天湛愣了愣，慢慢伸手，擁住了她。

他身上的氣息，淡淡春風般的暖，吹透黃沙飛天，落日殘陽。他的微笑是她一生永不會忘的記憶，堅毅如山的懷抱，給她力量和勇氣，她可以笑著轉身，一別之後是天涯。天涯路，輕紗飛天，駝鈴聲遠，玉笛輕折悠揚，婉轉成千年的遼遠與思念。

夜天湛脣間清揚的笛聲蕩漾於波光粼粼的湖面，起起伏伏，悠然飄灑。朵霞倚在他身邊，心裡空無所有，只餘這笛聲。

此身，如夢。

月落天清。

西出雍門，陽光下秋高氣爽，風揚旌旗。五千玄甲軍輕騎護衛西海女王歸國，儀仗浩蕩，綿延數里。

因答應了朵霞，夜天湛並未出城送行。朵霞啟程的一刻，他站在城頭高閣之上遙遙看著她遠去的背影，心間是她明朗的笑語：

如果有一天，你厭倦了這裡，記得有一個人在西域等你。

第一三六章 世事如棋局局新

朗日如金，折射在武臺殿雀羽色青藍水透琉璃瓦上，將陽光幻出一片寶光瀲灩。一個青衣內侍匆匆邁上殿階，進了殿中，下意識便放輕了腳步。

深色近墨的檀木地板光潔如鏡，倒映出重重金帷肅垂的影子，錦字花紋飄浮如雲，一直延進幽深的內殿。當值宮人都遠遠屏息站著，人人低眉斂目，不聞半絲聲響，內侍的足音落在空寂的殿中仍舊格外清晰，不覺背心已見微汗。待見到御前常侍晏奚，他低聲稟報了什麼，晏奚斟酌了片刻，便往宣室走去。

隔著一段殿廊，宣室中隱隱傳來說話聲。晏奚行至最後一道九龍墨玉屏風跟前，聽到皇上沉冷的聲音便遲疑了一下，雖有急事，但也不敢輕易打擾。卻只這麼一站，裡面的話聲停住：「什麼事？」

晏奚趨步上前，轉過屏風，只覺得氣氛凝重迫人。裡面除了湛王，只有鳳衍、杜君述和斯惟雲三名重臣，人人面無表情，唯湛王一雙微挑的眸子淡淡看著對面的鳳相，頗有幾分犀利的味道。

晏奚俯身垂首，目不斜視，稟道：「陛下，含光宮剛才急召御醫入見。」

夜天凌黑沉沉的眸底輕微一波，連帶著湛王也抬眸。這消息對鳳衍來說卻來得最為及時。果然，皇上將手中的奏疏一闔，丟下話來：「回去想清楚該做何處理，明日奏本上來。」言罷拂袖出了宣室，起駕含光宮。

鳳衍躬身領了，轉身退出時暗中瞥了湛王一眼，心下恨恨。

今年夏天，滄浪江遭遇水患，連續不斷的暴雨使得江水決溢，河道氾濫，湖、雲兩州十七郡田毀城淹，盡成一片澤國。這樣的洪水已有多年未遇，昊帝急調江左水軍出動戰船遷移百姓，搶修因洪水而決口的廣安渠，復又兩次撥銀賑災。七八月過後大水漸退，由於賑濟得當，兩州未再出災疫亂情，忙亂了數月，各方都鬆了口氣。

不料此時，帝曜二年的金榜探花，接替斯惟雲督修廣安、廣通雙渠的梅羽先，卻一道奏表將鳳衍的長子，身兼工部侍郎、江左布政使重任的鳳京書參到了御前。參他私自挪用修渠造項，使得廣通渠遲遲不能竣工。大雨來臨，江水暴漲，廣通渠不能發揮預期作用，以致廣安渠不堪重負，決堤千里，盡毀兩州房舍良田。

這一彈劾到了御前，昊帝極為震怒。近年清查虧空，第一查的便是挪用，這本便犯了大忌，何況又造成毀堤淹田的重災，即刻傳鳳衍入宮見駕。

鳳衍一到武臺殿便覺出氣氛不對，跪拜後未聽到叫起，劈頭一道奏疏落在面前：「自己看吧。」

黃綾奏疏落地，赫然展開在眼底。梅羽先剛勁挺拔的筆跡力透紙背，墨跡深亮，字字如刃，看得鳳衍漸漸冒出一身冷汗。他正惱火這一個微不足道的六品外官，哪裡來這麼大的膽量彈劾鳳京書，一抬眼，卻看見湛王淡笑間一抹亮刃般的眼神。

鳳衍心念電閃，將奏疏重新呈上，俯身叩首：「陛下，奏疏中所言事涉犬子，按定制臣當避嫌，不便多言。」

湛王烏墨似的眼梢輕輕一挑，脣邊笑意隱隱加深幾分，處變不驚，穩而不亂，不愧是三朝宰輔相臣。

御案之後，夜天凌冷眼看向鳳衍：「廣安渠毀壩決堤，水淹千里，你身居中樞之要，難道也沒有話說？」

「臣等失職，未能事先防患於未然，以致發生這樣的事情，臣請陛下降責。」鳳衍先行請了罪，繼續道，「但廣安渠究竟何故決口，臣以為應先查清原委。堤壩出了問題，負責督造的官員難辭其咎，難免會為了要推卸責任尋些藉口，其言不可全信。」

話音一落，身旁響起湛王的聲音：「這幾年清查虧空，各部的缺漏都一一補齊，唯有工部一直以兩渠工程浩大為藉口，一拖再拖。現在虧空仍舊在，廣通渠工程停滯，廣安渠毀於洪水，不知工部的造銀究竟用在了何處？鳳相不說造銀的事，卻將原因歸咎於其他，這是為何？」

鳳衍立刻道：「王爺，臣剛才只是回陛下的話。至於修渠的造銀，若要問，當先由尚書省追究負責此事的戶部。王爺若想知道，臣盡快發文尚書省，讓他們責查。」

聽似恭謹的語調，卻因為太過恭謹，便帶出了些非同尋常的意味，彷彿皇上的問話可以暫且放下，湛王的話卻不能不答。

湛王如何聽不出鳳衍是想將殷家拖下水，冷笑道：「何必如此麻煩，此事只須問一問鳳京書便明白了。聽說鳳京書在司州故里修了一座佛寺替鳳相夫人祈福，以南嶺檀香為木，東海白玉為階，自稱連陛下為太皇太后修築的昭甯寺也不能及，不知此事鳳相以為如何？」

鳳衍暗驚，不想鳳京書酒後一句醉話，千里之外的湛王竟知道得如此清楚，除此之外，不知還有多少事落在了他手中。他當即道：「小兒為母捐資禮佛一事，事先曾蒙皇后娘娘准許，娘娘還因此恩賜修繕之資。山野小廟豈敢與昭甯寺相提並論？昭甯寺的規模造項王爺最為清楚，此話豈不荒謬？」

湛王眼中冷芒一沉，對面杜君述和斯惟雲同時皺眉，鳳衍果然薑老彌辣，這一招攻守兼備，不但搬出了皇后，更是將皇上與湛王間的一筆舊帳也暗暗算在裡面。

想當初湛王與皇上不甚和睦，因深知皇上誠孝祖母，對昭甯寺不肯有半分馬虎，命人將昭甯寺的造價成倍提高，造金為佛，琢玉成塔，劃方圓百里之地，斥建寺之資千萬，使得國庫越發吃緊。昭甯寺竣工之後，堪稱天下佛寺之首，尋常寺院無一能出其右，如今不僅是皇家寺院，更是天竺、西域、吐蕃等僧侶東入中原論法的聖地，弘揚佛法，教化民眾，香火十分鼎盛。

這幾年湛王盡心為政，國庫充盈，皇上雖心知其中曲折，但不欲追究，只是話自別人嘴裡說出來，難免讓兄弟兩人心中都生出些微恙。

湛王抬眸間與鳳衍凜然凝對。鳳衍眼中森森陰冷，湛王脣角那絲清雅的笑容已緩緩淡了下來，尚未說話，便聽皇上道：「朕問的是廣安渠之事，與昭甯寺何干？廣安渠耗資四十餘萬，三年始成，現在毀於一旦，明年若再有暴雨，你們想讓朕置江左百姓於何地？」

兩人都肅容不再作聲，這時旁邊斯惟雲忙順著將話題帶回了修渠之事：「陛下，當務之急還是要搶修廣通渠，此次若不是廣通渠未成，湖、雲兩州不至於遭此災難。但梅羽先也有不當之處，洪水來時，既知廣通渠不能使用，便應該及時在上游開閘洩洪，則可以毀瀘陽、灃知等幾郡的代價，保全兩州十七郡，亦使廣安渠無恙。」

這話說得公正，誰也不偏袒，杜君述接著道：「梅羽先一個六品郡使，年紀輕輕，怕是難做此決斷，說起來也不能完全怪他。」

斯惟雲點頭道：「陛下，不如還是讓臣回湖州吧。」

夜天凌沉思片刻，卻問湛王：「你覺得呢？」

湛王道：「臣弟以為事情關鍵倒不在人上，而在於例制。就拿這修渠的造項說，經戶部到工部，入布政使司，再到州府，其中多少無用之功，費時費力。其實各處造項完全可由戶部直接調撥給督造處，不但提高效率，亦可杜絕那些貪贓枉法之事。」

鳳衍方要說話，忽然瞥見夜天凌冷淡的目光往這邊一帶，聽到四個字：「此事可議。」

鳳衍霍然警覺，雙目微瞇，眼縫裡一道精光暗閃。

天下三十六州九道布政使統管所轄州府軍政，無不重權在握，眼前明擺著皇上是有心要收權中樞。湛王看準了這個時機，猝然發難，梅羽先彈劾鳳京書定然是早已設計好了的。九道布政使中有四人是鳳家嫡系親族，再議下去，湛王必是拿鳳家的人開刀，鳳京書首當其衝。鳳衍心知一不留神，這步是落在了下風，正要設法周旋，恰巧晏奚的稟告打斷了議事。

皇后雖體弱多病，但向來很少傳御醫，突然急召，定是出了什麼意外。莫說是皇上，便是在座所有人都懸起了心神。

退出武臺殿，鳳衍出宮回府，一路盤算。有皇后在，看來皇上還是給鳳家留著情面的，否則今天這彈劾直發廷議，那便無論如何都無法挽回了。湛王如今勢頭逼人，這關口皇后可不能有任何不妥，但只靠著皇后，鳳家卻也步步都在險中。鳳衍前思後想，正焦慮難平，不料此時，宮中卻傳出了喜訊，皇后有妊。

去年澄明殿之後，有了秦國公的例子，朝臣都不敢再提儲君一事。但天子無嗣始終是大事。如今御醫已證實皇后得嗣，舉朝內外都鬆了口氣，紛紛上書賀表，鳳衍亦借機再上了一道請罪的奏疏。

不知是不是因為中宮的喜訊，昊帝並未嚴懲鳳京書，只是革了他的戶部侍郎，限日填補挪用造項。日前那場風波便暫且被壓了下來，朝中湛王和鳳家的勢力依舊均衡，一時都不能占上風。

剛入十月，天氣略微轉涼，卿塵有孕之後身子畏寒，便比往年早些移居清華臺。夜天凌增撥了數十名宮女隨侍，指派御醫每日請脈，格外緊張她，只差沒下道聖旨將人禁足在寢宮。

卿塵雖笑他小題大做，但自己也很是小心。所幸數月下來，除了開始那段時間略有不適，一切還算平安。

這時新年漸近，四域藩屬之國紛紛來朝覲見，一些準備來年提調使用的官員也奉旨入天都述職。夜天凌諸事纏身，每天不得空閒，卻不管多忙，隔幾日必定親自召見御醫令黃文尚。

黃文尚自聖武朝入宮，多經歷練，一手醫術在御醫院中已是佼佼者。去年老御醫令宋德方告老還鄉，他便擔任御醫令一職，主理御醫院。這日入宮，因皇上一直與湛王在議事，他便候在偏殿，等了一個多時辰，才有內侍前來宣見。

轉過階廊，黃文尚遠遠在殿前見湛王從裡面出來，溫玉般的臉上似籠著層淡霜，不甚清晰。再看時，沿著雪色冷清的龍臺玉階，那白袍玉冠、風華俊雅的背影已遙遙而去。

穿過殿廊進了內殿，內侍通稟後退了下去，黃文尚俯身叩首，頭頂傳來皇上淡淡的聲音：「起來吧。」

黃文尚起身，略微抬頭，見皇上斜倚龍榻，身上搭著件雲青長袍，身旁銀炭添沉香四足臥獸點金爐一絲煙火氣也無，暖得四周空氣微微浮動，卻難掩他神色間一股倦意。

不見垂問，黃文尚便躬身立著。過了一會兒，夜天凌放下手中看著的奏疏，半闔雙目往後靠去，問道：「去清華臺請過脈了？」

黃文尚回道：「臣剛從清華臺過來，皇后娘娘脈象平安，胎息安穩，並無不妥，只還是心血不足，身子太弱了些，臣仍擔心再過幾個月生產的時候，會很辛苦。」

夜天凌睜開眼睛：「你究竟有幾分把握？」

黃文尚遲疑，道：「要看娘娘這幾個月調養得是否得當。」

夜天凌道：「宮中難道還缺滋補的藥品？該用什麼藥便用，怎麼會調養不當？」

黃文尚聽得他語氣中有些不悅，心想或許今天來得不是時候，回話便分外小心：「回陛下，娘娘平時並不常用御醫院配的藥。」

夜天凌也知道因為卿塵醫術精湛，御醫們在她面前都十分謹慎，而她也不很習慣讓御醫看診。中宮設有專門的尚藥司，平日卿塵所用之藥一般都按自己的方子，御醫除了奉召入宮外，只負責替她遴選藥材。他倒不是要責備黃文尚，但見其欲言又止，皺眉道：「有什麼話便說。」

黃文尚便道：「臣剛才在娘娘那裡見到幾味藥材，似乎有些不妥當。」

「藥有何不妥？」

黃文尚道：「臣見那些藥，其中幾味有破血催產的功效，還有些比較罕見，臣也不十分認得，不能清楚藥效。若尋常人用藥倒好說，但如果有孕在身，還是要仔細些。以娘娘的身子，萬一用了什麼不該用的藥，後果不堪設想。」

「皇后怎麼說？」

「娘娘用藥向來自有主見，臣不敢多問。」

「皇后那裡的藥材不都是由御藥房挑選的嗎，你們怎麼不提醒著點兒？」

黃文尚低頭垂目：「那些藥材是湛王府送入中宮的，並沒有經過御藥房，臣也是偶然見到。」話音方落，便感覺到皇上眼眸一抬，他心頭就像被薄刃一掠而過，頓時不敢再多言。

空氣中有片刻的凝滯，繼而被一聲低低的輕咳打破，隨之而來是皇上徐緩的話語：「皇后熟知藥理，應該自有分寸。」

黃文尚抬眼覷了覷皇上的神色，只見一色漠然無痕，教人探不出絲毫端倪。夜天凌坐起來，突然身形一停，深深蹙眉，稍後才道：「你退下吧。」

「是。」黃文尚察言觀色，跪安前試探著問了一句，「陛下似乎不太舒服，要不要臣請下脈？」

夜天凌坐了會兒，淡聲道：「也好。」

黃文尚便上前跪著請了脈，仔細斟酌後，道：「陛下近日太過操勞了，怕是有些引發昔年的舊傷。倒不必特地用什麼藥，只是靜養一下便好。若再覺得不適，也可以用一點南詔進貢的玉靈脂，有鎮痛提神、除勞解乏的功效。」

夜天凌這幾日常覺得舊傷處隱隱作痛，事情一多便有些疲乏，聽了這話，點頭道：「你明天呈藥上來吧。」復又囑咐了一句，「直接送到武臺殿，不得驚動皇后。」

黃文尚領旨退出後，夜天凌閉目似在歇息，但從他搭在龍榻之旁扶手上輕輕叩動的手指卻可以看出，他正在思量什麼事情。

過些時候，他重新拿起剛才看著的奏疏，再次瀏覽那洋洋灑灑長篇大論，修長的手指在那精美的金龍浮雕之上微微收緊，略泛出些蒼白，忽然間廣袖一揚，便將那奏疏迎面擲在了御案上。

那是中書令鳳衍彈劾湛王的奏疏。

＊

入春之後天朝有幾項極大的盛典，是一年之中最熱鬧的時候。四月中旬，正逢一年一度天都春獵，昊帝起駕宣聖宮，自親王以下皇親士族盡皆隨行。皇后如今身子沉重，連本應由她親自主持的親蠶禮都免了，此時這些狩獵、射典之類的便不參加。

昆侖苑中，天子行營旌旗連綿，御林侍衛哨崗密集，人聲馬嘶，遙遙可聞。

寶麓山原野起伏，奇峰深谷，頗有些珍禽走獸，羚羊、白鹿、猛虎、金豹都不在少數。夜天湛尚為皇子的時候便常入山中狩獵，對寶麓山的地形極為熟悉。他對行營附近那些被驅趕出來的小獸並不十分感興趣，這日帶了侍衛一路深入山中，縱馬引弓，收穫頗豐，眼見暮雲四起，落日西沉，一日已近黃昏。

天邊一片火色的雲彩連綿不絕，飛鳥自晚霞間成群飛過，紛紛投入密密的山林中。夕陽餘暉在陡峭的岩石上落下最後的光影，更使得山色深遠，層疊峻峭。夜天湛正停馬欣賞這山野暮色，突然聽到身邊侍衛叫道：「王爺，那邊有鹿群！」

他轉頭看去，果然見近百隻野鹿自山谷那邊成群而過，鹿的數量越來越多，像是被人驅趕至此。夜天湛忽然看到當先一隻是極為罕見的白鹿，十分驚奇，將手一揮：「追！」

侍衛們聞聲應命，紛紛策馬，隨他追入山谷。幾枝流箭過去，鹿群受驚，漸生混亂，那白鹿立刻與其他鹿衝散開來。夜天湛目標是那隻白鹿，縱馬緊追，不由便深入山谷。天色漸暗，道路益窄，四處密林叢生，兩邊山勢也越發嶙峋參差。

夜天湛座下之馬乃是大宛名駒，十分神駿，穿過一片叢林，逐漸便追上那白鹿。他自馬上反手抽箭，遙遙引弓，箭如流星，直取獵物。便在此時，身邊響起一聲尖銳的嘯聲，一枝狼牙羽箭自不遠處閃電般射來，幾乎和他的箭同時而至，正中白鹿。

那白鹿身上中箭，復又奔出數步，撞倒在山林間。夜天湛奇怪是什麼人的箭如此凌厲，便勒馬回頭，不料卻見射箭的人竟是皇上。夜天凌自林間縱馬過來，白衣烏靴，手挽金弓，他和十二一路追獵群鹿至此，也沒想到會遇上夜天湛。

夜天湛翻身下馬：「見過皇兄！」

「免了。」夜天凌抬手命他免禮。十二隨後而至，見了夜天湛便笑道：「哈哈，原來是七哥，我正奇怪這是誰的箭，竟能和四哥一較高下。」

夜天湛聞言一笑，眉宇間卻略帶了幾分異樣的神情。最近天都內外雖是一片興盛熱鬧，但朝堂上一直不甚平靜，漩渦的中心，便在湛王府與鳳家。

上次廣安渠的事情過去不久，梅羽先自湖州入調天都，任了工部郎中。鳳家對梅羽先彈劾鳳京書一事懷恨在心，對他百般打壓。不料梅羽先毫不畏懼，再次奏本彈劾，這次竟是針對鳳衍，參他曾經私下會見吐蕃使臣，收受賄賂，通敵誤國。鳳衍驚怒之餘，明白事情絕不是一個梅羽先這麼簡單，即刻將矛頭直接對準了湛王。事有湊巧，今年三月，天都出現一次日食。鳳衍借此機會再次上書昊帝，言「日有食，象陰之侵陽，臣之侵君」，以為大不吉，暗指湛王有不臣之心。面對這番局面，昊帝不曾有任何表態，但朝局波瀾暗湧，湛王與昊帝間便漸漸生出些難以明說的隔閡。

侍衛們尚未趕到，夜天湛便跨過山石去看那白鹿。想起近來朝中諸多事端，皇上的態度一直十分耐人尋味，他不由微微蹙眉，這一天遊獵的興致便淡下了幾分。

兩枝羽箭皆穿頸而過，鹿死誰手難以分辨。夜天湛手握長弓，淡淡笑了笑，轉身道：「皇兄這一箭後發先至，臣弟甘拜下風。」

夜天凌亦緩緩帶馬上前，半明半暗的暮色下，兩人目光一觸，突然間，夜天湛聽到十二驚呼一聲：「七哥小心！」他看到夜天凌眼中銳光驟現，身後似有一陣猛風襲來，眼前精芒如電，夜天凌手中利箭已迎面射來。電光石火間，他幾乎是未假思索，引弓一箭，抬手射出，箭勢凌厲，直襲夜天凌。

夜天凌先前一枝長箭從他左側擦身而過，手下連珠箭出，千鈞一髮之際，雙箭半空相交，噹的一聲，刺目的白光應聲飛濺，撕裂昏暗的夜幕。

一切都在眨眼之間，十二的驚呼，凌厲的箭嘯，隨即伴著一陣猛獸嘶吼的聲音，身後重物落地，夜天湛第二枝箭亦搭在了弓上。

對面，夜天凌手中的金龍長弓也同時弦滿箭張，利芒一閃，冷冷對準了他。

弓如滿月，隔著數步的距離，幾乎可以看清對方箭尖上雪白的利芒，冷如冰，寒似雪。

這時兩面隨行的侍衛先後趕至，突然見到這番局面，盡皆震驚。衛長征將手一揮，御林侍衛迅速圍上前去。湛王府的侍衛都是忠於湛王的死士，也立刻應聲而動。

夜天凌和夜天湛卻對此視而不見，兩人一動不動地鎖定對方，夜天凌眼中寒意凜冽，夜天湛面如嚴霜。對視之間複雜而銳利的鋒芒，隨著兩張長弓逐漸緊繃的力道，慢慢溢出懾人的殺氣。

四周無人敢妄動，只怕一絲聲響，便能引發血濺三尺的局面。

面對著夜天凌深冷的注視，夜天湛唇角緊抿，臉上漸漸泛出一絲殺氣。十二手已經壓上劍柄，往前邁了一步，沉聲道：「七哥！」

夜天湛沿著十二的目光緩緩轉頭，猛地一怔。身後離他半步之遙的地方，一隻豹子翻倒在地，依稀可見鮮血濺滿四周岩石樹木。夜天凌先前那枝長箭洞穿豹子的額頭，直沒箭羽，一箭斃命。他心中如驚電閃過，霍地回身，夜天凌面無表情地看著他，手中金弓紋絲不動，長箭鋒銳。

夜天湛心中瞬間掠過無數念頭，片刻之後，他迅速將弓箭一收，隨即單膝跪下：「皇兄，臣弟……魯莽了！」

白衣肅殺，身形堅冷，眾人只見皇上寒意凜凜的箭依然鎖定在湛王身上，漸濃的暮色下，誰也看不清皇上的表情。山風忽起，旁邊馬匹似已受不住這樣的殺意，不安地嘶鳴。湛王始終低著頭，手卻在弓箭間越握越緊，無論如何，方才那一箭，已是死罪。

時間似乎凝滯在這一刻，也不知過了多久，夜天凌終於將金弓緩緩放下，似乎輕笑了一聲：「起來吧。」

夜天湛抬頭，夜天凌從馬上看了他一眼，轉身道：「回頭把這隻豹子送到湛王行營。」

說罷反手一帶馬，揚鞭先行。

第一三七章　雲去蒼梧湘水深

時入五月，清華臺中蘭花盛放，修枝翠葉葳蕤繁茂，雪色素顏，玉骨冰心，叢叢簇簇點綴於蘭池御苑，美不勝收。

夜天凌今天來清華臺，正遇上卿塵小睡未醒，便獨自在她身邊坐了一會兒。蘭香如縷，淡淡緲緲，縈繞瓊階玉欄，午後的清華臺安靜得似乎能感覺到蘭芷飄浮的香氣。夜天凌看著卿塵寧淡的睡顏，只覺身邊再有多少繁雜之事也無妨，可是想到她因有孕而欣喜的樣子，御醫私下說的話仍舊沉沉壓在心頭。

卿塵診出身孕的當天，御醫便如實稟告了他。卿塵上次因劇毒小產，使得身子虧損甚重，幸而近幾年有良醫良藥悉心調治，才不至於纏綿病榻。但她素有心疾，懷孕生子都是極危險的事，幾名御醫誰也不敢保證安然無恙。眼見著數月過去，產期將近，她雖表面上一切安好，人已明顯消瘦下來，明明時常精神不濟，卻總在他面前硬撐著，只要問，就是沒事。他似乎覺得這個孩子是慢慢拿她的氣血精神去養成的，那點將為人父的喜悅早已全然不見，取而代之盡是擔憂。更何況此時此刻，這個孩子是天子唯一的血脈，多少人等著看著，心思各異。

「陛下，」碧瑤進來輕聲稟道，「湛王求見。」

夜天凌點點頭，起身步出殿外。他走不久，卿塵便也醒了，雖說醒了，卻渾身懶懶的不願起來，以手撐額靠在榻上，過了會兒，問碧瑤道：「是不是皇上剛才來過？」

碧瑤笑說：「皇上坐了好一會兒呢，娘娘睡得沉，都沒有醒。方才湛王來了，皇上便去了前殿。」

卿塵點點頭，雖是天天進宮，但湛王極少到清華臺面聖，今天突然過來，或是有什麼急事也說不定。最近不知為什麼，皇上與湛王似乎不像以前那樣融洽，雖然夜天凌對此隻字不提，但女人的心思最是敏感，豈會察覺不到他們兩人間微妙的變化？形勢在變，人也在變，在天家與權力這條路上，沒有永遠的對手，也沒有永遠的朋友。

卿塵心中微微輕嘆，這時候外面不知為何傳來些慌亂的聲音，她蹙眉問道：「怎麼回事？」

碧瑤出去看了看，過會兒回來道：「前殿一個侍女拿錯了東西，惹得皇上發怒，沒什麼事。」

卿塵鳳眸掠過垂簾，復又落回碧瑤身上，淡聲道：「別拿這些搪塞我，到底怎麼了？」

碧瑤見她靜靜看著自己等著回話，顯然是不信皇上會為這點小事責罰侍女，猶豫片刻，最後還是道：「湛王……不知怎麼和皇上吵起來了，皇上震怒，連晏奚都被趕了出來。」

天際雲低，廊下風急。前殿之外，內侍宮女前前後後跪了一地，晏奚那烏漆籠紗帽下鬢角微亂，縷縷盡是薄汗，神情間難掩狼狽。

卿塵踏上殿階，晏奚吃了一驚，忙道：「娘娘怎麼來了？」

卿塵往大殿裡看一眼，問道：「為了什麼事？」

晏奚方要回話，忽聽殿中錚然一聲脆響遙遙傳來，似是杯盞落地飛濺，緊接著一陣無聲的死寂之後，腳步聲起。

卿塵驀然抬頭，幽深的大殿中，只見湛王快步而出。

因有大半年未曾見面，乍然相遇，夜天湛一愣，卿塵心底亦湧起莫名滋味。

依然是長身玉立，依然是風神秀澈，風雨浪濤並沒有在他身上留下歲月的痕跡，舉手投足間彷彿仍是當年楚堰江上那個翩翩公子。只是抬眸相對，千帆已過盡。

他像換了一個人。若說昔日是春風下明波風流的湖水，那麼眼前的他便是秋雨過後的長空。

秋空風冷，如他此時看她的眼神。

風過面頰，吹起衣衫亂舞，夜天湛只停了一下，神情冷漠，轉身舉步。

「王爺，」卿塵在他經過身邊的時候叫住他，略一思量，溫聲道，「許久未見了，不知王爺願不願陪我散散步？」

清華臺，御苑蘭若萬叢，深處翠竹三千。

修竹幽篁，蒼翠如海，天低雲暗，密密翠墨的顏色隨風長傾，如輕濤拍岸，層層起伏，飄飄搖搖。

夜天湛站在竹亭之中，一言不發，神情冰冷，卿塵立在他身後，亦不知該如何開口。

風吹衣袖，急急振響，夜天湛看似平靜的表面下卻是滿心翻江倒海。自恃權重，目無君上，現在就只差沒有明指他覬覦皇位，意圖對未出世的皇子不利，甚至對皇后心懷不軌了！他覆手竹欄之上，修長的手指靜襯著竹絲的紋路，如玉溫文，卻不由得重重往下一沉，只聽喀嚓一聲碎響，那竹木被他當中震開，裂痕深深，直透兩端。

風亂，幾片竹葉翻飛而下。

夜天湛心中翻騰的那股怒火隨這一擊洩去不少。卿塵微微吃驚，過了一會兒，柔聲道：「皇上就是那樣的脾氣，吃軟不吃硬，有些事，你別和他硬頂，緩一些反而會更好。」

若是能緩，又何至於到今天？夜天湛冷笑，擲下一句話：「卿塵，抱歉了。」

卿塵心間一凜，夜天湛眼底波瀾翻湧，轉身，一絲笑容卻淡若微風：「事情總會有結果的，不是今天，便是明天。但有件事我還沒有放棄，他能給妳的，我一樣能給。卿塵，妳可願再考慮一下？」他的話語低緩而平和，卻讓卿塵心底涼意陡生。

他在面前凝視著她，讓她覺得這是他最後一次說這樣的話，如此堅韌的目光，深深隱在他清朗的眼眸底處，逐漸劃出一道萬丈深淵。

卿塵周身如墜冰窖，匆匆道：「無論如何，結果都是一樣的。」

夜天湛看她一會兒，一次又一次，她總是用這種最真實的冷靜來回答他的話。他脣角漸漸轉出一絲薄笑：「妳這個女人，有時候真讓人覺得不像女人。」

卿塵心裡紛亂，下意識地回答了一句：「我只是個女人。」

夜天湛徐徐笑說：「我當然知道，否則我也不要。」

卿塵一時無言以對。夜天湛卻忽而笑容一收，極認真地說了一句：「卿塵，那對我來說不一樣。」

「不一樣嗎？」

「不一樣。」

卿塵揚眸與夜天湛對視，心中忽然平靜如水。曾經恩怨，曾經愛恨，起起落落兜兜轉轉，終於還是到了這一刻。誤入這紅塵一場，多少歲月，這兩個在她的生命中至關重要的人給了她所有，此生此情，她可以用所有孤注一擲。

就在這一剎那間，卿塵的注視竟讓夜天湛莫名地生出些不安，彷彿她心裡下了一個重要的決斷，而使得那目光攝魂奪魄，要將他看成透明的一個人，他聽到她用極輕的聲音道：「這一生，我欠你的。」

一句話，便是一生嗎？

夜天湛道：「欠著吧，多欠一點，說不定妳早晚要還我。」

卿塵道：「讓我想想，該怎麼還。」

夜天湛輕輕一嘆，不語。

卿塵道：「你若沒有急事回府，便陪我再走走吧，很久不見你，倒覺得有不少話想說，這時不說，也不知道以後還有沒有機會再說。」

夜天湛聞言，神情間閃過一絲陰鬱，終究沒有拒絕。

穿過竹林，九曲迴廊曲折，下臨蘭池，岸芷汀蘭煙波三千，一片迷濛浩渺。

風滿樓，雨意漸濃。卿塵卻同夜天湛淡淡說笑，不知不覺已繞這長長迴廊沿湖走了數周。夜天湛幾次問她累不累，她都笑著搖頭，將話題岔開。夜天湛此時覺得她的腳步越來越慢，看她一眼，便站下道：「坐一會兒吧，我走累了。」

卿塵面上略有些倦色，見他看過來，微笑著點了點頭，扶著雕欄坐下。夜天湛畢竟心中有事，一時看著煙波沉沉的湖面出神，突然聽到卿塵問他：「王爺，如果我能說服皇上支持你清除鳳家，你願不願答應我，絕不會做任何對他不利的事？」

夜天湛驚訝回頭，幾疑自己聽錯了話：「妳說什麼？」

卿塵道：「若我保證皇上也不會對你不利，你能否答應，終此一生，待他如兄、如君？」

夜天湛僵了片刻，霍然起身：「不可能！妳給不了我這個保證，我也一樣給不了妳。」如果以前還有這個可能性，但現在，一切的可能都已變成了不可能。

卿塵道：「如果我能呢？」

夜天湛盯著她，目光深黑一片：「事到如今，這豈是一句承諾便能解決的問題？妳不妨問一問他，他做得到嗎？」他重重一甩袍袖，叮的一聲脆響，有什麼東西從他袖中掉出，落在卿塵身旁。

一枝淡色玉簪，簡單的樣子，潤澤的光。卿塵愣了一愣，吃力地彎腰去撿，旁邊迅速伸來一隻手扶住了她。

蒼白的玉，蒼白的手，蒼白的面容。

夜天湛將玉簪撿起來，突然察覺卿塵的手在他掌心微微顫抖，冰涼似雪，抬頭見她臉上已毫無血色，身子搖搖欲墜。

「是那枝玉簪嗎？」她低聲道。

「是。」夜天湛來不及掩飾尷尬，匆匆問道，「妳是不是不舒服？」

卿塵勉強微笑：「原來你還留著這枝簪子，其實那時候，我很想跟你道一聲謝。這些年來，我知道你一直處處護著我，這……是最後一次……你……」

「卿塵！」夜天湛低喝了一聲，卿塵慢慢道：「孩子……要出生了。」

夜天湛猛地低頭，驚見卿塵襦裙上已是鮮紅一片，那紅迅速蔓延，不過片刻便浸透了輕薄絲絹落到細花雕紋的玉磚之上，纏蔓花枝染了血色，濃重刺目。卿塵卻似無所覺：「我說過，他死，我隨他……你死，我用我的命護著……你相信我……如果……如果我撐不過去……你們……」

周身不知來自何處的痛楚越來越重，越來越急，卿塵緊緊咬著牙關，想凝聚一點力量把話說完，卻連呼吸都艱難起來，只死死看著夜天湛，目露哀求。

夜天湛面上一片雪白，額角青筋隱現，不知是他的手攥著卿塵，還是卿塵的手攥著他，那枝玉簪不堪重力，喀地斷成兩截，碎面直刺掌心，劇痛鑽心。

他忽然極快地低聲說了一句：「我答應妳。」俯身迅速將卿塵抱起來。

卿塵心頭驀然一鬆，身子便軟軟地墜落在他的臂彎中。

第一三八章　碧落黃泉為君狂

雨急風驟，刷刷抽打著殿階，一列青衣內侍匆匆穿過廊前，當先一人捧著藥爐步履慌忙，其後數人手托藥匣急急跟上。

他們剛轉進內殿，便有幾名緋衣侍女端著銅盆魚貫而出，盆中盡是濃重的血水。再有侍女端了清水進去，片刻出來仍是駭人的血色。

殿中燭火忽明忽暗，人影幢幢，來往宮人，進退無聲。唯有皇后低抑的呻吟聲自屏風重帳之後傳來，斷續落在窒悶的雨聲中。

天黑近墨，悶雷滾滾震動琉璃重瓦，夜天凌在殿中左右踱步，困獸一般，身前十幾名御醫匍匐跪地，人人汗出如漿。

雨聲越急，似乎漸漸蓋過了寢帳內的聲息，忽聽一聲亂響，兩名御醫倉皇步出，險些將屏風撞倒。

夜天凌霍然回身，兩人已撲跪在面前，為首的御醫令黃文尚磕頭顫聲道：「陛下……時間太久，娘娘怕是撐不住了，臣請陛下示下，用不用參湯？參湯能讓娘娘撐到孩子出生，但是……但是……」

夜天凌喝道：「但是什麼？」

一旁的何儒義急忙接道：「但參湯極易引起血崩之症，只能保孩子。」

「混帳！」話未說完，夜天凌勃然怒道，「朕什麼時候說過讓你保孩子？」

何儒義以額觸地：「請陛下三思！」

夜天凌一把將他從地上拎起來，冷冷的聲音直逼到眼前：「你給朕聽清楚了，皇后要是有什麼不測，你們誰也別再來見朕！」

「陛下！」

「陛下！」

眾人叩首跪勸，夜天凌充耳不聞，只一聲毫無餘地的怒喝：「還不快去！」

眼見皇上盛怒，黃文尚與何儒義再不敢多言，匆忙叩頭退回內帳。

一陣斜風撞上窗櫺，匡地將長窗吹開，風揚金帷，雨溼鸞幕。霎時間外面一個身影落在夜天凌眼中，激起他眼底厲厲寒芒。

殿外廊前，夜天湛一直未曾離開，雨已將他半邊衣衫溼透，更將他襟袖之上的血跡染得濃重。

那是卿塵的血，從他將她抱到寢宮的一路上，她的血就沒有停止過，滲進絲帛的紋路附在他的身上冰涼刺骨，帶來深重的恐懼。

是恐懼，他獨入敵國千軍萬馬，面對天都巨變驚濤駭浪、朝堂之上明槍暗箭都從未感覺到的恐懼。

那些時候退也好，輸也好，無論失去什麼他都有十足的信心還能贏回來，但此時，如果失去了，便終此一生再無法彌補。

閉目仰頭，一陣雨水撲面而來，他打了個冷顫，身後卻有一股更深的寒意陡然而起，如劍在側。

他猛地回身，正撞上夜天凌怒海狂濤般的眼睛。

夜天凌雙手在身邊緊握成拳，根根筋骨分明，見他轉身，眼中利芒閃現，揮掌如刀，劈面擊來。

夜天湛抬手隔出，風雨下兩人掌風相交，激起冰水飛濺，一股排山倒海般的勁氣直將夜天湛逼退數步，身形一飄，落入雨中。

鋪天蓋地的雨澆下來，夜天凌步步逼近，指著他怒問：「你究竟和她說了些什麼？她痛成那個樣子，就只跟朕說了四個字：善待湛王！孩子和她都危在旦夕，你現在滿意了？你是不是想要她的命？」

夜天湛痛恨交加，亦怒喝道：「我說了什麼，我還能說什麼？我答應她待你如兄如君，答應她絕不對你有任何不利！孩子是你給她的，你明知道她身子不好，還一次次讓她受這樣的苦，是我要她的命還是你要她的命！」

「你當朕想要這個孩子？」夜天凌整個人籠在雨中，神情模糊一片，「你想要這江山皇位，朕給你又如何？但她若有什麼不測，朕絕不會放過你！」

夜天湛冷冷道：「皇兄想要我的命也不是第一次了，今日她若有不測，你我，就再沒什麼好說的了。」

一道電閃伴著雷鳴劃破長空，撕裂天地，照亮雨幕昏暗。稍縱即逝的電光下，夜天湛臉上蒼白如雪，夜天凌身形冷如冰峰。瓢潑雨落，將憤怒與怨恨沖刷成無盡的悲哀，黑暗空曠，只餘兩個孤單的身影，一片荒涼。

對峙在這即將失去的一刻，才發現原來說出來的恨都已無力。如果她有什麼不測，生死又如何？天下又如何？你我又如何？

便在此時，寢殿中忽然傳來一聲嬰兒的啼哭，半空驚雷劈下，夜天凌渾身劇震，猛然轉身，便往殿內衝去。

迎面而來的內侍宮娥倉皇跪避，白夫人抱著一個小小的襁褓轉出畫屏，連忙俯身：「恭喜陛下，是個小公主。」一抬頭，卻見夜天凌直直盯住她手中的嬰兒，那神情竟似看到鬼魅一般。

四周只有孩子微弱的哭聲，帷帳中一片死寂。夜天凌往前走了一步，猛地急痛攻心，身子一晃，一口鮮血直噴而出，濺上屏風，落滿襟前。

白夫人大驚失色：「陛下！」隨後趕出來的御醫正見此景，撲上前來扶，殿中驟然慌亂。

夜天凌揮手拂開眾人，再不看那孩子一眼，急步入內。

宮燈如影，綃帳似血。

鳳榻之上，卿塵緊閉雙目，烏黑長髮散瀉枕旁，觸目驚心的墨色襯著一片冰冷的白緞，安靜得彷彿睡了過去。

夜天凌趕到榻前，俯身將她擁在懷中，啞聲喚她：「清兒，清兒！」

卿塵彷彿聽到了他的呼喚，緩緩睜開眼睛，想要對他笑一笑，卻只虛弱地牽動了脣角。每一次呼吸都如此艱難，底下侍女驚呼御醫的聲音傳來，似是什麼從身體中漸漸逝去，她已經分不清，只看得清他的眼睛，心痛如狂。

溫熱的液體落上她的面頰，滑落在心底。卿塵勉力想抬起手來，夜天凌立刻握住了她，聲音嘶啞，「別睡過去，清兒，看著我，我不准妳睡，妳聽到了嗎？」

她聽到了他落淚的聲音，望著他，目光中盡是留戀和不捨。

眼前似有一片空茫的寂靜，無聲無息，無憂無怖，漸漸令人墜入其中，不經此時，不知生離死別。

生離死別，陰陽萬重山，白骨成灰，此生難再，可她不願，不能，不要！

早答應了誰，承諾了誰，是十一曾經含笑的眼眸——我做到了，妳也要做到；是夜天湛不久前驚痛的話語——妳若撐不下去，我不會履行方才的諾言！

是他，霸占了千年後的鳳卿塵，千年前的甯文清，凝望她低語入耳——妳要陪我生生世世……

生生世世，不能毀約，九天黃泉都無用，只在這一世，只在這一天……

*

急雨如幕，快馬馳出重闕高牆的宮城，沿著幾乎空無一人的長街狂奔而去，雨水激濺，四散如花。

待到牧原堂門前，那馬被主人猛勒的韁繩帶住，一聲急嘶幾乎人立而起，馬上之人早已飛身而下，一掌震開了牧原堂虛掩的大門。

正在堂前的寫韻被嚇了一跳，來人已焦急問道：「張定水張老神醫在不在？」

寫韻看清了眼前這衣衫盡溼、形貌狼狽的人，驚詫俯身，「王爺！」

夜天湛充耳不聞，只急問：「張老神醫呢？」

寫韻道：「師父每隔幾個月都會入山採藥，近來並不在堂中。」

「哪裡能找到他？」

「深山路遠，又是這樣的雨，怕是難尋。」

只這一句話，似乎掃落了夜天湛臉上所有的顏色，他踉蹌退了一步，眼中焦灼迫目的精光變得空洞無著，隱透著絕望。

寫韻急忙問道：「王爺可是府上有病人，需要大夫？」

夜天湛頹然搖頭，低聲道：「不必了，除了張定水的金針，誰還能救她。」

寫韻見狀，知這定是有重病之人，略略咬脣，抬頭道：「師父的金針之術我不敢說盡知，但也學得一二，王爺若是信得過，不妨讓我前去一試，哪怕有半絲希望也好。」

夜天湛目光微微一亮，審視她片刻，一把抓住她：「妳跟我走！」

寫韻伏在馬背上，一路只見宮門深深，重重御道直入天闕，似乎遙不見盡頭。身前握韁的是一雙穩持有力的手，隔著一層斗篷，身後那男子的氣息在雨中冷冽如澌。這樣疾馳趕路，風雨無阻，不知他是為了什麼人。

夜天湛策馬連闖數道宮門，凡有御林侍衛上前欲攔，一見那道九章金令，紛紛退避。殿前可佩劍，禁中可馳馬，那權杖象徵著主人一人之下萬人之上的高貴身分，擋者無赦。

雨勢略緩，樓臺殿閣都在一片飄搖的雨霧中若隱若現，渺遠至極。

過玉階，穿朱廊，寫韻快步隨夜天湛進入寢殿，四周都是飄飄浮浮的藥味，夾雜了鮮血的氣息在潮溼的雨霧中，濃重窒人。

如此幽深的大殿，起初外面還見忙亂的宮娥醫侍，越到裡面越是森靜，只見被趕出來的御醫宮人們跪俯在地，珠簾的影子在地上微晃，隔出生死兩重天。

屏風後，鸞榻前，寫韻又見到了那個曾令她魂牽夢縈的身影。地上是摔裂的藥盞，打翻的金盆，他一動不動地坐在榻前，痴痴凝望著懷中的女子。那樣溫存的注視，像要這樣看到地老天荒，他的精神隨著她的生命慢慢流逝，在她柔軟而眷戀的回望中，一起灰飛煙滅。

寫韻跪至榻前，連請了幾聲，他才恍然抬頭，燈下，竟一臉淚痕縱橫。

寫韻不敢抬頭，低聲道：「陛下，您放下娘娘，讓我看一看。」

夜天凌怔視著她，寫韻再叫一聲：「陛下！」他突然驚醒一般，眼中瞬間恢復了一簇清冷的光，小心翼翼地放下卿塵，讓寫韻到了榻前。

寫韻見了皇后的情況，心底生涼。一咬牙，反身取出金針，針在手，對準的是皇后的心口，卻微抖，遲疑。

她抬頭，不料見到皇后的目光靜靜落了過來。

人已近燈枯，但她沒有昏睡過去，不知是一股什麼樣的力量讓她撐在這裡，不肯放棄，那樣虛弱的身體裡，是如此柔韌的心志，絲絲都是對生的渴求、對眼前之人無盡的留戀。

寫韻似從那平靜如水的目光中看到了信任，她是神醫張定水的弟子，醫人病痛，活人生死，都是這一針。

她深吸一口氣，手起針落，刺入皇后心口要穴。

＊

屏風之外，夜天湛石人一樣立在燈下，半盞燈火，照不亮深宮影重。

雨已停，時已黃昏，天色仍是抹不開的昏暗，窗外風蕭蕭，涼意透骨。

宮燈一隅，氤氳的沉香殘飄，一盞七寶蓮花燈漏水流靜靜，夜天湛凝神看著那裡，一聲聲，都是時間的流逝。

也不知過了多久，寢帳裡面腳步聲響起，寫韻走出來，白夫人等人迎了上去，夜天湛仍舊立在原地一動也不動。

隔著數步的距離，他清楚聽到寫韻脣間落出極輕的四個字：「皇后平安。」

那一瞬間，彷彿身子裡一下空了，臉上想笑卻又笑不出來，強作的鎮定猛然一鬆，竟有些站立不穩，他緩緩地沿著几案跪坐下來，伸手一抹，臉上冰冷一片，心裡翻江倒海，已不知是什麼滋味。

彷彿有人在身邊叫了聲王爺，他將胳膊撐在案上，也不抬頭，只是無力地擺了擺手。

人都退了下去，四周只是一味的靜，靜得人什麼也不願想。

極度的安靜中再次傳來腳步聲，夜天湛終於抬頭，只見夜天凌走出屏風之外，步履沉沉，似已疲憊至極。

四目交視，兩人互相看著彼此前所未有的狼狽，突然間同時笑出聲來，笑得無奈，笑得嘲弄。

夜天凌走過來，靠著長案在夜天湛身邊坐下，如釋重負地吐出一口氣。誰也不再轉頭看對方一眼，兩人都盯著高高隱沒在光影下雕梁畫棟精美的刻痕發呆。

大殿空寂，幾乎不聞一絲聲響，面對這自幼便熟悉的宮殿，卻彷彿什麼皇上王爺天子公侯都在夢裡，荒謬得無以復加。脫掉了那尊榮的外衣，赤裸裸相對，只是兩個再普通不過的人，有傷，有痛，有恨，有情，好像有話想說，卻根本不知從何說起。

過了好一會兒，夜天凌突然徐徐道：「七弟，多謝你。我剛才一直在想，這個位子，你若……」

他話未說完，夜天湛猛然打斷了他：「四哥！」他轉身，繼而叩首下去，「陛下，臣……今日出言無狀，行事狂悖，忤逆聖顏，實在罪無可赦，請陛下責罰。」

夜天凌默然看他良久，長嘆一口氣，伸手扶在他的肩頭。夜天湛抬頭，徐緩一笑：「四哥，人真正知道自己想要什麼，原來要付出這麼大的代價，幸好現在還不晚，我會謹守自己的諾言。但是，日後你若是負她一分一毫，我絕不會坐視不理。」

夜天凌劍眉微蹙，脣角卻亦牽出一絲笑容：「難得你肯和我說這樣掏心的話。」

他還想說什麼，卻被外面請見的聲音打斷。內侍急匆匆地進來，手捧一份奏報跪道：「陛下，東海急報！」

殿中兩人同時一凜，夜天凌接過奏報，一路看下，神色漸漸凝重。他看完轉身將奏報遞給夜天湛，負手思量，一轉身，聽夜天湛沉聲道：「陛下，臣弟請戰！」

第一三九章　天河落處長州路

東海戰報，帶來震動朝野的消息。

五月甲申，東海倭寇矯稱入貢，奇襲琅州重鎮橫海郡。

天朝水軍不曾防備，倉促應戰，遭遇慘敗，七十五艘戰船全軍覆沒，無一得歸。橫海郡使宗乾當場戰死。

三十里高臺，八千里烽火，飛報天都。副使聶計退守城中，率橫海將士與倭寇惡戰連日。

倭寇二百餘艘戰船聚集海上，日夜攻城。

三日之後，海面浮屍千里，城下血流成河。

琅州沿海流寇徐山等人勾結倭寇，裡應外合，引狼入室。

丁亥，橫海城破。

聶計與部下十二將士死守至終，復又殺敵八百餘人，於觀海臺自盡殉國。

倭寇入城殺戮百姓，搶奪財物，擄走城中女子數百人，繼而縱火焚毀全城。

橫海乃東海重鎮，此城一破，琅州腹地袒露，鄰近州郡應變不及，盡遭入侵。

倭寇由此直入琅州，攻文州，在東海沿岸肆行劫掠。

更有流寇如徐山等，原是東越侯藩府重將，削藩後不服東海都護府管束，自行聚眾成寇，橫行海上，這時與倭人狼狽為奸，改穿倭服，乘坐倭族八幡船，燒殺擄掠，氣焰囂張。

短短數日之內，東海連有五座城池遭劫，倭寇凶殘暴虐，民眾被殺者三萬有餘。

怒海驚濤，席捲而來，天朝沿海一線城郡皆化作人間地獄。

東海民眾奮起反抗，在琅州巡使逄遠的帶領下退守鼇山，拚死衛國，阻擊倭寇，但勢單力薄，急待天都增援。

戰報送入天都，立刻引起軒然大波。

倭寇之患，歷年來並非沒有，但如此猖狂入侵實屬罕見。

是可忍，孰不可忍！

朝堂之上，文臣武將義憤填膺，皆以為國恥奇辱，非戰不能雪清。

眾口一心，別無異議，濟王更是當朝出班請戰，誓滅倭賊。

翌日，聖旨下。

追封橫海郡使宗乾為靖義將軍、副使聶計及十二部將為忠烈士，於琅州觀海臺立祠受封，厚撫陣亡將士。

擢琅州巡使逄遠為鎮東將軍，統領東海四州軍務。

限折衝府平江道十萬水軍三日內趕赴琅州，配合文州、現州、靖州三路天軍抗擊倭寇。

授湛王玄龍符、天子劍，以九章親王身分親赴琅州督戰。

不是漓王，是湛王。瀟灑倜儻的湛王，風雅尊貴的湛王，與皇上貌合神離、幾欲反目的湛王，唯一還能威脅皇位的湛王。

東海之行，在眾人眼中儼然是一條不歸路。

然兩日之後，聖旨再下。

皇后之女賜名元語，封蘭陽公主，賜邑三千。

湛王世子元修封長陵郡王，賜邑五千，入大正宮仕讀，由皇后親自教養。

最後這道晉封湛王世子的聖旨如同來自東海的戰報，震驚內外。

＊

含光宮中，明池春水，層層紫藤花盛放，如蝶舞成行，垂玉玲瓏，一天一地深深淺淺的紫，寧靜淡香幽幽飄零。

九曲廊前青藤深碧，花蔓低垂，遮起一片細細碎碎的濃蔭，卿塵倚在廊前竹榻上，手中握著一枝玉簪，淡淡的光影底下，眉目靜遠。

素手如玉，白玉凝脂。

和潤的白玉當中嵌入了縷縷薄金，刻成一朵雅致的蘭花，枝葉修然，恰好遮擋了那斷裂的痕跡，構思精巧，天衣無縫。

三個多月前，當她從幾天的昏昏沉沉中清醒過來時，夜天湛已遠赴東海，唯有這一枝玉簪，盛在同樣雕刻蘭花的木盒中，放於枕旁。

她輕輕撫摸玉簪上精美的鑲嵌，觸手處沒有絲毫的破綻，那一道裂痕在細緻的金箔之下修補得如此完整，牢牢連接著斷裂的兩端，巧妙的點綴讓這枝原本普通的簪子顯得與眾不同。

這麼久了，她依舊虛弱得幾乎無法離開床榻，但卻每天都能聽到他的消息。

五月末，琅州水軍在蕭石口近海擊敗倭軍，摧毀敵軍戰船二十八艘，殲敵五千餘人，收復橫海。

首戰告捷後，天朝水軍略事休整，丁未夜子時，在當地幾名老漁人的引領下，百艘戰船精兵四萬奇襲浪崗島，直搗賊寇徐山老巢，生擒徐山。三日後，復以誘敵之策將另一支流寇勢力引至近海，盡殲之。

湛王下令將徐山等三十餘名通倭賊寇斬首示眾，以敵血奉觀海臺，祭奠聶計等忠烈將士。

琅州民眾對徐山等人恨之入骨，人人額手稱慶。徐山雖死，民憤仍難平息，屍首最終被百姓千刀萬剮，拋入大海餵魚。

六月初，倭寇再襲鼇山衛。天朝水軍迎面出擊，重創倭寇，斬敵近萬，軍民士氣大振。湛王揮軍乘勝追擊，在陸上騎兵的配合下，六萬精兵圍困被倭寇侵占的滄南郡，雙方血戰兩日之後，倭寇不敵，棄城而逃。

此後，天軍在琅州九戰九捷，痛殲入侵琅州之敵，並分路出擊，連續奪回成山、樂清、臨臺等數處倭寇盤踞的郡城，倭寇被迫退回海上。

然而戰事卻未到此結束，昊帝御旨再下，派遣濟王坐鎮紀州，再次對東海增兵十萬，糧草補給源源不斷自汴水、連水運往琅州。

湛王兵力充足，全無後顧之憂，大軍整裝待發，預備反守為攻遠征東海一域，澈底清除沿海倭患。

東海之濱，是浪濤萬里、炮火紛飛的戰場，沒來得及與她說一句話，他請戰出征，遠離天都而去。

多少日子了，眼前仍是那天他沉痛的注視：「我答應妳。」

這一次，她賭贏了。

籌碼是她的命，是他的心。

他終於給了她那個珍貴的承諾，一諾定江山。

多年前凝翠亭中他低語相詢，從那時起，就注定了這一生的情分。他給了所有她想要的，而她卻給不了他分毫的回報。

原來以為是他欠了她的，現在才發現，她欠他的，其實永遠都無法償還。愛了誰，欠了誰，或許來世再愛下去，來世要還給誰。數十年人世一遊，你來我往，織就萬丈紅塵，悲歡離合。若有一日回去了，可是無悔無憾？

「寫韻叩請娘娘萬安。」一聲柔和的問安將卿塵從思緒中驚醒，陽光下，花影間，寫韻一身青衣布裙在席前盈盈福禮，抬頭微笑，明眸秀麗。

「快起來。」卿塵有些吃力地撐起身子，寫韻忙上前扶住，「娘娘今天好些了嗎？」

卿塵扶著她的手坐起來：「有妳每天來給我調養，是覺得一天比一天好，妳這金針之術可是得了張老神醫的真傳了。」

寫韻一邊取出金針，一邊笑了笑，道：「在牧原堂跟師父學了七八年了，若還不得其意，豈不丟師父的臉嗎？往後還要請娘娘多指教才是。」

卿塵見她手底行針穩當，胸有成竹，點頭稱讚，再過幾年，可真就要青出於藍而勝於藍了。看著寫韻，她仍不免想起另一個害死了她的孩子、也差一點斷送她性命的女子。同是綺年玉貌，同是紅顏翩翩，一人白骨已成灰，一人卻於那生死一線妙手回春。

若說不悔當年的驕傲與自負，那是自欺欺人，然而此刻，心中終究還是歸於一片寧和，她不由輕嘆：「我真沒想到，那日會是妳救了我。」

細細金針的影子映在寫韻清秀的杏眸中，光澤靜穩，她道：「我的醫術是娘娘一手成全的，本就應報答娘娘這分恩情。」

卿塵道：「人都是自己成全自己，這是妳自己的福分。」

寫韻抬頭，卿塵和她相視而笑，淡金色的陽光下，花影婆娑，微風送暖，廊前傳來侍女們的輕聲細語和小公主的笑聲。待寫韻收了金針，碧瑤將小公主抱了過來，一邊笑說：「娘娘，妳看小公主又笑了，小公主這雙眼睛笑起來和娘娘的眼睛一模一樣，漂亮極了。」

元語雖然早產了些時候，卻十分健康，此時剛剛睡醒，不哭不鬧，烏溜溜一雙漆黑的眸子四處亂看，待看到卿塵，開始在襁褓中動來動去，小手小腳不安分地伸展，像要往母親這邊來。

卿塵忙對碧瑤道：「讓我抱抱她。」

碧瑤半蹲著將元語送到她懷裡，卿塵手上無力，只是摟著元語，仍由碧瑤在旁扶著，一心溫柔卻滿滿地像要溢出心口。

這是她的孩子，她和夜天凌的骨肉，眼睛像她，那略挺的鼻梁和薄薄的脣卻像夜天凌。

小小的身子裡流著他和她的血，相融相守，神奇地成長為一個生命，再也分不開。

看著元語漂亮的小臉，她此時仍像在夢中，那些痛過的、苦過的一切全都值得，從未有過的滿足。

元語躺在母親懷中，笑嘻嘻地搖晃小手，最後終於攥住了卿塵的手指，咯咯直笑。寫韻道：「這麼愛笑的孩子，和皇上的脾氣可不像，小公主讓人看著是從裡到外都像娘娘。」

卿塵逗著元語，心裡竟有幾分自豪的感覺。是的，她希望孩子像她，如她一般幸運，即便歷盡風雨，卻能得一心相守的愛人、可託生死的知己。她更希望孩子比她健康，能夠平安長大，用自己的智慧和勇氣，去盡情追尋生命的精采。

這是個愛笑的孩子，自己將她帶到這個世界上，希望從此以後這世界帶給她的是快樂，希望她能享受這世界的美，也希望她同樣帶給這世界無盡的美麗。

她不禁面露微笑，忽見身旁侍女依次跪了下去，回頭看時，夜天凌已到了身後，正看向她和元語。細碎光影灑落他眼底肩頭，難掩一身尊貴峻肅，略帶疲憊的神情中卻盡是暖暖笑意。

「陛下。」寫韻忙站起來。

夜天凌見她在，淡笑頷首，問道：「皇后可好些了？」

寫韻回道：「陛下放心，娘娘只要別操心勞神，慢慢調養些時日身子就會恢復過來，只是畢竟虧損了氣血，怕也得有個一年半載才行。」

夜天凌道：「每天都進宮來，也辛苦妳了。」

寫韻微笑道：「寫韻不敢當，這是醫者的本分。」

夜天凌站在廊前和寫韻閒話了幾句，卿塵將元語交給碧瑤，他反身看了元語一眼，抬手讓碧瑤等帶她退下，寫韻便也跟著跪安了。

夜天凌在卿塵身邊坐下，他已經幾日沒來中宮，這原是很少有的事，此時卻只淡淡說了一句：「東海大捷。」

雖聽著捷報，卿塵眉間卻掠過絲悵然，這幾個月夜天凌對元語雖恩寵有加，卻始終不太親熱，她略略沉默，終於問道：「四哥，你是不是不喜歡元語？」

夜天凌一怔：「怎麼這麼說？」

卿塵道：「你不那麼喜歡她，我感覺得出來，因為她是女兒嗎？」

夜天凌眉心微擰，側首道：「女兒和兒子不都一樣，女兒像妳，我怎麼會不喜歡？」

卿塵靜靜看著他的眼睛，他突然有些尷尬，轉頭避開，過一會兒，才轉回頭道：「妳別胡思亂想，我只是……看到這孩子，總會想起那天，我……」他好像有些不知道如何措詞，皺了眉，眼底竟出現一絲狼狽的神情，下意識地便將她緊緊攬在了懷中，「清兒，別再有那樣一次了，我不敢想。」

卿塵心裡酸酸軟軟的，竟說不出話來，一時歡喜，一時澀楚。他這樣刀鋒般的男人，一笑叱吒風雲，一怒殺伐千里，天下都在他手中，此時此刻在她面前卻只是一個普普通通的人，摘下了堅硬的面具，不再掩飾他的軟弱與恐懼。

那一天，他在榻前看她的眼神，她永遠也忘不了。

那時她真真正正觸摸到了死亡的氣息，但他那樣固執地守在她身邊不放手，讓這一縷即將消散的靈魂留戀塵世，久久不肯離去。

同死哪如同生，她還有太多事想和他一起去做。她熬過來了，即便再有千次百次，她還是會熬過來，只要他還在。

她伏在他的肩頭，依偎著他的溫暖，柔聲道：「四哥，再不會了，十年，二十年，一百年，這一生我都陪著你。」

夜天凌輕輕撫過她的秀髮，語聲低沉：「我要生生世世。」

卿塵微笑道：「下一世那麼遠，誰又知道呢，若走丟了怎麼辦？」

夜天凌抬起她的臉龐，深深看著她，似是要看盡她的一切，他突然俯身在她額頭印下一吻，低聲道：「生生世世，以此為憑。」

卿塵淡淡含笑，溫柔吻上他的脣：「生生世世，以此為憑。」

峻如青峰傲然，神似秋水逍遙，廊下玉湖明波，照出儷影雙雙，兩人的影子重疊在一起，相攜相伴，再無分離。

第一四〇章 奇花凝血白靈脂

東海這場戰事從帝曜六年一直持續到七年春，倭寇被逐出陸地後變得異常狡猾，攻之則退避遠遁，一旦沿海有所鬆懈，便捲土重來。

天朝水軍與之周旋，常有激戰，勝敗不一。七年五月初，探兵在琉川島發現倭軍隱匿於此的戰船，湛王下令調集所有水軍主力，準備與其一決勝負。

幾道戰報送達天都，恰巧正是蘭陽公主周歲生日。昊帝百忙之中亦不曾忽略此事，特在宮中賜宴，以示慶賀。

侍女將鸞服上飄逸的綬帶幫卿塵整理好，卿塵轉身，銅鏡中映出個纖眺的影子。千尺深紅織霞錦，流雲一樣鋪開，那明紅的底子太豔，襯得臉色有些蒼白。

她略一笑，抬手沾了朱砂，雙頰再添胭脂色，在那雍容與蒼白中帶出妖嬈的絕豔。

天下人的皇后，永遠該是國色天香的華貴，儀態萬千的美，便如天下人眼中的皇上，也唯有不苟言笑的威嚴，進退予奪的從容。

人生如戲，一張面具萬千顏色，悲喜都在幕後，不與外人知。

「皇上還在武臺殿嗎？」

「回娘娘，皇上在武臺殿。」

卿塵經過這近一年的調養，身子已頗見起色，想起都快有一年時間沒去過武臺殿，突然想給夜天凌一個驚喜，決定前去邀他一起赴宴。

鸞輿落至殿前，正是暮色四合，仰頭望去，遼闊的天際之下，落日流金般的光輝勾勒出武臺殿雄偉輪廓，巍峨壯麗，俯瞰萬方。

南疆漠北，東海西域，中原三十六州一千五百八十八郡，每日多少國事軍政匯聚在這裡，又有多少決策詔令從這裡發出，擔起這天下民生萬千。卿塵緩緩踏上殿階，駐足回頭，整個伊歌城隱約可見，偌大的城池此時在眼中僅如一掌可覆，遙遙沒入了暮色紅塵。

她一笑轉身，卻見廊前幾名醫侍往殿中過來，手捧玉匣金盞，走得有些匆忙，到了近前忽然見到她，急忙躬身退避在一旁。

「拿的什麼？」卿塵問道。

「啟稟娘娘，是南詔進貢的玉靈脂。」一名醫侍低頭答道。

「給誰用的？」

御醫院送往武臺殿的藥，除了皇上用，自然沒有別人，卿塵無非是確定一句。那醫侍早得了吩咐，武臺殿這邊的事絕不允許驚動皇后，此時躊躇不敢言。

卿塵修眉一蹙，那醫侍答也不是，不答也不是，站在那裡惶惑得緊，一抬眼正見晏奚從內殿出來，忙叫了聲：「晏公公！」

晏奚原是出來催藥的，沒想到皇后在此：「娘娘萬安。」

卿塵問道：「皇上怎麼了，為什麼進藥過來？」

晏奚見此情景，心知是瞞不過去了，只好如實答道：「皇上這些日子身子略有不適，御醫們說是積勞引發了舊傷，所以用了藥……」

話還沒說完，眼前鳳衣飄揚，皇后已快步往殿內走去，他急忙接了醫侍手中的藥隨後跟上。

卿塵走至玄玉屏風外，便聽裡面低低一聲咳嗽，轉入屏風，夜天凌聽到腳步聲卻未抬頭，只是指了指案前幾道奏疏：「這些即刻送中書省，傳斯惟雲、南宮競來見朕。」

低頭看著的奏疏前忽然伸來隻手，不由分說地將那奏疏一闔。夜天凌皺眉不悅，抬頭一看卻怔住：「清兒，妳怎麼來了？」

卿塵道：「我若不來，你瞞我到什麼時候去？」

夜天凌看後面晏奚手捧藥匣低頭站著，便猜出了八九分。這一年多卿塵懷子生產，險中萬幸母女平安，便是靜養著還怕有什麼不妥，是以宮中早有禁令，六宮內外無論何事，一律不得驚擾皇后。內侍宮女謹守嚴令，無一人敢多嘴，中宮能聽到的除了好消息，還是好消息。就像這東海戰況，其中多少反覆曲折，但到了皇后那裡就只是一帆風順。皇上龍體欠安，更是只有武臺殿幾名近侍知道，自然不會傳到中宮去。

夜天凌笑道：「什麼大不了的事，也值得這般大驚小怪。」

卿塵坐下來伸出手，夜天凌倒也配合，便放平了手給她把脈。卿塵試了他的脈搏，眉心漸漸蹙得緊了，停了一停，夜天凌問道：「放心了？」

卿塵反問他：「將心比心，換作是你，你急不急？」

夜天凌不想這話倒給她學了去，無奈搖頭，薄唇微抿，一陣衝到嘴邊的咳嗽生生抑下。卿塵試他脈象浮而無力，脈位淺顯，竟是陽氣不暢，虛損甚深，不由十分詫異，示意晏奚先將藥拿來，道：「這樣你也瞞著我，當初那一箭傷得不輕，你自己絲毫不放在心上，又怎麼教人放心？」

夜天凌淡笑道：「不瞞妳說，想這半生征戰受過的傷，那一箭傷得最是值得。」

卿塵低著頭，只抬眸瞋他一眼，手裡將盛藥的玉盒打開。白玉凝脂般的藥膏，泛一抹血紅隱隱糾纏其中，既美且豔。南詔玉靈脂，取八種奇花精髓凝煉而成，醫傷鎮痛素有奇效，亦是滋補的良藥。

卿塵用清露將藥化開，藥脂散融在玉盞中帶出絲縷異香若有若無。她拿金勺緩緩攪動，突然手底一頓，眸間掠過絲異樣，隨即取了一點藥自己嘗了嘗，仔細分辨之下，心裡悚然震驚，人竟猛地自案前站了起來：「這是哪裡來的藥？」

晏奚在旁嚇一跳，忙答道：「回娘娘，陛下用的藥皆來自御藥房。」

「誰下的方子？」

「御醫令黃文尚。」

「這藥陛下用了多久了？」

「陛下……陛下去年便用過，但只有三兩次。也就是這幾個月因東海戰事操勞得過了，才開始天天用的。」

皇后素來淡靜溫和，少有如此聲色俱厲的時候，著實把晏奚嚇得不輕。夜天凌見卿塵一句句追問晏奚，臉色都變了，心知有異，卻只一握她的手，讓她坐下：「怎麼了？」

卿塵手心已經涔涔盡是冷汗，回頭道：「這藥不是玉靈脂。」

＊

太液池前浮玉影，瓊閣照水，玉樹流光。

時至入夜，御苑中早已懸起千盞玲瓏宮燈，星星點點，迤邐蜿蜒，沿著臨水殿閣轉折相連，絲竹聲聲輕歌曼，四處碧草蘭芝芬芳幽然，浮繞九曲迴廊，嫋嫋醉人。

笑語琳琅花滿目，美酒斟過水晶盞。因是家宴，殿中滿座都是皇族親貴，王孫公侯，氣氛輕鬆熱鬧。

當中御案之後，皇上與皇后並肩而坐。小公主由乳母照看著坐在旁邊，紫衣繡羅，頸綴明珠，冰雪般的小人兒，粉雕玉琢的模樣，一笑起來眉眼彎彎，搖得手上玉鈴叮噹作響，萬般惹人疼愛，只讓上前祝酒慶賀的人讚不絕口。

若是在平時，卿塵必定是欣喜非常，但今日只一味神思不屬，雖握著杯盞淺笑如常，卻不時往夜天凌那邊看去。華燈影下只見他削薄脣角淡淡含笑，與眾人舉酒言談，神情間毫無異樣，不知是因為那笑還是幾分酒意，臉上反而更添幾分俊逸之氣，分外引人注目，但越是如此，越讓她心神紛亂。

南詔玉靈脂，他服了幾個月的藥分明不是那醫傷的良藥。

若說不是，卻也是；若說是，實則不是。只因那八種奇花中加重了其中一味的劑量：阿芙蓉。

阿芙蓉，又名子夜韶華，花殷紅，葉千簇，媚好千態，豐豔不減丹蔻。《本經》載其藥，有鎮痛之神效，能驟長精神，去除疲勞，價值千金。然其治病之功雖急，卻遺禍甚重。

用以醫人可為藥，用以殺人可為毒。不會立時置人於死地的毒，但讓人服食成癮，終至身體羸弱，意志消沉，一旦斷之，鑽心噬骨，生不如死。

沒有人比卿塵更清楚這藥的可怕，她親眼見過因此而痛不欲生的人，那種痛苦常人根本無法想像。只要一想到這樣的毒已沉澱在夜天凌的身體裡，便覺無底的恐懼。

是御醫用錯了藥，還是有人別有所圖？若是有人蓄意而為，是誰？堪堪選在她臥病靜養的時候，用了這樣陰毒而不易察覺的方法？

方才在武臺殿發現此事，一切未曾聲張，只是御醫令黃文尚以及御藥房平時奉藥的幾名醫正奉召入宮，立刻被祕密羈押。

夜天凌雖身子不適，但小公主的生日慶宴卻照舊舉行，仍是一片歡慶喜氣。

卿塵前思後想，並沒有十足的把握能化解阿芙蓉的毒性，此時心中如煎似灼，全無心思在這華宴之上，竟連掌儀女官稟報小公主行試周禮的聲音都沒有聽到。夜天凌眉間微微一動，便伸手握了她的手，低聲道：「女兒等著我們了。」

卿塵回過神來，發現元語已被人抱走，夜天凌起身，攜她一起步下玉階。

她在袖底間牽著他的手，只覺那指尖冰涼如雪，然而他臉上笑意卻前所未有的溫煦，深黑眸中盡是令人安定的沉著，向她看來，淡聲問道：「想讓女兒抓到什麼？」

殿中早已擺好了錦席玉案，上置金銀七寶玩具、文房書籍、胭脂水粉、彩緞花朵、官楮錢陌、女紅針線及各色寶器珍玩，大家都等著看小公主會先拿哪一樣，以為佳讖。卿塵無暇細思，只道：「什麼都好，她喜歡哪一樣便是哪一樣。」

夜天凌一笑，小公主被抱到錦席之上，一雙清澈烏亮的眼睛四處看去，掃過案前諸物，卻似乎沒有一樣感興趣。過了一會兒，她自己搖搖晃晃地從錦席上站了起來，竟轉身張開小手朝夜天凌清楚地喊了一聲：「父皇！」接著便蹣跚著往他身上撲來。

這一聲「父皇」猛地揪在卿塵心頭，元語長到一歲，這「父皇」、「母后」等話也不只教了她一遍兩遍，她卻無論如何都不肯學說一個字，今日莫不竟是父女連心？

女兒撲入懷中，卻讓平素沉穩的夜天凌冷不防有些失措，手忙腳亂地將她接住，耳中傳來孩子銀鈴般的笑聲，元語已將他腰間一塊玄龍玉佩扯住了不放。

灝王在旁笑說：「這倒是奇事，眼前多少東西她不要，偏偏看上這塊龍佩，難不成竟是不愛胭脂愛乾坤？」

那掌儀女官也跟著道：「小公主龍章鳳姿，是看不上這些俗物呢！」

眾人紛紛稱奇，夜天凌微一用力抱起元語，當即便將那象徵天子身分的龍佩賞給了她，朗聲笑道：「朕的女兒，便是要這天下又如何？朕一樣給她。」說罷看著卿塵，劍眉淡淡一挑。

卿塵如何不明白他的意思，他是切切實實地告訴她，皇子還是公主，他才不在乎，只要是他們的孩子，他就可以用天下去寵她。

但是此時此刻，整個天下對她來說卻抵不上他一分一毫。

事涉皇儲，殿中無人敢接皇上的話，一時間多少人臉上神情各異，精采紛呈。位列尊席的鳳衍目光一抬，便落到了皇后身旁湛王世子元修身上。

那孩子年方八歲，卻生得俊眉朗目，天資迥異，立在皇后身邊，一身錦袍珠冠之下風儀秀澈，活脫脫便是另外一個湛王。如今皇后生下公主，御醫早已斷言皇后不宜再育子嗣，湛王世子晉爵封王，奉旨入宮教養，這背後意味著什麼，頗有些不言而喻的意味。

若是今後立了湛王世子，那鳳家就注定走到絕路了。鳳衍看著殿中身形冷峻的皇上，笑容溫潤的灝王，再想想現在戰功卓著的湛王，暗自冷哼，眼底浮起一片陰森。鳳氏一族百年顯赫，豈會束手待斃，任人宰割，就算是皇族又如何？

第一四一章 玉漏無聲畫屏冷

欽天監，祁天臺。

高臺之上夜風颯颯，浮雲飄掠如霧，縈繞不散，登臺而望，四周唯見空曠夜色，抬頭星空隱隱，深遠無極。

莫不平灰衣布袍立於高臺，仰觀天象，風吹得他髮鬚衣袖飄搖不定，卻吹不透他凝重的神色。

紫微星宮遙居天宇，帝星孤遠，隱於風霧之後，幾不可見。西現凶星，直逼紫宮，東有天星在伺，勢如天狼，星芒熠熠，隱帶兵鋒殺氣。

星相大凶，莫不平白眉深蹙，負手沉思。忽而眼前一亮，他幾乎以為是錯覺，紫微宮中突然異芒大盛，明澈光芒穿雲破霧，剎那籠罩天宇，稍縱即逝，夜空復又化作一片浩瀚寧靜。

莫不平驀然震驚，再看紫微宮中，星芒清亮，靜靜耀於天際，光華凜然。「雙星鎮宮！」他不能自已地道，「天行紫微，千古奇象竟在今朝得見！」

這時一道人影奔上祁天臺，一個冥衣樓部屬趨前跪道：「鳳主急召，請護劍使即刻入

宮。」

＊

時值寅末，大正宮早已九門禁閉，莫不平會同謝經、冥則之後，由上重門悄然入宮，毫不停留，逕往中宮而去。

宮城之中不見如何，卻早已暗中增調數部禁軍戍衛，黑夜之中，隱有兵戈之氣。此時含光宮外的侍衛以及內殿宮娥都只餘冥衣樓嫡系部屬，宮中禁衛內侍一律不得入內，沿路而來無人阻攔，進到內殿，冥執早已等候多時。

殿中似乎空無一人，唯有一盞青玉鳳鳴燈高懸在側，紋金重幕投下沉滯的影子。光線暗處，莫不平等看到垂幔後靜靜立著個人影，一襲清光流瀲的烏髮潑墨般襯在瘦削的肩頭，白衣之下纖弱的身子，綽約而立，脊背挺直。

「屬下見過鳳主！」

卿塵回頭，莫不平隔著垂幔看到一雙清銳的眸子，一刃微光破開幽暗，直照人心。

「皇上病了。」卿塵開口道，那聲音在燈影底下暗暗如一縷夜風，低啞微涼。

莫不平心下一緊，若因皇上病了急召冥衣樓，那這病顯然非同小可，立刻問道：「皇上現在情況如何？」

情況如何？卿塵輕輕抬手，袖邊點點仍有血跡未乾，是他的血，燈下看去，幾點暗紅濺滴在白衣上，幾見猙獰。

宴罷回宮，夜天凌剛剛踏入寢殿便一口鮮血嗆咳出來，這幾個月一直靠玉靈脂的藥性硬將舊傷鎮服下去，一旦停了用藥，頓時發作，來勢洶洶。在女兒的慶宴之上，他一直強自支撐。然而這並不是最可怕的，可怕的是阿芙蓉的毒性，深深潛伏，伺機而動，不知什麼時候便是致命的發作。

現在還算平穩，用別的藥緩住傷痛，人已安睡過去，但一切只是暫時，就如風暴來臨前的海面，死域般的安靜裡暗流湧動，隨時會掀起滅頂的風浪。

卿塵步出垂幔，緩緩道：「眼下尚好，毒性還未發作，但一旦發作起來便難說了。」

「毒？」莫不平驚問，「毒從何來，難道連鳳主都不能解？」

「毒是不是能解，唯有看皇上能不能撐得下去，只要能撐下去，一切都好說。」

變故重大，莫不平也顧不得避諱了，大膽相問：「若撐不下去呢？」

「若撐不下去，便是萬劫不復。」卿塵語聲靜緩，淡淡不見一絲波瀾，所過之處卻冰封雪冷，鳳眸一帶，對冥執微微示意，「去將黃文尚帶來。」

片刻，黃文尚被帶至此處。黃昏時分入宮即遭禁閉，獨自被關在不見天日的靜室，半夜時間忽蒙傳訊，黃文尚早已駭得手足冰涼，昏冥燈色下見到莫不平等人，更是難掩驚恐之色。

「你給皇上用的藥從何而來？誰讓你這麼做的？」淡極冷冽的問話傳入耳中，竟有冰刃刺骨的感覺，黃文尚依稀聽得是皇后的聲音，卻又極不切實，頭也不敢抬，只顫聲道：「皇上……皇上所用乃是南詔進貢的玉靈脂。」

「我問的是阿芙蓉，不是南詔的玉靈脂。」

一句話，仿若雪水當頭澆下，最後一絲僥倖全然破滅，黃文尚心知事發，汗出如雨：「臣……臣……不……」驚慌之下，竟話不成句。

「讓他抬起頭來。」

隨著這話，黃文尚脖頸後面猛然吃力，迫不得已便抬頭面向眼前之人。暗影裡只見皇后居高臨下地看著自己，昔日美若天人的容顏冷到極處，燈火冥暗，隱隱在那玉雕般的臉上覆上一層煞氣，穿心洞肺的目光直刺眼底。

「我沒有耐心和你囉唆，不要說你不清楚藥性，也別說什麼無人指使的廢話，如實回話，或許還能留個全屍。」

黃文尚身如篩糠般亂抖，抬著頭卻不敢看那眼睛，雙目緊閉：「臣，臣確實不知！」

皇后脣邊冷笑如絲，玉齒輕啟，丟下話來：「冥則，幫他想想。」

黃文尚頸後那隻手在話落之時忽然一緊，一股灼熱的感覺猛地便自經脈傳入身體，瞬間化作千萬把烈焰鑄成的刀，似分筋錯骨，似燒心沸血。他周身劇痛難當，張口欲喊，卻被人箝住下頦，只發出斷續嘶啞的低聲，掙扎間滿臉漲紅如血，凸目圓瞪，痛苦至極。

皇后就站在離他一步之遙的地方，裙袂流落如雪，看著他扭曲的面目毫無表情，只見冷然，滿眼無底的冷與那烈火碰撞，幾可毀天滅地。

也不過就是半息，冥則將手一鬆，黃文尚稀泥一樣癱軟在地上，身子仍不住抽顫。

「誰指使的？」問話復又響起，黃文尚渾身脫力，幾乎口不能言，冥則將他從地上拖起來，反手拍上幾處穴道，低喝道：「回話。」

黃文尚哆嗦著，費了好大的力氣，終於說出幾個字：「湛……湛王。」

＊

夜闌珊，天將明，卿塵獨自站在寢殿一側，身後明黃綃紗羅帳靜垂，帳中的人沉睡未醒。

殘燭明滅，在流雲畫屏之上投下一道修長的影子，幽然凝駐，許久一動不動。

羽紗窗外天色漸漸泛白，寢殿各處卻依然燈影幢幢，似乎晨光透不過濃重的冥暗，也透不過心底的寒涼。

「娘娘，早朝時間快到了。」隔著屏風，晏奚低聲提醒。卿塵微微闔目，似可以想見此時通往宮城的大道之上輕車走馬，天都文武百官自四面八方依次入宮，過奉天門而至太極殿，一年三百六十五日，早朝議政風雨無阻。

修羅雲裳緩緩曳地，晏奚看到皇后自內室走出，清秀的眉宇間隱見疲憊，聲音微啞：「傳旨今日免朝，便說皇上龍體欠安。」

「是。」晏奚垂眸應命，此刻眼前似乎仍見皇上失血的臉色。跟了皇上這麼多年，他心裡從未像這時一樣七上八下，竟似全無著落。先前舊傷發作不過是略覺隱痛，只要用了藥很快便見平復，昨晚卻是大口的血咳了出來，要不是皇后針藥得當，恐怕根本鎮不住。但那畢竟是毒，連皇后都毫無把握的毒，若皇上有什麼意外……晏奚周身一個寒顫，不敢再想，只見皇后立在那裡凝望一盞靜燃的燈火，素顏如水不波，鳳眸淡淡轉過，那分沉定竟無端令人安下心來。

「晏奚。」帳內傳來一聲低抑的輕咳，是皇上的聲音，晏奚匆匆抬頭，皇后已經快步轉進屏風。

垂帳半啟，夜天凌不知何時已經醒來，起身坐在榻前，燈底下絲綾單衣如雪，卻蒼白不及他的臉色。卿塵急忙上前扶住，輕聲道：「四哥。」

夜天凌緩緩對她笑了一笑，轉向晏奚：「取朝服。」

「陛下！」

「不行！」卿塵欲起身，手腕忽被夜天凌扣住，病中修削的手指清瘦，底下力道卻不容抗拒：「去。」他對晏奚抬頭。

晏奚不敢違逆，俯身領命退了出去。夜天凌握著卿塵的手慢慢一收，只說幾個字：「東海戰事緊。」

東海戰事。卿塵緊咬的脣間泛起異樣的紅豔，對上他深黑的眸子。

天朝水軍重兵結集，與倭寇決戰在即，中樞一舉一動都能影響戰況，輕則令此次東征功虧一簣，重則數十萬將士葬身大海。東海軍民，文臣武將，天下人都在等著皇上的決策，此時若天都生亂，後果不堪設想。

這個道理卿塵豈會不知，終於在他的注視中點頭：「我拿藥。」

夜天凌放開她，卿塵反身取了藥來，舉止鎮定，不見一絲慌亂。心如刀割，面帶微笑，所有人都可以驚慌無助，她不能，她必要如他一般沉穩，此時此刻唯有她能夠支撐他的病弱，支撐東海的戰局，甚至整個天下。

「這藥雖不能立見奇效，但可緩得住痛楚。」她語聲溫柔，令他心安。

玉盞送到脣邊，夜天凌卻猝然轉頭，難再隱抑的嗆咳中衣袖落下，點點又見猩紅，胸口劇痛襲來，髮際密密盡是冷汗。

卿塵手執羅巾匆忙去拭，聽他沙啞的聲音問道：「那藥，真的不能再用？」

心中悚然，她堅決搖頭：「不能，若用下去，就再也擺脫不了它，必定生不如死。」

停頓片刻，夜天凌漸緩過氣來，伸手接過玉盞，仰頭將藥一飲而盡，薄笑清淡：「我知道了。」

第一四二章　傲骨冰心徹明寒

天光似水，自遙遙天際漫上龍壁殿階，落在玉色流嵐宮裝之上，濛濛清冽，依稀是幾分靜寒。

冥執步到殿前，對自此望向太極殿的皇后稟道：「娘娘，小王爺來了。」

「元修叩請皇伯母萬安！」身後一聲尚帶稚氣的問安傳來。卿塵轉身，淡淡晨光之下，湛王世子元修身著水色錦繡單袍，頭綰瑞珠冠，身量雖小，舉手投足間卻瀟灑，端端正正一個跪禮之後，抬起頭來。

明湛雙眸，眼波一漾，竟直撞進人心裡，卿塵剎那有些恍神。

赫然便是那個人，溫文爾雅含笑的脣，無論何時何地都無懈可擊的風儀，一言一笑，令人如飲甘醴，如沐春風。

卻不知這時，他在千里之外的戰場上，又是怎樣一番情形。

她伸出手，讓元修過來。元修小時候調皮愛鬧，長大後性子卻漸漸安定，尤其封王入宮之後時常跟隨皇后，倒教不少人私下議論，小王爺形貌像湛王，脾氣稟性卻越來越肖似皇后。

卿塵將元修打量一會兒，問道：「皇伯母想讓你這幾天搬來含光宮一起住，你願不願意？」

元修上前牽了她的手，仰頭笑道：「能跟隨皇伯母身邊，我當然願意。」

「那便好。」卿塵頷首，便帶他往殿中走去，元修突然問她：「皇伯母，妳的手怎麼這麼涼，是不是身子不舒服了？」

卿塵卻一笑不答，只道：「方才去請你的那個侍衛冥執，你可認得清楚？」

元修道：「我認得他，他是含光宮的侍衛統領。」

卿塵道：「那你記著我的話，從今天起，若不是和我一起，或是冥執來帶你，不要跟任何人離開含光宮。」她在鳳案旁坐下，輕輕擊掌，兩側垂幕後悄無聲息地出現幾個青衣宮女，跪至面前，「這幾個宮女會照顧你的飲食起居，如果不是她們送來的東西，記得不要吃。」

她平穩的話語終於讓元修覺得詫異，不解地轉頭看向她，她問道：「記住了嗎？」孩子清澈的眸子隔著鳳案倒映在卿塵眼中，秋水無痕，靜如薄冰。「記住了。」元修抬起眼睛回答，「那這幾天我還去臨華殿聽師父們講課嗎？」

「暫時不必了，你跟著我，我這裡有很多書你可以看，若有不明白的地方，都可以問我。」

「好。」元修答應著，對卿塵展開一個乾淨的微笑。

日頭的光影照進金漆殿門，卻幾步之遙便停滯不前，一半明光漸靜漸暗延伸進華柱垂幔，大殿幽然森涼，一如往日。

清墨的氣息帶著微苦的松枝香味，一幅冰絲箋紙垂下低案。元修收了最後一筆，抬頭見皇伯母仍是站在那裡，此時放下手中一卷醫書，卻在案前緩緩踱步，雙眉微鎖，似是遇到了不易開解的難事。

他看了一會兒，終於叫道：「皇伯母。」卿塵轉身，元修關切地道：「妳坐下歇一會兒吧，站了這麼久會累的。」

卿塵笑容中露出些許疲倦，扶著低案在他對面坐下，看了眼他寫的字，問道：「是哪位師父教的？」

元修道：「我臨摹的是皇伯父的字，不過，還不是很像。」

卿塵道：「為什麼臨摹皇上的字？」

元修道：「皇伯父的字有氣度。」

卿塵聞言便淡淡一笑，執起筆來，將整幅箋紙抬手一拂，牽開雲袖，隨筆落墨。

如冰似雪的紙面上烏墨分明，一氣行書龍飛鳳舞，纖毫之下，轉折孤峭，險峻處力透紙背，最後一筆帶出決絕鋒芒如刃，錚然迫目而來。卿塵寫完後揚手便將筆擲回案上，凝眸看過。

那字中氣勢幾將元修震住，片刻才道：「皇伯母，原來妳的行書寫得和皇伯父一樣好，我見過這幾句詞。」

卿塵詫異抬眸，元修道：「我在父王的書中見過，原還以為是皇伯父寫的呢。」

「哦。」卿塵眉心淡淡一擰，當年初到湛王府，她無事可做，無處可去，將這一首詞何止臨摹了千百遍，這手字便是那時候練出來的。

此時回想，曾經在湛王府的那段日子原來那樣輕鬆和快樂。沒有任何目的，甚至渾沌迷茫的自己，就像一個剛剛出生的孩子，可以無所顧忌地對待周圍的一切，直到變成了這世界的一部分，一切從此改變。

從此貪戀痴嗔由心生，大千世界，萬相如幻。

卿塵垂眸看向自己張揚跋扈的字，從昨日起心間一股仄悶之氣隨這筆墨盡出，長袖靜拂，自案前站了起來。忽見一個內侍惶急奔進殿來，近前跪倒，匆忙間連禮數都不顧，急喘道：「娘娘，快，皇上……皇上退朝了。」

話音方落，卿塵已急步往外走去，走到殿外在冥執面前一停：「禁守宮門，任何人不得隨意接觸長陵郡王！」

日光刺目，熾烈如灼，玉欄瓊階琉璃瓦連成一片浮光白亮，尖銳的一聲脆響劃破凝滯的空氣，碎瓷紛落的聲音自宣室中傳來，直刺人心。

外面侍從前前後後跪了滿地，黑壓壓直到階下，晏奚心急如焚，遠遠見皇后趕來，奔上前去：「娘娘，皇上自己在裡面……」

卿塵不及答話，步履匆匆直往殿內，走到階前霍然停步，拂袖回頭，淡聲喝道：「跪在這裡幹什麼？都退下，未經傳召不得近前。」

轉身對晏奚略一示意，等眾人惶惶抬頭，只見皇后修䠷的身影早已消失在深殿之中。

陽光太亮，將晏奚的神情模糊成一片，他手中拂塵揚落，面對階下道：「都去偏殿候著，誰敢私自出入，當場打死！」

立刻有侍衛將所有宮人一併帶往偏殿，武臺殿四門禁閉，一切閒雜人等皆不得出入，皇上急病的消息暫被封鎖，內外無人得知。

晏奚看似鎮定的背後早已汗透衣背，想起皇上方才的樣子，急忙回身往殿內跑去，腳下卻一個踉蹌，幾乎絆倒在階前。

卿塵喝退眾人，急急推門入內。

宣室中垂簾四落，光線靜暗，只有絲縷微光穿過透雕螭紋玉版的縫隙灑在迎面一地玉瓷碎片上，支離破碎的幽光零亂四處，割裂這滿室深靜。

夜天凌強撐著身子站在案前，聽到聲音霍地轉頭，身形搖晃，面無血色，唯一雙眼睛紅絲密布，暗處狂亂的神情駭人，呼吸急促。

但他卻看清是卿塵，啞聲喝道：「別過來！」

「四哥！」卿塵急步上前，夜天凌揮手便將她推開：「出去，離我遠些！」

卿塵冷不防被他推開數步，腳下踩得碎瓷紛紛亂響，險些撞上桌案。她不管他攔阻，撲過去伸手抱住他：「四哥，你忍一忍，忍過去就好了，很快會沒事的。」

夜天凌扣住她的肩頭，力道之大，幾乎要將她骨頭都捏碎，手卻一直難抑顫抖，聲音嘶啞幾難分辨：「我會傷到妳……快出去！」

卿塵緊緊抱著他不放，拚命搖頭，只說一句話：「我不會讓你一個人！」

夜天凌眼底尚存一絲清醒，死死盯住她的眼睛，幽暗中只見她焦灼晶亮的眸光，倒映出那幾近崩潰的神志。身體裡似有萬箭穿心，利刃附體，似洪水猛獸四處衝撞，似萬蟻噬骨劇痛難當，但能見這熟悉的眸子，黑暗中只剩這一雙清湖般的眼眸，冰色的光，微涼的暖，讓他憑著殘餘的理智控制著自己，不致墜入萬劫不復的深淵。

卿塵本拗不過他的力氣，不料他緊抿的薄唇猛地牽動，突然大口鮮血噴濺而出，伴著他劇烈的咳嗽落上她衣襟，頓時便將白絲染作血紅一片。

卿塵手上身上盡是他的血，隨著這鮮血湧出，他身子虛弱地倒下，再無力支撐。身邊長案翻倒，玉瓶碎，金盞裂，砸落一地狼藉。

她勉力扶他至榻前，綃紗影深，他臉色慘白不似活人，唇間血色更見驚心，緊攥的雙拳幾要將骨節捏碎，那痛楚煎熬自她的手上一路割到心尖，痛得她鮮血淋漓。

「四哥，只要忍過這一時，就這幾天，我陪著你，一定能熬過去。」卿塵將他扶在懷中，和他說話，溫暖他冰冷的身子，淚至眼睫，卻死咬著唇嚥下，不落一滴。

他聽到她的聲音，終於張開眼睛，看著她。冰澆火灼，挫不碎一身傲骨，他竟自唇邊狠狠抿起一刃薄笑，聲音低微，卻不肯示弱半分：「沒事，沒有什麼朕……熬不過去……」

日西斜，夜深沉，曉風寒，燈影落。

沉重的朱漆描金殿門被緩緩推開，一抹清幽的身影邁過金檻步了出來，乏力地靠在盤龍飛起的門柱旁。

雲鬢散覆，零亂流瀉腰畔，幾乎遮住了容顏，一身白衣之上血跡宛然，是蒼白與墨黑間唯一的顏色，分外刺人眼目。大殿裡一個人也沒有，一絲聲響也無，一絲光亮也無，只聽見自己低低的呼吸，卿塵抬手撫過面頰，沒有淚水，反而是一縷輕澀的苦笑，透過冰涼的指尖落了下來。

殿門的縫隙中滿地斷玉殘瓷，只見一角明黃帷幔低垂，榻上的人已昏沉睡去，隔著如煙的羅帳，疲憊而安靜。

第一四三章　九天閶闔風雲動

簷下風起，空中浮雲低壓在大殿上方，略見陰霾。

武臺殿前鳳衍、殷監正等數名大臣站在那裡等候召見，人人眉頭暗鎖，面色凝重。

自幾日前皇上偶感微恙，已有數日未朝，也不曾召見任何一位大臣，這是登基至今從未有過的事。皇上向來勤於朝政，即便略有不適也斷不至於如此，何況眼前東海戰事正在關鍵，這自然非同尋常。

御醫令黃文尚宮宴當晚奉召入內便再未出來過，自此兩宮戒備森嚴，任誰也得不著準確的消息，照這情形唯一的可能便是皇上重病，但每日送來武臺殿的奏章卻全經御筆親閱，第二日送發三省分毫不錯。日前更有一道敕令頒下，予湛王臨機專斷之權，命他率東海五百戰船三十二萬大軍兵分三路，全面發動對倭寇的進攻。

現在已是中書侍郎的斯惟雲看到那些奏章敕令時，心裡卻更添不安，一樣跟隨了帝后多年的杜君述也有同感。

昔年凌王府幾位親近舊臣都知道，這世上有一個人能將皇上的筆跡學得唯妙唯肖，幾可亂真，但無論再怎麼像，畢竟略有差異，一旦有心仔細去看，便發現這些奏章根本不是皇上批閱的，而是皇后。

此時在殿前，兩人都從對方眼中看到幾分憂心忡忡的痕跡，再等了一會兒，只見御前常侍晏奚從殿中出來，站在階前傳了口諭：「皇上宣鳳相覲見，諸位大人還請稍候。」

在旁的殷監正眉心更緊，鳳衍將袖袍一整，隨晏奚入內。一路晏奚只低頭引路，眼也不抬，卻不是去平日見駕的宣室，也不進寢宮，轉過通廊往裡直入，到了一間靜室前停步，抬手將那檀香透雕門推開，仍低著頭：「鳳相請。」

鳳衍心生詫異，室內繡帷低掩，隔著如煙垂幕，珠簾隱隱，竟是皇后坐於其後，身旁不見宮人隨侍，唯一縷幽幽渺渺的鳳池香淡繞如絲。

「臣，參見娘娘。」

「父親快請起。」珠簾後傳來清柔低啞的聲音，鳳衍眉心一動，這一聲「父親」顯然是以家禮相對了。

待他起身，便聽皇后問道：「外面大臣們可還是堅持要見皇上？」那聲音雖平靜，卻透出一絲難掩的倦意。

鳳衍道：「皇上數日未朝，敢問娘娘，究竟是何緣故？」

簾後一聲低嘆，似苦無著落，軟軟無力：「不瞞父親，皇上重病。」

短短幾個字令鳳衍心頭猛跳，眼底暗光隱隱，探問道：「皇上一向聖體康健，怎會突然重病？」

皇后靜默了片刻，隔著珠玉輕曳鳳衍只能見一襲羽白宮裝的影子，若隱若現的眉眼，玉簾後雪雕般的人周身似無一絲暖意，連那聲音也淡薄：「今天請父親來，便是要和父親商量此事。皇上這病是有人下了毒手，御醫令黃文尚親口招供，受湛王指使給皇上用了毒。現在毒已入骨，只能靠藥鎮服著。皇上若有不測，天下再無人能壓得住湛王，咱們鳳家必遭大禍，便是女兒也難以倖免，眼下必要有萬全對策才好。」

鳳衍眸光閃爍，話語卻未見慌亂，問到關鍵，「皇上待湛王不薄，甚至命湛王世子入宮住讀，湛王何以如此？」

皇后聲音微冷，彷佛一片薄雪落下：「皇上念著太皇太后昔日的囑咐，一直寬縱湛王，但終究水火難容。父親有所不知，湛王曾意圖謀害皇嗣，元語出生的時候，女兒險些死在他手中，皇上早便有了殺他的心，他們兩人其實已經翻臉了。皇上命湛王出征東海，原本就是要將他遣離天都，世子入宮也是為了牽制於他，現在已經被我囚禁在含光宮，任何人不得見。」

鳳衍道：「湛王在朝中勢力非常，娘娘欲將他如何？」

「東海戰事一平，湛王歸京之日，便應將他問罪。只是此事還要父親從旁相助，往後朝中也必要仰仗父親。且不說皇上如今這樣，便是皇上平安無事，女兒不能誕育皇子，皇上雖信誓在前，恩寵在身，但心中豈會全無他意？天恩無常，再過幾年色衰愛弛，女兒豈不自危？」

最後一句語聲清弱，鳳衍只見皇后側了臉，綃帕拂上面頰。什麼從容驕傲，什麼淡定自如，什麼果決聰慧，眼前只是一個失了倚靠的女子，前路堪憂。冠上了鳳家的姓氏，入了這深宮似海，除了家族權勢，她還有什麼可倚靠？

他微微瞇起了眼睛，抬頭望穿那珠簾，目不避諱，原本恭謹的姿態頓見跋扈。皇上重病難起，湛王遠在千里之外，再將皇后控制在手中，以鳳家內外的勢力，自可一手遮天。但皇上究竟是個什麼情形，還是讓人顧忌。

「皇上的病到底怎樣？」

「日前從朝上回來便咳血不止，接連幾日高熱昏迷，人事不省，父親稍後去看看便知。那毒雖還不至於立時致命，但皇上的身子卻是毀了。」

「還能撐多久？」鳳衍眉下眼色深沉，隱透精光，這一句已問得十分大膽。

皇后纖細的手指絞握羅帕，語音輕淡：「一年半載，已是萬幸。」

「那娘娘豈不該早做打算？一年半載之後，娘娘又該如何？」

抄家滅族的話語直說出來，似乎驚得皇后頓失了顏色。靜室中升起一股寒意，皇后隔著玉簾細碎與鳳衍四目相對，四周雪帛玉脂冷冷的白，只見一雙漆黑鳳眸，浮光掠影一晃折進了羽睫深處。

王朝深宮，臣子們位高權重靠的是皇上，后妃們榮華富貴靠的是皇上，若沒了這分依恃，任妳曾經寵冠六宮、母儀天下，後半生唯一能見的光景也只有青燈古佛。

「還請父親指點。」皇后一時定下心來，婉轉相詢。

「如今之計除了除去湛王，必要令皇上得嗣才好，否則日後大權旁落，一樣堪危。」

「女兒身子不爭氣，皇上又是這般情形，如何能有皇嗣？」皇后垂了眸，眉心微蹙。

「娘娘若真想讓皇上有，皇上便能有。後宮之中唯娘娘獨尊，只要娘娘說是皇嗣，誰人敢有質疑？」

瞬間一陣靜寂，雲香浮繞，玉簾微光折射，落於皇后鋪展的鳳衣之上，仍是淡冷幽涼，皇后卻笑了，清雋鳳眸自那笑中穩穩抬起，剎那間竟有攝魂奪魄的亮光：「還是父親想得周全，如此便萬無一失了。」

風漸急，雲隨風勢掠過大殿雄偉高聳的金龍寶頂，密密低下，遍布天際。

殿前大臣等了近一個時辰仍不見任何旨意，天色陰霾。似有雷雨將至，低抑的空氣令眾人心中皆生焦躁，只覺時間漫長。

也不知過了多久，終於見鳳衍自殿中緩步踱出，臉上似笑非笑，難以掩抑地帶出幾分權臣的驕縱。方才見過皇上，果然是積重難返，命在旦夕，皇后雖面上鎮定，卻顯然疲累無助，那分憔悴任誰也看得出來。他便和顏安慰，皇后畢竟不是尋常女子，倒還不至於全然慌亂。湛王重兵在握，不易應對，皇后寫下書信一封，真假難處盡在其中，言詞哀切淒婉，請求湛王速速趕回天都。如今已定下諸般大計，湛王一除，再以非常手段扶植儲君，此後還有誰能與鳳家抗衡？

眾人見鳳衍出來，紛紛上前相詢，鳳衍抬了抬眼：「皇上龍體欠安，都聽旨意吧。」說罷率眾面北候旨。

眾臣隨後肅立，但聽腳步急急，數名內侍先行站上階前，緊接著環佩聲輕，淡香飄搖，卻是皇后步出殿來。驚疑之中，殷監正無意一抬頭，忽見武臺殿前後多出數十名禁軍戍衛，明晃金甲在漸漸昏暗的天色下分外刺目，心底頓生不祥預感。

玉階之上，傳來皇后清緩的聲音：「皇上近日聖體違和，一切朝議暫免，有旨意。」

隨著這話，眾人依次跪在階下，旁邊晏奚展開一卷黃帛，高聲宣下聖旨：封鳳衍為太師，總領朝政，鳳衍長子鳳京書由江左布政使擢入中書省，次子鳳呈書封左翊衛將軍，統領兩城禁軍……接連之下調動數處要職，皆是鳳家門生親族。瞬息之內，幾乎天翻地覆，鳳家迅速掌控朝政，甚至連兩宮禁軍都握在手中。

殷監正瞠目結舌，震驚間已顧不得禮數，難以置信地抬頭向上望去，不料卻見皇后波瀾不驚的鳳眸中忽而泛起寒冽冷意，冰刃般掃過階下，一現即逝。殷監正看著皇后脣邊那縷淡漠笑痕，寒意湧遍全身，直覺大事不妙。不及說話，便又聽到皇后的聲音，卻是對斯惟雲道：「皇上另有口諭給你。昨日湖州奏報兩渠工程已近尾聲，為防有所差池，命你前去督建完工，即日啟程。」

斯惟雲眉間猛蹙，湖州工程不日完工，一切順利，何須多此一舉？他俯身道：「臣領旨。」身旁杜君述卻已道：「娘娘，請問皇上究竟是何病症？現在情況如何？朝中諸多大事等候皇上裁決，臣等卻數日未見聖顏，亦不見御醫脈案，還望娘娘告知一二。」

皇后淡淡垂眸：「皇上並無大礙，朝事每日都有御批聖諭，你等照辦便是。」

杜君述道：「微臣斗膽，敢問娘娘那些送到三省的奏章可當真是皇上親自批閱？」

皇后修眉微挑，靜冷注視隱見鋒銳：「你何出此言？」

杜君述心中憂急，眼見朝中生變，直言道：「微臣曾見娘娘的字，和皇上如出一轍，往日的奏章，今天的聖旨，敢問是否出自御筆？」

「大膽！」皇后鳳眸一揚，冷聲喝道，「皇上御筆朱批豈容你胡亂猜疑？身為朝廷重臣言語無狀，有失體統，你自今日起不必再進宮來，回府閉門思過，等候宣召吧！」

不過寥寥數語，便有兩名重臣直接被逐出中樞，一貶一罰，在場大臣驚惶之下，紛紛跪地求情，唯有鳳衍面露笑意。

杜君述還欲再言，忽然被斯惟雲暗中扣住手腕，硬生生將他阻住。斯惟雲抬頭看去，正遇上皇后一瞥而過的目光，眼前赫然浮現出當年在雍水大堤上，凌王妃下令開閘洩洪，水淹大軍的情景。那一雙眼睛，也如現在般略帶殺伐之氣，奪人心神，深底裡卻是與皇上一模一樣的深邃與沉定，冷銳與傲岸。

多少年君臣主從，他或許會有伴君如伴虎的顧慮，但卻從未懷疑過皇后分毫。皇后平素言行歷歷在目，非但待他如師如友，更待皇上情深意重，有些人可以令他終此一生深信不疑，他當年曾言但凡她有吩咐，在所不辭，今時今日，便是如此。

「娘娘！臣等請見皇上，皇上聖體欠安，臣等卻數日不得探視，不知究竟為何？眼前聖旨是真是假，還望娘娘明示！」

聽過杜君述所言，殷監正斷定皇上是出了意外，鳳衍和皇后內外聯手意圖控制各處，若讓他們得手，便是大禍臨頭。他心中萬般對策電閃而過，立刻先行責問。

皇后神情冷雋，不見喜怒，淡聲道：「皇上剛剛服了藥睡下，殷相若非有什麼事關國本社稷的大事要奏，還是以皇上龍體為重吧。」

「臣自然是有要事啟奏，才敢驚擾皇上。」

「哦？」皇后語聲清婉，「敢問殷相有何要事，難道比皇上身子還重要？」

「臣要奏請皇上早立儲君，以定國本，以安社稷！」

放眼皇族，皇上膝下僅有蘭陽公主；灝王昔日遭逢變故，從此不納妻妾，府中世子乃是收養而來；濟王獲罪多年，世子亦遭牽連；汐王有子流放邊疆；溟王、澈王皆無子嗣；漓王有子尚在襁褓之中。若要冊立儲君，非湛王世子莫屬。眼前宮中生變，鳳家奪權，形勢急轉直下，唯有在此才能扳回劣勢。

此話一出，殷監正忽見皇后唇邊淡笑緩緩加深，便聽到鳳衍森然的聲音：「殷相怕是忘了吧，皇上早有聖諭，若有臣子再提儲君之事，以謀逆罪論！」

字句如刀，陰森透骨，殷監正如遭雷擊，方才察覺皇后從剛才說什麼國本社稷，便是知道他必有這個念頭，絲絲引誘，等他入扣，一時不慎，竟被他們抓住把柄。

「來人，將此逆臣帶下去！」

隨著皇后清聲令下，御林禁衛按下殷監正，立刻除去他身上官服，殷監正怒不可遏：「妖后亂政！我要求見皇上！」

皇后目不斜視，雲袖揮落，侍衛不由分說便將這股肱老臣架出庭前，分毫不留情面。不過片刻，皇后竟接連貶黜朝中重臣，架空中樞，自來後宮涉政未見如此，餘下幾位大臣人人驚懼失色，一時噤言無聲。

雄渾大殿前，皇后立於龍階之上，風揚袖袂獵獵微響，身後天際風雲變幻，御林禁衛如鳳翼展翅，分列侍立，巋然不動。她緩緩將目光轉向鳳衍，鳳衍撫鬚點頭，驕橫身姿映入那雙凜然鳳眸，隨著漸暗的天光陷入無盡的幽深。

第一四四章　袖裡乾坤臥潛龍

宣元坊斯府，庭前兩株梧桐樹被狂風吹得枝葉亂擺，地上飛沙走石，暴雨將至。

斯惟雲現在雖已位極人臣，但府第仍如以前。帝曜初年清查虧空，四進院落被人縱火燒了半邊，昊帝降旨賜他新宅卻被他上書辭謝，只重新修繕了一下，依舊安居此處。

今日自宮中回府，斯惟雲憂心忡忡，不料剛剛邁進府門，管家急步迎上，低聲道：「老爺，衛統領等候您多時了。」

衛長征？斯惟雲聞言一震：「人在何處？」

「在西廳。」

斯惟雲屏退隨從，快步趕去西廳書房，迎面便見衛長征輕甲佩劍站在窗前。

「斯大人！」衛長征見了他也不多禮，直接一拱手，「宮中有旨意。」

斯惟雲振衣欲跪，被他阻住：「不必了，是密旨，請大人親自過目。」說著取出密旨遞上。

斯惟雲雙手接了，拆開一看，明黃雲箋，加印丹砂金龍行璽，的確來自御書房不錯，一路看下，不由驚出滿身冷汗。

衛長征待他看完，將另一封金漆密信取出：「自湖州東行，最多三日便可趕至琅州，玄甲鐵衛已等候在外，請大人速攜此信前去，務必轉交湛王。」

斯惟雲心中已然雪亮。皇上近年來提拔寒門將相，懲貪腐，任循吏，步步削奪士族重權。鳳家已覺利刃在頸，危機四伏，不欲坐以待斃，竟勾結御醫謀害皇上，妄圖反戈而擊，顛覆天日。這些年來清查虧空得罪無數門閥權貴，朝中多少人對他斯惟雲恨之入骨，一旦士族掌權，定不會放過他和杜君述等人，方才皇后在武臺殿將他貶黜至湖州，原來竟是明貶實保。

此時皇上病重，鳳氏一族在朝中勢大根深，若與之硬碰，勝負難料。更何況，鳳家外有四道布政使控制十六州軍政重權，除了天都附近重要州府之外，另有文州、紀州、現州、琅州等正處東海軍需要道之上，一旦有變，湛王腹背受敵，必將陷入危境。皇后這是在以緩兵之計穩住鳳家，欲確保東海戰事順利。

然而這些都還在其次，最讓斯惟雲震驚的是，皇后此時與鳳衍虛與委蛇，一手將鳳家托至雲端，當機立斷，借鳳衍之手掃除殷家，復又飛書湛王，暗中調兵遣將，劍鋒直指鳳家。環環相扣、步步為營，她究竟要幹什麼？面對這些，手握重兵的湛王又將會怎樣？斯惟雲想到此處不由打了個寒噤，穩了穩心神，問衛長征：「這究竟是聖旨，還是娘娘的懿旨？」

衛長征一笑，道：「斯大人看筆跡難道還不知嗎？是聖旨還是懿旨，這又有何區別？事不宜遲，大人速速啟程吧，我還要到杜大人府上走一趟。」

斯惟雲深吸一口氣，沉聲道：「煩請轉告娘娘，斯惟雲定不辱命！」

＊

不知何時下起了大雨，卿塵站在殿外，耳邊盡是刷刷急落的雨聲。雨落如注，瓢潑而下，激濺在開闊的白石廣場之上，水花成片。肅穆莊嚴的大正宮籠罩在雨勢之中，遠遠模糊成一片浮金琉璃。

舉目之下雨幕蒼茫，天地間一片無止無盡的安靜，心中沒有一絲念想，似被這雨沖刷得無比乾淨。心靈隨著大雨無垠伸展，幾與這天地融為一體，每一滴雨都清晰，澆注心頭，透澈淋漓。

簷下冷風撲面，吹得卿塵衣袂飄搖不定。雨絲斜落衣襟，她卻始終站立不動，任雨水濺落髮際，溼了面容，把那一雙眼眸洗得清亮。

已經多少天了，任她用盡針藥，夜天凌始終昏迷不醒。那毒一次發作，似乎被他自己的意志強壓下去，再不曾反覆，但他的身體也到了所能承受的極限。

看著他一動不動地睡著，彷彿靈魂被掏空，緩緩填滿了恐懼。如果……她不敢想這兩個字，深夜裡獨坐榻前，握著他的手，發現原來有很多話想和他說。她便一點一點說給他聽，曾經她記憶裡的世界，她所嚮往的將來，她藏在心裡細微的憂愁與歡喜。初相遇，再相逢，心相印，情深種，不覺已近十年，萬千歲月如水過，花開花落，朝朝暮暮，還有多少個十年……

他就在身邊，卻不曾如往常般側首凝注聽她低語，不曾勾起脣角對她一笑，不曾用那樣清淡的聲音答她的問話，他只安靜得令她一字一句都淒涼。但只有這樣訴說，才能驅散那生滿心間的恐懼，她才不會在那樣寂靜的夜裡獨自被黑暗吞噬。於是便這樣一直說下去，片刻都不停，直到曙光破曉，又是一天。

又是一天，明處刀光劍影，暗處虎狼環伺，三千宮闕連綿，萬里山河。一天的雨，孤獨的冷，無力的疲憊，絲絲浸入了骨髓。

卿塵閉上眼睛，指尖狠狠嵌進掌心，忽然將眉一揚，往前邁了一大步，直接站在了雨中。

「娘娘！」身後落下輕重不同的腳步聲。

卿塵自雨中回身，莫不平率冥衣樓部屬、衛長征與南宮競等心腹將領跪於殿前，簷柱撐起高殿深廣，低暗的光線中穩斂的眼神，玄衣鎧甲堅銳的身姿，多少令人心安。

「如何了？」卿塵緩緩拭去臉上冰冷雨水，步回廊前，淡聲問道。

「稟娘娘，十八鐵衛已護送斯大人順利出城！」

「冥執已持密信趕往紀州，面見濟王殿下！」

「兩城禁軍盡在掌握，無有異動！」

「玄甲軍將士枕戈待旦，隨時聽候調遣！」

「唐初親自調兵出京，司州鳳家之處請娘娘放心！」

「好。」清緩一笑掩去了滿眼憔悴，卿塵的聲音十分平靜，甚至透出冷然，「不要驚動對方，確保東海戰事無恙，動手之時務必乾淨俐落。」

「是！」簡短而有力的聲音落入雨幕之中，莫不平抬頭問道：「娘娘，皇上可有好轉？」

卿塵緊抿著脣，纖眉淡鎖，不語。莫不平見狀，有些話也不得不說了，便斟酌道：「事到如今，娘娘是否應該做最壞的打算？」

不料卿塵霍然將眼一抬，道：「他絕不會有事！」她眼底血絲隱隱，似悲似恨，苦澀難言。莫不平等都低了頭不敢看她，更不能再說其他，只默默立在面前。

卿塵心頭一陣撕裂般的劇痛，身子竟微微一晃，險些站立不穩，忽見晏奚急匆匆自裡面奔了出來，到了近前撲跪在溼地上，激動得連聲音都走了調：「娘娘！皇上……皇上醒了！」

眾人大喜過望，卿塵反身便往殿中跑去。晏奚跟在身後，從未見皇后如此步履倉促，再不是素日靜穩風儀。他一路小跑，跟到了屏風之前突然停住腳步，低頭退了下去。

寢室中落著垂簾，滿室藥香清苦，靜如深夜，外面雨聲淅瀝幾不可聞，卿塵只聽見自己急促的腳步聲，到了榻前忽地停住，痴痴望向雲帷之後。

夜天凌倚在枕上，半闔雙目，面色如雪更添瘦削，眉心蹙痕半沒於燈色淺淺，輕似浮影，銳如劍鋒。聽到聲音他睜開眼睛，看到她，脣角慢慢帶出一絲笑容。卿塵一步跪在他身旁，無聲地抱住了他，緊緊貼著他的身子，將臉埋在溫涼的絲帛之間。

夜天凌吃力地抬手撫上她的肩頭，啞聲問道：「下雨了嗎，怎麼渾身都溼透了？」

卿塵身子微微發抖，喉間澀楚難當，多少話語堵在那裡，卻一句都不能言。他的手很涼，渾身沒有分毫暖意，她亦冷如雪人一般，只是難抑顫抖。肌膚相貼，擁抱間僅有的溫熱自心口漾起，溫暖著彼此的冷，彼此的孤零。一層綃帳，方寸天地，靜得沒有一絲聲息，唯有兩人的呼吸糾纏如縷，夜天凌輕輕拍著她的後背，淡淡笑了：「不怕，有我在。」

他的聲音因虛弱而低啞，卻如此真實地就在耳邊。卿塵終於抬頭，凝眸看向了他，卻只一眼，便淚落襟前。明明止不住的淚，卻偏又笑著，眸光清清澈澈，春波般柔亮，幾可鑑人。

夜天凌指尖劃過她面頰，微蹙了眉，無奈道：「都是做母親的人了，還像個孩子一樣又哭又笑，不怕女兒笑話。」

卿塵也不和他分辯，此時只覺得他說什麼都是好的，握了他的手貼在臉上，柔聲道：「四哥，你覺得好些了嗎？還有沒有哪裡不舒服？」一面又仔細試他的脈象，越發放下心來，「撐過了這幾天，毒性已弱，慢慢再用藥拔除餘毒，調養舊傷，便無大礙了。」

夜天凌滿臉倦意深深，眼中卻闃黑無底，隱見冷峻：「區區藥毒，能奈我何？」他似若無其事，刀山火海過來了，那抽筋剔骨的痛苦落在這話中，只見不屑與傲然。說話間他低低一聲咳嗽，卻教卿塵心疼到極致，忙反身取了藥，坐到榻前，拿玉匙輕輕舀了，送至他唇邊。

藥中微苦，夜天凌卻不在意，倚枕靠著靜靜看著她，嘴角噙著一絲溫軟笑意，將那藥一勺勺喝盡。卿塵托了藥盞，微微抬眸，忽然便定定停在他的凝視中。光陰倒流，仿似回到多年前一晚，他們初遇山間，萍水相逢，驀然回眸，燈火闌珊中，落定的塵緣。

那時她不知他是夜天凌，他不知她是甯文清，就只在那一回首，一抬眸，浩然相對，今夕何年。

如果她是為他來這一世，那他這一世就只是為了等她。碧水潭中伸手相救，屏疊山下取箭療傷，早已在冥冥之中將彼此的性命相交，再也難分，再也難捨。

雪衣素顏，秋水明眸，彷彿再過千年也不會變的模樣，是他夢裡前生曾見，今生命定。

相視中夜天凌微微而笑：「清兒，若不是那一箭，我便錯過了屏疊山，也錯過妳了。」

燈下淚痕在卿塵臉上映出淡淡清光，他的話讓她心底一酸，輕聲道：「可是那一箭，也差點讓我失去了你。」

夜天凌疲倦地向後靠去，唇邊笑意緩緩加深：「不過一箭而已，還是值得。只可惜那竹屋毀在了火中，等哪一日咱們回去，重新建一個給妳。」

卿塵伸手握住他，十指相扣，心裡只餘柔軟一片。夜天凌微微轉頭過來：「放舟五湖，遨遊四海，妳想先去哪裡，東海嗎？」

卿塵愣愣：「四哥？」

夜天凌低聲淡淡道：「我都知道，妳這幾天說的話我都聽得見。」他伸出手去，輕輕抬起卿塵的臉頰，唇邊笑容俊傲，病中微涼的手指似乎修弱無力，但那底下蘊藏的力量，只要反手一握，便是九州天下風雲變，翻覆四合八荒。「待東海戰事平定，我帶妳去那雲海仙山繁華地，又有何難？只要妳想，只要我在，天下無處不可去。」

卿塵凝眸於他，靜靜轉出一笑：「只要你在，四海皆是我家，何處都一樣。」

第一四五章　華容翠影憐香冷

繁華盡去，已是清晨。

清燈影落，流雲屏風之上煙嵐回轉，擷雲香縹緲如一層淡霧薄紗，凝凝練練，繚繞不去。

卿塵輕輕替夜天凌攏好錦衾，放下帷幄垂簾。他仔細交代了一些事情，終於累極睡去，睡時握著她的手，呼吸平穩，容顏安寧。

卿塵側身靠在他旁邊，看他偶爾微微蹙眉，似仍在忍受著身體的不適，此時的他褪去了凌厲與果決，如一片安靜的深海，仍給她無盡的力量。

方才他帶著清弱的微笑聽她怎樣學他的筆跡批閱奏章，怎樣用龍符調兵遣將，怎樣孤注一擲，布下那天羅地網。風雲詭譎都在她低穩的聲音中化作無形，今夜之前，她每一步都如臨深淵。如果他不能醒來，那麼她無論如何都是一敗塗地。現在有他在身後，她可以肆無忌憚地行事，哪怕顛覆這世界也無懼。

幽深眼底漸漸浮起晨曦般的淡涼，卿塵將目光投向朦朧的帳頂，雖然倦意深深，卻又無法入睡，所思所想盡是東海的戰況。這時東海之上可能已打響了最後的決戰，還沒有新的戰報傳來，仍不敢有絲毫鬆懈。她心中各種事務紛雜，最後歸於夜天湛俊朗的身影。

此時此刻，她將真真正正兌現曾經對他的承諾。卻不知他，又是否能相信她？

一切輸贏勝敗，現在已取決於他的態度，她在等待他最終的決定。

轉頭看到一個人影停在屏風外，似乎是白夫人，卿塵慢慢自夜天凌指間抽出手來，悄然步下龍榻，轉出屏風輕聲問道：「什麼事？」

白夫人道：「鳳家昨晚將人送進宮來了。」

卿塵鳳眸輕輕細起，微一頷首，抬手示意白夫人不要驚動皇上：「帶她們來見我。」

天穹低遠，陰雨濛濛，深深淺淺濃重的雨意裡，殿宇樓閣一片煙色迷離。

翠瓦低簷下雨落如簾，瓊階微涼，朱欄半溼。紫竹靜廊從御池旁曲折而過，點滴雨聲，一池綠萍浮沉，碧色幽濃。

穿過長廊，幾個眉目秀婉的女子隨白夫人入了內殿，沿著寂靜的殿廊越走越深，漸聞幽香輕暗，最後到了一道珠簾之外。幾個女子垂首斂聲站在下方，只見眼前瑞紋祥雲玉磚之上滿是冰晶般的光影，其後木蘭紗綃靜垂下縹緲的花紋，依稀有個清淡的身影斜倚鸞榻之上，闔眸養神，手邊垂下一道明黃色的奏摺。

白夫人見皇后似乎睡著，不忍驚擾，只命幾人跪候在旁，輕聲上前將落在榻下的奏摺拾起來，卻只這點細微的聲響，皇后已然醒來，白夫人將奏摺遞過去，低聲道：「娘娘，人帶來了，其中兩個已有了身子。」

卿塵目光在那奏摺上一停，以手撐額，靜了一會兒，抬眸往下看去。面前四個女子皆不過十七八歲模樣，綠鬢纖腰，容貌姣好，低眉斂目跪在近前，看去都是姿態楚楚，秀麗動人。

她眉梢微微蹙起，抬手指了其中一個女子：「讓她過來。」

白夫人將榻前綃簾挽入銀鉤，引了那名女子上前，命她將手放平。

那女子跪在鑲金腳踏之上，只覺拂面一陣若有若無清苦的藥香，皇后手指已搭上了她的關脈。片刻之後，她忽覺腕上一緊，冷玉般的冰涼劃過肌膚，眼前袖袂重重拂開，皇后已鬆開她手腕：「伺候過什麼人？」

冷水般的聲音近在眼前，那女子心中慌亂，下意識往前看去，迎面一道清利目光直落眼底，似將人骨肉血脈都看得透徹。她匆忙低下頭，不敢隱瞞，怯聲答道：「回娘娘，是……是……二公子。」聲音細若蚊蠅，滿臉羞紅。

皇后鳳眸微挑，一抹清光透過珠簾搖曳掃向其他人：「妳們呢？」

幾個女子皆惴惴不敢作答，只有一個聲音忐忑響起：「鳳相……」

卿塵心間頓時泛起一陣厭惡，不由銀牙輕咬。好一招偷龍轉鳳，此事鳳家顯然已謀劃良久了。那阿芙蓉之毒一旦深種，害人身體，毀人意志，亂人精神，長久下去，服食者幾與廢人無異。鳳衍收買御醫令以藥毒控制皇上，再將這樣的女子送入宮中，一旦成功，天朝江山易姓，改天換日，近百年基業一朝盡毀，落入他人掌中。

鳳衍行事陰毒至此，膽大至此，確實令人出乎意料。只是現在要剷除這禍患，卻不得不顧忌鳳家手中十六州兵權，若輕易動手，逼反鳳家，則小半個天下都會陷入動亂，得不償失。

小不忍則亂大謀，卿塵深深吸了口氣，慢慢恢復冷靜。鳳衍一樣也不會想到，病如弱柳的皇后，鳳家嫡親的女兒，此時竟落下了一步不可思議的絕棋，那雙纖纖素手已悄然撥亂了棋盤。

流著鳳家血液的身體裡裝著別樣的靈魂，眼前的鳳卿塵，可以令鳳家步步登上榮耀的巔峰，便可以讓其墜入萬劫不復的地獄。什麼家族，什麼血緣，什麼親人，什麼依恃？天地之廣，歲月之長，她只有一個親人，生死相隨，甘苦與共。與他為友便是她的朋友，與他為敵便是她的敵人，任何人都不例外。

卿塵起身步下鸞榻，緩步走至案前，將那奏摺丟下，垂眸抬手，執筆而書。鮮紅的朱墨劃出濃重轉折，滲進雪絲般的箋紙中，浸透紙背。卿塵放下筆，將手一揚：「帶她們下去，賜藥。」

一張雪箋，兩服藥方；一筆重墨，兩條生命。

幾名女子驚懼的神情在卿塵眼底化作一片憐憫，然而那底處靜冷無邊。最後一絲哭求隱約消失在耳畔，卿塵默然佇立案旁，纖眉淡擰，緩緩抬手撫上心口，白玉般的臉上越發失了顏色。

世上有多少情非得已，有多少無可奈何，明知是剜心徹骨的痛仍要加諸他人，明知是無辜的牽連卻不能心慈手軟。這便是她和他選擇的那條路，人世間至高無上的權力，放眼宇內，眾生俯首，帝業輝煌，千古流傳。在陰謀詭計的暗影中托起繁華風流，在鐵血征戰的毀滅中靖安四域山河。

踏血海屍山，指點江山萬里，他和她攜手一路走來，峰登絕頂，絕頂之處，路便要到盡頭了。

孤峰之巔萬山蒼茫，路到盡頭，又是什麼呢？

卿塵閉目站在那裡，過了好一會兒，心口傳來的陣陣悸痛才略緩下來，轉身低頭，重新打開那道奏摺。奏摺上張狂的字跡映入她幽靜的眼中，一連串人名官爵首尾相接，都是為鳳氏一族擬定的封爵。

她唇角浮起一絲淡漠的笑，無聲無形，筆到字成，一個朱紅的「准」字落於紙上，色如血，利如鋒。

*

帝曜七年春，天都伊歌始終籠罩在陰雨連綿之下，輕寒料峭。

對於天朝眾臣來說，這無疑是一段不見天日的日子。

五月初，昊帝忽染重疾，無法視朝，遂以皇后佐理朝事。自此始，內外令皆出於中宮，太師鳳衍把持朝政，鳳氏一族獨攬大權，權傾天下。

不過數日之內，鳳家僅封侯者便有五人，其餘提調升遷者不計其數，親黨遍布朝野。鳳衍排除異己，扶植私黨，素與鳳家對立的殷家首當其衝。身為宰輔老臣的殷監正被以「妄議皇儲」的罪名罷官奪爵，若非因皇后為皇上祈天納福，不欲行殺戮之事，殷監正怕是性命難保。與當年衛家一樣，幾乎是一夜之間，門閥殷氏由盛轉衰，一蹶不振。

朱門金樓玉馬堂，牆倒樓傾盡作空。

自此之後，朝中大臣但有非議者皆遭排擠，順之者升，逆之者遷。鳳衍擅權亂政，恣意妄為，舉朝懾於其淫威，怒不能言，人人側目以視。

天朝自開國始，士族荒淫靡亂至此達到極致。朝野內外幾乎是政以賄成，官以賂授，冠冕名士道貌岸然，公卿大夫驕奢淫逸，令不少有識之士扼腕長嘆，痛呼哀哉！

朝臣欲面聖而不得，不日宮中令下，晉皇后為天后，垂簾太極殿聽政視朝。百官群僚、番國使臣朝賀天后於肅天門，山呼千歲，內外命婦入謁。帝后並尊，自古未見，群臣震驚之餘卻無人敢有二言，三公之下，望風承旨。

太極殿前珠簾後，一雙清醒到寒冷的眼睛靜靜看著這一天滾水沸騰。士族的驕橫弄權，已讓天下人無不憤恨，之後縱有滔天巨浪、血洗門閥，也將是雨露甘霖當頭澆，眾望所歸。

第一四六章　昆山玉碎鳳凰鳴

長嶺古道，數騎駿馬飛馳而過，落下滿天煙塵滾滾，一路東行，直奔琅州。

數名玄甲鐵衛護送斯惟雲自天都出發，馬不停蹄，披星戴月三千里，只用了不到五天時間便趕入東海都護府境內。待看到高聳的琅州城時，斯惟雲似乎略微鬆了口氣，但心中焦慮反而有增無減。

因在戰時，琅州城下精兵重防，對往來人員盤查嚴格。守城將士剛攔下這隊人馬，忽見當前一人手中亮出道玄色權杖，為首的中軍校尉看清之後，不免吃了一驚。聖武年間便隨昊帝征戰南北的玄甲軍，在天朝軍中始終擁有無可比擬的聲望和地位，玄甲軍令，如聖旨親臨，所持者必是昊帝親衛密使，身負重任。

那校尉撫劍行禮，抬頭看去。玄甲鐵衛中唯有一人布衣長袍，形貌文瘦，雖滿身風塵僕僕卻難掩周身清正氣度，教人一見之下，不由肅然起敬。由玄甲鐵衛護送而來的人，必定非同尋常，校尉從他微鎖的眉間看到深思的痕跡，轉眼帶出的肅然之氣，竟隱隱迫人眉睫。

斯惟雲沿琅州城堅固深遠的城門往前一看，隨即問清湛王行轅所在，策馬入城。

城中四處戒嚴，不時有巡防的兵將過往，劍戈雪亮。三日之前，湛王親率天朝四百餘艘戰船、二十萬水軍主力全面進攻琉川島，勝負在此一戰。此時此刻，琅州，甚至整個東海軍民都在等待戰事結果。

斯惟雲入城之後祕密見過留守的琅州巡使逄遠，便往城東觀海臺而去。登上觀海臺，眼前霍然天高海闊，遠望波濤無際，長風迎面，帶來潮溼而微鹹的氣息，令人心神一清。邊城哨崗之上，不時可見陽光耀上劍戟的精光，在沿海拉起一道嚴密的防線，牢不可破，湛王治軍嚴整由此可見一斑。

但這時卻不知琉川島戰況如何，倘若兵敗，天朝必將立刻陷入內外交困的境地，情勢堪憂。這場戰事，也是所有布局成敗的關鍵所在。

斯惟雲深深呼吸海上清爽的空氣，一路的勞頓困乏都掩在臉上的靜肅之下，心中思緒翻湧。回首遙望遠隔崇山峻嶺的天都，依稀能想見那個秀穩的身影。她手底一步棋竟走到了如此深的地步，命他趕來琅州，連東海戰後安民之事都早有打算，那纖柔的肩頭到底壓著多重的擔子？嬌弱的身軀中，究竟裝著怎樣的靈魂？他似乎不由自主地便隨她同赴一場豪賭，卻義無反顧，甘心為之。唇角隱隱泛出絲苦笑，斯惟雲微一閉目，耳邊忽然響起遙遠的號角聲，緊接著遠遠海天一線處，隱約出現了一片深色的浪潮。

隨著那浪潮接近，漸漸可以看清是數百艘天朝水軍戰船旗帆高張，乘風破浪，浩蕩駛來。

不過片刻，戰船上獵獵金龍戰旗已清晰可見，萬里波濤中連成一片整齊威肅的玄色，幾可蔽日。號角再次響徹長空，不遠處瞭望臺上的將士們猛然爆發出一陣歡呼，接著便有嘹亮的號角聲呼應而起，傳遍整個琅州城。

「琉川島大捷！」

「琉川島大捷！」

城中立刻有戰士揚起軍旗，策馬疾馳，將戰訊傳告全城。百姓聽到這號角訊息，紛紛奔走出戶，人人相攜歡呼。得聞捷報，斯惟雲喜形於色，反身往觀海臺下快步而去。

此時琅州城東門開啟，巡使逄遠率城中將士飛騎出迎。

天朝戰船相繼泊入近海，四周虎賁戰艦緩緩駛開。但見其後數百艘戰船之上精兵林立，戰甲光寒，劍猶帶血，大戰而歸的殺氣尚未消散，充斥四周，震懾人心。

驚濤拍岸，長浪如雪。

隨著當中主艦甲板上一長劍高揚，二十萬將士同時舉戈高呼，震天動地的喊聲蓋過浪濤奔騰的海潮，剎那豪氣干雲，席捲天地。

逄遠所率的騎兵戰士亦聞聲振劍，呼聲起伏，洶湧如潮，整個琅州幾乎都淹沒在這鐵血豪情的威勢中，大地微顫，山野震動。

就在今日，天朝水軍遠征琉川島大敗倭寇主力全勝而歸，一舉摧毀倭船五百餘艘，殺敵數萬，倭國首領剖腹自絕，餘者奉劍乞降，戰敗稱臣。

至此，天朝四境之內戰禍絕，九州咸定。

夜天湛率軍凱旋，馳馬入城。飄揚的海風吹得他身上披風高高揚起，一身銀甲白盔在碧空之下反射出耀目寒光，躍馬征戰的歷練，在他溫雅風華中增添了幾分戎武之氣，峻拔身姿，清越凌雲。

琅州軍民夾道相迎，滿城沸騰的歡呼映入他清朗的眼中，盡皆斂入了那從容瀟灑的微笑。

逄遠相隨在側，快到行轅之時帶馬上前，在他耳邊低聲說了幾句話。夜天湛俊眸一抬，吩咐道：「帶他來見我。」

步入行轅，斯惟雲微微拱手，逄遠知曉分寸，先行退了下去。

此時夜天湛已換下戰甲，著一身月白色緊袖武士服，正坐在案前拆看幾封書信，微鎖的眉心下略有幾分凝重的神情，與他周身未褪的殺伐之氣相映，使得一室肅然。

斯惟雲躬身道：「王爺。」

夜天湛聞聲抬頭，清銳的目光在他身上一落，直接問道：「你為何會來琅州？宮中出了什麼事？」

斯惟雲將皇后所託的書信奉上，說了四個字：「中宮密旨。」

夜天湛拆信展閱，目光在那熟悉的字跡之間快速掠過，手腕一翻，便自案前站了起來，負手踱步。

兩封截然不同的書信，一是措詞哀婉，依依相求，只看得人憐惜之情百轉心間；一是鋒毫俐落，落紙沉穩，一鉤一畫似極了他皇兄的筆跡。都是要他速回天都，卻是不同的人送來，截然不同的目的。

一筆之下，兩番天地，孰真孰假？即便後者是真，又真到何處？倘若鳳家從中設下了陷阱，倘若皇上依舊不放心他，此去天都便是以性命相賭。他能相信誰？

斯惟雲在旁注視著湛王臉上每一絲表情，只見他霍然轉頭，問道：「皇上現在究竟如何？」

斯惟雲緩緩道：「臣離開天都時，皇上病勢危急，尚在昏迷之中。」

一抹精銳的光澤自夜天湛眼底倏地閃過，湛湛明波沉作幽深冰潭，深不可測。滿室明光之下，他挺拔身形如一柄出鞘之劍，背在身後的雙手不由自主地握緊，幾乎逼出指節間蒼白的顏色，暗青色的血脈分明，使得那雙手透出一種狠穩的力量，似乎要將什麼捏碎在其間。

斯惟雲一言不發地看著湛王。在此一刻，眼前這已是一人之下萬人之上的親王，他可以引兵護駕，也可以作壁上觀，甚至可以借東海之勝勢擁兵自立，天下又有幾人擋得住他的鋒芒？一切都在他一念之間，包括他斯惟雲的生死。

在來琅州之前，這一趟的凶險斯惟雲也早已盡知。誰也不敢斷言湛王的反應，皇后走這一步險棋，究竟有幾分把握？

千般念頭飛掠，眼前卻只不過一瞬時間。夜天湛回頭之時正對上斯惟雲看來的目光，心中忽然一動。來人是斯惟雲，舉朝上下再找不出第二個人比他更加剛正不阿，甚至有時連皇上都拿他無可奈何。無論是皇上還是鳳家，若另有圖謀，都不可能讓這樣一個嚴謹耿直的人前來。然而她派來了斯惟雲。

沉默對視中，斯惟雲忽見湛王脣角勾起了一絲銳利的笑容。

目若星，鬢若裁，一笑似清風。

＊

武臺殿中，平時當作皇上練功之處的西偏殿，透雕殿門緊閉，擋住了殿外的光與暖，裡面不斷傳來刀劍的聲音。

晏奚不敢進殿去，在門外焦急萬分，苦苦求道：「陛下……陛下您歇一會兒吧，陛下……」

殿中毫無回應，晏奚束手無策，急得團團轉，突然聽到身後有人道：「晏奚，你先下去，這裡有我。」

晏奚回頭，不知什麼時候皇后站在了身後，目光似乎靜靜透過烏木之上細緻的鏤空雕紋看向殿中，黛眉微攏，描摹出清淺憂傷的痕跡。

「娘娘。」

「去吧。」卿塵輕輕一揮手，晏奚便只得低頭退了下去。卿塵緩步邁上最後一層殿階，並沒有像晏奚那樣請求夜天凌開門，只是站在門前輕聲說了一句：「四哥，我在外面等你。」

說罷她靠著高大的殿門慢慢坐下來，殿中的聲音依稀有一刻停頓，然後便繼續了下去。卿塵以手抱膝，抬頭望著面前清透的天空，淡金色的陽光灑下，落在她的衣角髮梢。四周連風聲都沉寂，唯有大殿中斷續的劍嘯聲一次次傳來，每一下都像劃過心頭，讓她感覺難言的痛楚。

就這麼幾天的時間，身子根本沒有恢復元氣，換作常人怕是連清醒也難，他居然硬撐著自己站起來，重新將劍拿在手中。他是怎麼做到的？那幾乎被摧毀的身子中到底蘊藏了什麼樣的力量？聽著聲聲長劍落地，卿塵幾次想站起來去阻止他，卻又一直忍著。她知道他的驕傲，在狼狽的時候不願任何人看到，甚至是她也一樣。同情與憐憫，他並不需要。從來就是這一身傲氣，不肯服輸，不肯低頭，永遠要比別人強，流血流汗都無所謂。

日漸西斜，在殿前投下廊柱深長的影子。當卿塵覺得快要熬不住的時候，身後傳來一聲輕響。她聞聲回頭，夜天凌撐著殿門站在那裡，手中仍握著一柄流光刺目的長劍。

「四哥！」卿塵急忙上前，觸手處他那身天青長衫像被水浸過，裡外溼透。他扶著她的手微微喘息，唇角卻勾出孤傲的笑，如那劍鋒，無比堅冷。

卿塵扶他在階前坐下，他手中的劍一鬆，便仰面躺倒在大殿平整的青石地上，微闔雙目，久久不說一句話，胸口起伏不定，汗水一滴滴落下，很快在光潔的地面上洇出一片深暗的顏色。卿塵牽著他的手，他修長的手指微微有些發顫，卻猛一用力便握住了她。卿塵柔聲道：「四哥，你這樣子著急會傷到經脈的，欲速則不達，要慢慢來才行。」一邊說，一邊輕輕壓上他手臂的穴位，替他鬆弛因過度緊張而僵硬的肌肉。

夜天凌手底鬆了鬆，這時緩過氣來，轉頭看向她，淡聲道：「我若連劍都拿不穩，又如何保護妳？」

一句話，卿塵滿心心疼與擔憂都漾上眼底，喉間似有什麼滯在那裡，一時不能言語。她忙將頭側過，只覺他手心裡傳來沉穩的溫度，如每一個相擁而眠的夜，平靜，溫暖。

執子之手，與子偕老。

在風雨之中，在生死之間，誰也不曾鬆開誰的手，似乎可以一直這樣，到地老天荒，到海枯石爛，任滄海變為桑田，任千年化作雲煙。

「我只要你好好的，那我便什麼都不怕。」卿塵極低地說了一句，夜天凌忽然長嘆一聲，慢慢將她的手覆在臉上，冰冷的唇劃過她柔軟的掌心，深深印上她的心底。

卿塵坐在他身旁，安靜地聽著他的呼吸聲，溫柔含笑。過一會兒，才想起什麼事來，道：「四哥，忘了告訴你，今天琅州傳來捷報，咱們到底贏了。」

夜天凌對東海捷報似早有預料，並不十分意外，只緩緩一笑：「七弟果然沒讓人失望。」

卿塵微笑道：「再有兩天，他便到天都了。」

夜天凌撐起身子，深深看向她，墨玉般的眸心劃過淡淡光芒：「清兒，無論如何，我不會讓妳獨自去面對那般風浪。」

第一四七章　千古江山萬古情

《天朝史．帝都》，卷九十三。
帝曜七年春，東海大捷。五月甲辰，湛王凱旋，后設宴太極殿……

巍巍太極殿，嵯峨入雲霄。

夜色無盡，萬盞次第輝煌的燈火勾勒出大正宮殿宇起伏雄偉的輪廓，瓊階御道流光似水，天邊滿月如金。

高高在上的帝宮天闕，在萬丈光影交錯中俯瞰人世蒼生，千百年歲月，巋然不動。每一次盛世輝煌，每一次亂世風雨，都在龍階玉壁上刻下無聲的痕跡，鑄就這座宮殿的壯麗與繁華。

大殿之中，百官雲集，一場盛大的華宴即將舉行。

今日正午，率軍平定東海的湛王奉旨歸京，三十萬大軍駐留琅州，僅有五百輕騎相隨。宮中降旨，當晚在太極殿設宴以慶湛王得勝而歸。

鐘鼓欽欽，琴瑟和鳴，笙磬悠揚，韶樂泱泱。天都六品以上官員皆從宴飲，如此空前規模的慶典盡顯天朝國力昌盛，但赴宴的群臣卻多數面無喜色，行事默然。

大殿之上龍椅莊嚴，鎏金奪目，卻不見昊帝出席，空設在此。其下一階，左置鳳座鸞案，右置麒麟金案。一邊輕垂玉簾，天后盛裝華服端坐其後，一邊竟赫然是太師鳳衍，就連湛王的席位也在其下。

再往下數階，乃是公侯親貴及三品以上重臣之席，此時放眼看去，十有八九盡是鳳氏親黨，人人面露得意之色，趾高氣揚。

鳳衍身著紫錦蟒袍，峨冠金纓，白眉長髯，一雙狹長的眼睛半瞇半闔掃視四周。目光落在大殿四面層層深進的華帷龍柱之後，脣角帶出得意的冷笑。宮中一切已盡在掌握，鳳氏一門三十年榮華風光，今晚之後，就連整個天朝都將是鳳家的天下，再也無人與之爭鋒。想至此處，鳳衍驕狂之態盡現於面，斜睥睨視階下文武朝臣。

百官俯身恭迎天后入座，雅樂畢，殿前內侍宣禮聲中，一眾臣子卻尷尬立於殿中，人人跪也不是，站也不是。

本是三跪九叩朝見天子的大禮，此時昊帝抱病，由天后代為受禮便也罷了，鳳衍卻與天后一樣並坐殿上，這一拜下去，是拜天子，拜皇族，還是拜他鳳家？

非但如此，那麒麟案前置的是鎏金盤、紫玉盞，這已是逾制的器物，鳳衍此舉，狼子野心昭然若揭。

天朝眾臣志氣雖短，風骨猶存，多數立在那裡不肯行禮。殿中侍御史韓渤當即越眾而出，昂首奏道：「臣啟奏娘娘，自古以來，君臣上下非禮不定，我朝為國以禮，禮廢則國危。今日殿堂之上尊卑混淆，儀制相悖，實與禮法不符，還望娘娘明鑑。」

玉簾之後，天后面色淡冷，垂袖靜坐，聞言緩緩道：「禮制為尊，固不可廢，則如你所言，我是不是也不該坐在這裡了？」

韓渤頓了頓，俯身叩首，再道：「臣職責所在，還望娘娘恕罪。」

面對這素來以剛正直言著稱的侍御史，卿塵微微蹙了下眉頭，但還未說話，便聽鳳衍冷哼一聲：「無知臣子，在此一派胡言，娘娘何必與他多費口舌？逐出殿去便是，來人！」他當著天后和眾臣傳召侍衛，一指韓渤，「將他帶出去！」

卿塵心底怒意陡生，眸光一銳，但看到近旁另外空著的那張麒麟金案，卻生生壓下怒氣。鳳衍的專橫與放肆，令眾臣人人驚怒。殿下韓渤掙開上前推押的侍衛，突然對著御座頓首痛呼：「陛下！奸臣當道，國將不國，臣今日寧可一死以報聖恩，也絕不能壞了我朝君臣綱紀！」他重重叩頭，抬起頭來，滿面已是鮮血。殿中大臣，尤其是那些御史被激起心中血性，立刻便有數人上前跪諫。

鳳衍面色一沉，方要發作，卿塵搭在鳳座之旁的手霍然一緊，喝道：「御前喧譁，都成何體統？」

殿中原本已有些混亂的局面靜了一靜，這時忽聽外面長長一聲通報：「湛王殿下到！」內侍高亮悠長的聲音傳來，如浪破水，瞬間衝破眼前僵局。眾臣盡皆回身，便見湛王一身雲龍常服，緩帶輕衫，纖塵不染，踏玉階，登天闕，攜月色清輝翩然而來，笑若薰風，步若閒庭，明湛俊眸驚鴻一瞥帶過殿前，絕然風神連鳳衍都看得一呆。

國宴慶典他竟姍姍來遲，鳳衍暗中冷哼，單憑此點便可治他君前失儀。殿中群臣有驚有喜有憂，不少人亦為湛王捏了把冷汗。

待湛王入殿，御前內侍按照禮儀，再次高聲宣道：「跪──叩──」

湛王卻毫無行禮之意，負手立於階前，目光掃過韓渤等大臣，往殿上看去，灼灼眸光正對上鳳衍驕橫的眼神，眼梢一挑，竟似有幾分挑釁意味。

鳳衍亦不起身，沉聲道：「敢問王爺為何怠慢聖旨，故意來遲？入殿不拜，又是何意？」

湛王面色淡淡，冷笑一聲，傲然道：「本王上拜天地君父，下可拜君子豪傑，此時這太極殿中無君無父，宵小之徒妄居高位，鳳相想讓本王參拜何人？」說著廣袖一甩，徑直往席前走去。

鳳衍心火漸盛，他此時有恃無恐，竟不把湛王放在眼中，當廷喝斥道：「大膽！天后在此，你竟視若無睹，意欲何為？」

湛王聞言一笑，悠然轉身，目光在玉簾之前一停，便對天后拱手長揖：「臣，參見娘娘。」這一拜卻是家禮。

「王爺辛苦。」玉簾之後淡淡飄出一句話，如珠玉輕擊，泠泠傳入眾人耳中。

鳳衍忽然直覺有些異樣，轉頭往鸞座看去。水晶光影灑下片片晶瑩，輕微一晃，似冰絲細刃，若秋水劍痕。天后一雙修長冷媚的鳳眸穿過玉光剔透迎面看來，復往湛王那邊一轉。電光石火之間，兩道目光交於剎那。

湛王脣角始終噙著一抹淡笑，他這時步上金階，沉聲道：「殿中侍御史何在？」

韓渤和另外兩名侍御史聞言，上前一步：「臣在！」

湛王問道：「臣子殿中逾制，該當何罪？」

韓渤抬頭往鳳衍看去，憤然道：「臣子失禮逾制，乃是僭越之罪，為大不敬，輕可削職為民，重可誅族！」

湛王點頭，一轉身，聲音冷淡：「鳳相可聽清楚了？」

鳳衍目視湛王，眼中精光暴現，四周依稀仍聞鐘磬清和，笙樂飄飄，殿前卻已是劍拔弩張。眾臣提心吊膽肅聲而立時，忽見鳳衍拂案而起，手中盤螭玉盞匡的一聲錚然落地，美玉碎，瓊漿濺。

似是回應這聲脆響，大殿四周的暗影中，毫無徵兆地出現了數百名御林侍衛，迅速將宴臺包圍其中。隨著劍甲撞擊的輕響，橐橐落地的靴聲，太極殿高大沉重的殿門緩緩閉闔，轟然一聲震響，將夜色天地隔絕於外，整個大殿頓時變成了一個金碧輝煌的牢籠。

驚天變故將殿中群臣震在當場，鳳衍臉上露出不可一世的狂妄，胸中野心急劇膨脹，幾乎就要放聲大笑，手指殿下，高聲道：「湛王結黨謀逆，左右侍衛，速速將其拿下！」

這時殿中突然傳來湛王清脆的擊掌聲，他彷彿剛剛看過一場精采的好戲，忍不住擊節而讚，風雅淡笑，倜儻無儔，直對四周刀劍林立視若無睹。

「鳳相好手段！」伴著他一聲聲瀟灑地擊掌，殿前御林禁衛應聲而動。兩隊侍衛刀劍出鞘，快步踏上龍階，卻越過湛王身旁，直奔鳳衍席前。其餘諸人亦行動俐落，迅速包圍了所有鳳家親黨。刀光劍影之下，四周響起一片驚呼怒罵，亂成一團。鳳家諸人猝逢變故，不及反抗，片刻便被御林禁衛盡數押下。

事出突然，鳳衍不由色變，既驚且怒，掙扎喝道：「我所犯何罪？你等竟敢無禮！」

只見殿上玉簾輕搖，天后起身步下鸞座。鳳衣飄展，鋪開華美尊貴，環佩清越，綽約風姿高潔，她沿著流光溢彩的玉階前行，目光與湛王交會於半空。

他回來了，踏一路驚濤駭浪，來赴她生死之約，攜一身風華傲然，托起這如畫江山。

他漆黑的眸底如同浮華落後的深夜，如同風雨歷盡的秋湖，沉澱著太多的東西，都在平靜背後化作淡淡清雅的微笑。

君子坦蕩，知己相逢。這一生總有些人，值得用生命去信任。

卿塵一步步行至殿階正中，那安靜的步履，含笑的面容，卻讓鳳衍突然如墜冰窟。

「鳳氏逆黨指使御醫令黃文尚謀害聖上，構陷湛王。送有孕之女入內侍寢，妄圖冒充皇統，謀宮篡位。戮殺重臣，亂政誤國，罪無可恕，當誅九族……」平淡而清晰的聲音如一道冷冽溪流淌過原本慌亂紛紛的殿堂，所過之處似薄冰蔓延，人聲落盡，話語寂然。

每一個人都靜立在原地看著大殿之上的天后，是震駭，是驚訝，是質疑，是敬佩……然而有一人臉上卻只見深深的疼惜。

佇立在殿階旁的湛王，抬眸凝視。宮燈璀璨，華服美裳鳳霞流金，她站在萬人中央，光華耀目，卻彷彿從來不曾在此停留。

眼前仍是那個白衣素顏的女子，一顰一笑，是他一生難解的謎。他遇到了她，錯失了她，卻又在這一刻，真真正正擁有了她。

紅塵萬丈皆自惹，情深不悔是娑婆。

忽然，被禁衛押下的鳳衍發出一陣大笑，似乎聽到了世上最可笑的事情，昂首向上喝問：「鳳家罪無可恕，當誅九族！哈哈……難道妳不是鳳家的人，不是老夫之女，不在鳳家九族之內！妳以為就憑這幾句話，鳳家便會葬送在妳手中嗎？」

卿塵慢慢行至鳳衍面前，淡淡一垂眸，清冽的光華直迫鳳衍眼底，她微笑，輕聲低語，一字一句只令鳳衍聽得清楚：「你錯了，我誰都不是，我只是夜天凌的妻子。」她將聲音一揚，拂袖轉身，「我只是天朝的皇后，國賊可殺，逆臣當誅，便是鳳家也一樣！」

處心積慮眼見手到功成，鳳衍此時離那象徵九五之尊的寶座如此之近，卻不料最後一步毀在一個女人手中。他心中恨極，戟指怒罵道：「妖女！皇上早已重病不治，妳與湛王內外勾結，謀奪皇位，難不成也想先奉兄長，再嫁其弟，悖禮亂倫？」

眾臣驚譁，湛王忍無可忍，出聲怒斥：「住口！」忽聞殿上響起一個清冷的聲音：「鳳衍，你可敢將此話當著朕的面再說一遍？」

鳳衍聞聲如遭雷擊，猛地抬頭看去。龍階之上，金帷之後，竟是昊帝緩步而出。大殿四周華燈錯落，金輝明耀，映得他一身袞龍玄袍峻肅孤傲，高高在上，睥睨眾生，一抬眸，驚電般的目光穿透人心。

群臣乍見昊帝，喜出望外，韓渤等人驚詫之餘竟哭跪在地，隨著他們，殿前頓時烏壓壓跪了一片大臣，人人激動難言，唯有鳳家黨羽個個面如死灰。

夜天凌看向鳳衍，冷聲問道：「鳳家九族的確不可小覷，但朕今天便是要葬送他們，你又能如何？」

他最為顧忌的、本已垂死的人，突然出現在面前，鳳衍僵立殿中，手指前方，嘴唇顫抖，卻一個字也說不出來，只依稀聽到御前侍衛統領衛長征、驃騎將軍南宮競、撫軍大將軍唐初等一一上前叩稟：「殿中當場羈押鳳氏逆黨共一百一十七人。華岳坊鳳府重兵封禁，無一人得出。司州鳳氏宗族盡遭抄沒。漢中布政使鳳盧、廣安布政使鳳譽革職待罪，都已祕密入獄……」最後，鳳衍聽到湛王平穩清朗的聲音：「東海布政使鳳柯糾兵頑抗，已被臣弟斬於劍下，文、現、琅、紀四州由漓王親自坐鎮，中書侍郎斯惟雲、東海水軍都督逄遠率兵鎮撫，軍民安定。」

天翻地覆的動作竟沒有一絲消息傳回天都，天下在其掌心，四海為之傾覆。鳳衍直勾勾地看著太極殿上那個冷峻迫人的身影，泰山壓頂的恐懼毫不留情地將人打入深淵。他渾身一軟，喃喃說出四個字：「鳳家完了。」眼前只覺一片黑暗，先前的囂張狂妄被那冰冷注視摧毀殆盡。那般雷霆手段，決絕而無情的清掃，讓人就連一絲反抗的念頭都無法興起。昊帝安然無恙，皇后臨陣倒戈，湛王兵逼眼前，他自知絕路在前，死期已到。

卿塵淡淡垂眸，一絲悲憫浮掠而過，與眸底冷靜的光澤交替，化作一片幽深。「帶下去吧。」她將雲袖揮落，玄甲侍衛齊聲應命。

不過片刻，太極殿中塵埃落定，所有瘋狂與貪念，所有野心與掙扎，都在輝煌的光影中消失無聲，淹沒於皇皇鐘鼓聲中。

韶樂再起，群臣正襟叩拜。隔著金輝玉階，夜天凌對卿塵伸出手，薄唇微挑，含笑凝視。

他傲岸的笑容停駐在卿塵眼底，盛起絕美的光彩。攜手此生，生死不離，笑看江山，天下為家。她對他粲然揚眸，從容舉步，將手交到他的掌心。

再一次握了卿塵的手，夜天凌將她輕輕一帶，與她共同立在大正宮最高處，四海蒼生，匍匐腳下。

萬千燈火耀出炫目明光，相映月華金輝，締造這壯闊帝宮、人間天闕，氣勢恢弘，俯瞰眾生命運悲歡。

浩瀚山河，無盡歲月，眾臣高呼之聲震徹四方，直入雲霄。

天邊滿月，灑照寰宇，千里同輝。

第一四八章　海到盡頭天作岸

《天朝史．帝都》，卷九十三。

帝曜七年五月，鳳氏謀逆，事敗。逆首鳳衍及其二子腰斬於市，九族流徙千里。帝以仁政，未興大獄。

……

六月，帝廢九品世襲制，設麟臺相閣。破格取士，拔擢寒門才俊，布衣卿相自此始。

……

九月，頒均田令，清丈田畝，勸課農桑，輕徭薄賦。復止兵役，不奪農時。

……

十二月，湖州廣安、廣通渠成。兩江連通，支渠縱橫，盡從天利，灌田萬畝。江東平原絕天旱雨澇之災，歲無饑饉，年有豐餘。

……

帝曜八年三月，帝詔修《天朝律》。盡削聖武所用酷峻之法，廢酷刑十三種，減大辟九十六條，減流入徙者七十條，削繁去蠹，寬仁慎刑。

……八月，廢夷狄之別。遷中原百姓融於邊城，四域之內，一視同仁。胡越一家，自古未有也。

……帝曜九年，設琅州、文州、越州、明州、涼州等十一處商埠，四通貿易。異域來朝者數以萬千，使臣、商旅、藝者、僧人雲集於帝都……

……

宣聖宮，太宵湖。

輕舟悠然，波上寒煙翠。青山如屏，半世繁華影。

轉眼又是一年，春已去，秋風遠，望過了塵世風雲，看不盡萬眾蒼生，泛舟停棹，偷得浮生半日閒。

船舷之側，夜天凌閒閒倚在那裡，手中把玩著一枝紫竹簫，青袍廣袖隨風飄揚，雙目半闔，神情愜意。卿塵坐在他身邊，白衣如雲，鉛華不染，纖指弄弦，清音自正吟琴上流瀉，婉轉在她指尖，遊蕩在雲波之上。

只是漫無目的地撫琴，只為與他泛舟一遊。自從帝曜七年的那場宮變之後，卿塵因舊疾移居宣聖宮靜養，此處山水靈秀，宮苑清靜，她漸漸便很少再回大正宮，常住在此。這幾年身子時好時壞，她也早已習慣，一手醫術盡在自己身上歷練得精湛。命雖天定，人亦可求。

或許是因卿塵回宮的時間越來越少，夜天凌來宣聖宮的次數便越發多了。今日隨興而至，四處不見她人，在這太宵湖上聽到琴聲，循聲而來，卻見她獨自撫琴，遙望那秋色清遠的湖面，思緒悠然。

點點曲音，輕渺淡遠。夜天凌原本靜靜聽著，忽而薄唇一揚，回眸相望，修長的手指撫上竹簫，清澈的簫音飄然逍遙，攜那雲影天光，頓時和入了琴聲之中。

秋水瀟然雲波遠，龍翔鳳舞入九天。

七弦如絲，玉潔冰清；紫竹修然，明澈灑脫。卿塵笑看他一眼，揚手輕拂，琴音飄搖而起。

琴聲飄逸，清風去，淡看煙雨蒼茫。簫音曠遠，波潮起，笑對滄海浮沉。

那簫音與琴聲流轉合奏，如為一體，不在指尖，不在脣邊，彷彿只在心間。心有靈犀，比翼相顧，共看人間逍遙；相攜相伴，萬丈紅塵，且聽潮起潮落。

琴音漸行漸遠，簫聲淡入雲天。伴著最後一抹餘音嫋嫋，卿塵似乎輕嘆了一聲，含笑問道：「四哥，你還記得這首曲子？」

紫竹簫在夜天凌手邊打了個轉，他微微揚眉，看向卿塵：「當然記得，我第一次聽到妳的琴，便是這首曲子。」

卿塵手指撫過冰弦，垂眸一笑。夜天凌緩步上前，低頭問她：「清兒，這一路，妳陪了我十年了。」他抬起她清秀的臉龐，「開心嗎？」

卿塵淡淡微笑：「既是陪你，自然開心。」

夜天凌脣角挑起清俊的弧度，微微搖了搖頭，再道：「在想什麼?告訴我。」

卿塵凝眸注視著他，他俊逸的笑容瀟灑不羈，黑亮的眸心炫光明耀，一直透入她的心底，將她看得清清楚楚，那低沉柔和的聲音似乎在誘惑著她，等待著她，縱容著她……

如此坦蕩的目光，映著颯爽的秋空，碧空萬里，一覽無遺。她突然揚眸而笑，看向這瑤池瓊樓，金殿碧苑，慢慢問道：「方寸天地，天不夠高，海不夠闊，四哥，你可捨得？」

夜天凌朗聲長笑，笑中逸興傲然：「既是方寸之地，何來不捨？」

卿塵粲然一笑：「當真捨得？」

夜天凌撫上她的臉龐：「捨得，是因為捨不得。」他將卿塵帶入懷中，手指穿過她幽涼的髮絲，眸中滿是憐惜，暖暖道：「清兒，我答應過陪妳去東海，這俗世人間妳已陪了我十年，以後的日子，讓我來陪妳。」

卿塵笑而不語，側首靠在他溫暖的懷中。兩人立在船頭，湖風清遠，迎面拂起衣衫袖袂，輕舟飄蕩，漸漸淡入了煙波浩渺的雲水深處。

《天朝史．帝都》，卷九十四。

帝曜十一年三月，帝命湛王攝政，攜天后東巡。四月，登鶩雲山，祭始帝。從江乘渡，過七州，抵九原。五月，至琅州，登舟出海，遇驟風。海狂浪急，襲散眾船。浪息，帝舟不復見……

帝曜十一年暮春，天都本是暖風豔陽，繁花似錦，上下政通人和，四處歌舞昇平，卻忽然被東海傳來的消息掀起軒然大波。

帝后東巡的座舟在東海遭遇風浪，竟然失去蹤影。琅州水軍出動二百餘艘戰船，戰士數萬，多方尋覓，僅在三日之後尋得隨行船隻二十一艘，其餘諸船皆不得歸。

帝后罹難，消息一經確實，舉朝震駭，天下舉哀。天朝三十六州百姓布奠傾觴，哭望東海，天地為愁，草木同悲。

天都內外一片肅穆悲涼，大正宮太極殿前，群臣縞素跪叩。此時已拜為麟臺內相的斯惟雲手捧昊帝傳位詔書，率幾位相臣跪在殿內，面對著的，是湛王白衣素服的背影。

噩耗傳入天都已經一個多月，東海水軍數十次出海尋找帝舟，卻始終一無所獲，昊帝與天后生還的希望已極為渺茫。但無論如何勸說，湛王始終不肯繼承皇位。國不可一日無君，斯惟雲等悲痛之餘憂心不已，今日再次殿前跪求。湛王卻一言不發，只是望著那金鑾寶座，兀自靜立。

斯惟雲抬頭，眼前那頎長的背影，在高大雄偉的殿堂前顯得如此孤寂，他幾乎能感到湛王心中的悲傷，那是一種刻骨銘心的痛楚帶來的悲傷，無言、無聲、無止、無盡，彌漫整個輝煌的宮闕，天地亦為之寂寥。

「王爺！」斯惟雲再次叩請湛王受命登基，身後眾臣一併俯首。

湛王終於轉過身來，殿前喪冠哀服一片素色如海，盡皆落在他幽寂的眼底：「你們退下吧。」他緩緩說了一句。

「王爺！」

「退下吧。」

斯惟雲與杜君述相顧對視，無奈嘆息，只得俯身應命。

群臣告退，大殿內外漸漸空曠無聲，暮色餘暉落上龍階簷柱，在殿中光潔如鏡的玄石地上塗抹出靜寂的光影。

夜天湛往前走去，空蕩蕩的大殿中只有他的腳步聲清晰可聞，走過漫長的殿堂，邁上高高的玉階，最後停在至高處那張龍椅面前。他伸出手，觸摸到那鎏光金燦的浮雕，忽然猛地一用力，龍鱗利爪直刺掌心，尖銳的疼痛驟然傳遍全身，萬箭攢心的感覺彷彿隨著這樣的痛，稍微變得模糊。

他一瞬不瞬地看著這張龍椅，百般滋味，盡在心頭。曾經他最想得到的，曾經他苦苦追求的，現在近在眼前，然而卻有一個人，永遠消失在他的生命中。

他得到了什麼，失去了什麼，在最不想得到的時候得到，在最不想失去的時候失去。痛過之後，心中彷彿一片空白。他撐在龍椅之上，發現自己居然笑了出來。絲絲苦澀浸入骨髓，無聲的嘲弄，無形的笑。

「父王。」身後突然有人叫他，夜天湛回頭，見元修手中拿著什麼東西站在大殿一側。見他轉身，元修便走到玉階之前，抬頭道：「皇伯母去東海之前留給我這個木盒，囑咐我在三個月後親手交給你。」

夜天湛接過元修手中的木盒，熟悉的花紋，精緻的雕刻，正是他昔年出征之前送給卿塵的。他急忙打開盒蓋，裡面仍是那枝玉簪，白玉凝脂，木蘭花靜，旁邊是一幅雪色的絲絹。隨著他手腕一抖，絲絹上兩行字跡展開在眼前。分明是兩個人的筆跡，卻神骨相合，如同出自一人之手：

託君社稷，

還君江山。

元修站在旁邊，看到父王的手在微微顫抖。「父王？」他忍不住上前叫了一聲。

夜天湛雙手緊握，猛地閉目抬頭，久久不能言語。待到重新睜開眼睛，他眼底紅絲隱現，脣角卻緩緩地逸出了一絲通透而明澈的笑。

*

帝曜十一年七月，湛王登基即位，稱聖帝，改元太和。

太和元年，冊王妃靳氏為貴妃，皇長子元修為太子。九月，御駕東巡，駐蹕琅州三月有餘，至歲末，返駕天都。

數年後，天下大治。太和一朝，朝無貪庸，野無遺賢。九州歲收豐稔，米每斗不過二錢，終歲斷死刑僅二十餘人。東至于海，南極五嶺，夜不閉戶，路不拾遺，道途不驚，史稱「太和盛世」。

*

琅州觀海臺，夜天湛負手獨立在山崖之巔，浩瀚的東海舉目無極，長風吹得他長衫飄搖，卻不能撼動那挺拔的身姿。

遙遠的天際仍籠罩在一片暗青色的蒼茫之中，崖前是陡直的峭壁，前仆後繼的海潮擊上岩石，捲起驚濤萬丈。碎浪如雪，半空中紛紛散落，隨著洶湧的濤聲遙遙退去，消失在波瀾浮沉的遠處。

潮起潮落，洶湧澎湃，一浪過後又是一浪，周而復始，無休無止。

碧浪無盡，天外有天。

夜天湛望著這片他曾經歷盡風浪，一手締造安寧的東海。海天一線處漸漸露出一道晨曦，隨著朝陽慢慢升起，海面上浮光絢麗，雲霞翻湧，彷彿深處蘊藏著巨大而無法抗拒的力量。終於，一輪旭日噴薄而出，萬丈光芒奪目，在天地間照出一片波瀾壯闊的輝煌。

夜天湛渾身沐浴在這旭日的光輝之中，深邃的眼底盡是明亮與堅毅，回首處，長風萬里，江山如畫。

後記

太和九年，琅州商船東行過海，避颶風，不慎迷途。逐浪漂泊，茫茫不見歸路，船行數日，忽遇仙山，山在海中，方圓不知幾百里，雲霧縹緲，煙嵐繚繞，玉峰疊嶂，霞嶺相連。遂停船登岸，尋路前行，適逢雨後新霽，青峰繞雲，山野瓊林落落，瑤枝繽紛，蘭芝琪草，靈潔鮮美。中有玉湖清溪，碧澈幾鑑人影，五色美玉散落水畔，光澤晶瑩，俯仰可得。舉目之處，青鸞擇丹木而棲，彩鳳翺翔以自舞，百鳥翩飛，清鳴之聲悅耳。復行數百步，遇異獸成雙，追逐嬉戲於前，狀如貂狐，通體似雪，一金瞳，一碧睛，靈異不同尋常。林間有女三五人採擷芳草，笑語玲瓏，輕歌悠然，見諸人，甚異之，聞其境遇，乃引謁其主。

沿山行，雲境如幻，流連忘路之遠近。前有屋宇列峰巒之體勢，青竹為簷，紫篁為臺，清瀑落而為簾，流嵐浮以為幔，樓臺高遠，廊腰縵迴，浮雲飄然，氣象萬千，連綿難見全貌。極峰頂，登樓臺，舉目遠眺，窮碧波於千里，憑虛御風，凌萬頃之浩然。滄海桑田，茫茫不知其所止，天高地迴，渺渺不知身何處。氣清神爽，忘人間之凡塵，飄飄乎心懷，羨仙世之逸然。

及見主人，男子青雲衣，女子白霓裳，神度清傲，風姿出塵，逍遙神仙眷侶。聞客自天

朝來，遂以宴飲，瓊漿玉液、奇珍海味皆未曾見也。問天朝，眾云盛世之治，欣然而笑。言及四海異域，妙語逸事，見識廣博，談笑驚訝諸人。有僕玄衣俊面，復引眾人遊觀山島，奇景不能盡述。見寶船泊於碧海，長四十餘丈，寬約十丈，長楫巨舳，龍桅雲帆，可容數百人不止。曰其主雲遊之舟，興之所至，乘風破浪，東海、南溟、西洋無所不能及也。

停數日，辭歸。為備清水糧蔬，贈以奇珍異寶，中有《西海圖志》，繪西洋航路，詳錄諸國風俗，世所罕見。僕輕舟相引，離岸入海，遙聞簫音送客，浩渺雲波，浪潮萬里，仙山漸遠。及琅州，僕舟不復見。同行者逄豫，琅州巡使族親也，歸詣巡使，說此異事，以為奇。適逢帝東巡，引見聖帝，奉寶圖。帝見之，乃大驚，即遣船入海，尋此島，東海浩瀚，來路難再得。帝登觀海臺，臨風遠眺，慨然笑嘆：天地逍遙，且看人間是仙境。遂不復求。

雲州陸遷，扈從東行，奉旨文以記之，甲申四月秋。

——全書完

〈番外篇〉

幻生

引　天泣

天朝聖武十一年，仲夏。

伊歌城外，寶麓山。

夜雨蒼茫，漆黑的天幕不見星月，卻被一道道蛇舞般的閃電寸寸割裂。

刺目的電光之中，一匹黑色駿馬挾著急雨沿山路狂奔，馬身上赫然插著數枝箭羽，馬蹄激濺，揚起赤色的煙塵。

隨一聲驚雷過耳，一道金光瞬間照亮天地，前方赫然出現一方斷崖。疾馳的駿馬長聲驚嘶，駐足不及，連人帶馬向著崖下衝去。電光石火之間，只見一道白色身影自急墜的馬身之上生生拔起，飄然落於斷崖邊緣。

漫天驚電之下，那人懷中抱著一名黑衣女子，而背後卻用絲條縛著一個年幼的女童，白衣沾雨微溼，卻不見絲毫狼狽，一身飄逸絕塵。電閃倏然照上他的眉目，那本是一張俊秀的面容，此時卻帶著凌厲與狂戾，冷冷注視著前方雨幕。

一道蜿蜒的火龍隨著急驟的鐵蹄聲包圍上來。當先一人是個中年男子，看去相貌儒雅，氣度深沉，赫然竟是權傾朝野，兩朝為相的鳳閥宗主鳳衍。待到崖前，他微微將手一揚，身後的一隊人馬迅速分開，將那一對男女困在中心，逼向絕崖。

弓弦微響，重重勁弩紛紛指向面前二人。馬上諸人身著一式的緊身甲袍，個個身形剽悍，目含精光，顯然絕非鳳府家奴這般簡單。

鳳衍冷笑一聲，緩緩道：「前面已無路可逃，我勸你還是放了我女兒，本相尚可考慮保這妖女全屍，留你一條性命！」

那男子背後的女童似被這陣勢嚇壞，緊緊地伏在那白衣男子的背上，看著應該稱為父親的鳳衍，嚶嚶啼哭起來。

那白衣男子卻看也未看這天朝權貴，緩緩半跪下去，只溫柔地注視著懷中黑衣女子，輕輕拭去她唇邊因這一番震盪而湧出的血跡。

那女子容顏極美，只是此時玉容慘白，一絲血色也無，心口處深深沒入一枝赤紅色的箭羽，雖然傷口附近的血脈已被人用精妙的手法封住，但傷勢危重，顯然已是回天乏術。

似是感覺到白衣男子的目光，那女子張開眼睛，緩緩抬手撫上他的臉龐，道：「是我連累了你。」隨著低微的話語，她的脣角又有鮮血流出，滴落在男子白衣之上，宛若點點桃紅零落。那白衣男子眼中一抹驚痛閃過，卻只輕聲道：「別說話，一切有我。」他的語氣輕緩，聲音溫潤，自有一股平淡沖和的味道，背後的女童聽到男子的聲音，莫名便安靜了下來，一雙小手下意識地緊緊攀住了那白衣人的脖子。

鳳衍微微瞇起雙目，左手一揚，身後便有兩人自馬背之上猛然躍起，向崖邊急搶過去，一人持劍攻向白衣男子，一人卻撲向他身後所縛的女童，觀其行動，武功造詣皆是不凡。

那白衣男子卻連頭都不抬，淡哼聲中，左手如若拈花，指端變幻。長袖揮處，漫天雨絲驟然化作無數冰芒，迎面向那二人疾射出去。那二人未料對方武功如此詭異，半空中不及變換身形，齊聲慘呼，帶著一片血花摔回己方陣中，眼見已死。

鳳衍心頭猛然一凜，似是想到了什麼，揮手止住後方諸人，沉聲道：「你是巫族之人！」

白衣人聞言一聲冷笑，終於抬眸看向他。雨絲背後，鳳衍只見一雙幽黑深邃的修眸，不由一怔，心神已被那道清冷的目光牽引，似是驟然陷入千年沉潭，急墜下去……

一個個奇詭的畫面破碎閃現，是深宮暗闈先帝虛弱的病軀，是宮變之日似血的殘陽，是新帝登基時的志得意滿，是位極人臣的錦繡繁華……最終凝結於漫天大火中榮華鼎盛的相府化為白地的畫面，是何人的鮮血、何人的成敗、何人的不甘，腦海之中似是燃起滔天大火，生生燃盡一切，摧毀一切，渾噩之際竟生出強烈的絕望之感。

鳳衍面色幾度變化，忽然抬手拔出所佩的長劍，猛地便向自己頸中抹去。身邊一名護衛眼疾手快，大喝一聲：「鳳相不可！」急忙探手扣住他的手腕。

鳳衍身形一震，頭腦驀然清醒，驚出一身冷汗。眾人憚於對手的武功，一時未敢妄動。那白衣人淡淡道了聲「可惜」，旋即再也不理會鳳府諸人，只低頭看向懷中的女子，「這就是妳一直要追查的真相嗎？值得嗎？」

那黑衣女子溫柔地看向他，「你違背你師父禁足的命令，為我千里……驅馳至此，甚至……不顧巫族禁令，施用攝魂之術，又是否……值得？」

黑衣女子傷勢極重，每說一句都須耗費極大的力氣，必要緩上一緩。那白衣男子修眉微蹙，低聲道：「但為心中所願，又何謂值與不值。可是，我終是遲來了一步……」

「我和你是同樣的……心思。」

「但此時此刻，妳又將我置於何處？」

那黑衣女子聞言一笑，艱難抬手指向自己的心口，道：「在這。」

她緩緩褪下腕間的七彩靈石，交到男子手中，目中留戀囑託，柔絲萬縷，如散落一夜曼陀羅花。那白衣男子猛然閉目，不知是淚水還是雨水沿著她的髮絲、他的面容輾轉滑落。女子靠近他的耳際，聲音幾不可聞，「孩子是無辜的……放了她……不要為我造下殺孽……」她微涼的唇緩緩滑向男子唇畔，幾許甘甜，幾許酸澀，莫名的滋味糾絆纏綿，令人心痛如狂。她貪戀他唇間清冷的味道，久久停駐，終於吐出最後的兩個字，「快走！」

男子只覺衣間一股溫熱漸漸散開，心中猛然一驚，低頭看去，只見那箭羽已被女子用盡最後的力氣貫胸而過，懷中之人已是氣息全無，香消玉殞。

懷中尚殘存清淡的幽香，溫柔的話語依稀還在耳際，然伊人已逝，永難再回。那男子深深看向宛如陷入長夢的女子，心頭似被萬千利刃洞穿，清俊的面容陡然生出幾分猙獰。眾人驚呼聲中，只見他猛地將身後的女孩甩至身前，伸手扼住那女孩的脖頸。

悲傷如狂的目光倒映在夜雨深處女孩澄澈的眸中，小小的孩童在他手間啼哭掙扎，他的手劇烈地顫抖著，耳邊卻響起女子最後的話語：

孩子是無辜的……不要為我造下殺孽……

不要為我造下殺孽……

他驀地慘澹一笑，終是鬆開手指，任那女孩跌落在身前，猛然仰天長嘯。鳳衍諸人只覺那嘯聲如瘋似魔、貫耳而入，好似身臨鬼境，胸臆煩惡之氣叢生，陣陣氣血翻湧，又似被那嘯聲中蘊含的巨大悲傷所感染，直欲伏地痛哭，生不如死。那女孩卻早已在這悲狂欲絕的嘯聲之中昏了過去。

山風鼓蕩，激起那人白衣墨髮有如九天之下狂舞的怒龍，他戟指指向暗黑的蒼穹，恨聲道：「八方冥雨，九天玄雷，天地同泣，此恨無極！」

聲聲冷笑，一連串法訣變幻，但見天地之間，烏雲忽收，八荒六合唯餘一片虛空，墜入極致的黑暗之中。

突然，一道霹靂自九天激落，無光無形，轟然一聲巨響，高峰山石迸裂，紛落如雨，呼嘯著砸向崖邊諸人，隨之一場赤色暴雨瓢潑而下，天地一片混沌，掩蓋一切視聽。

鳳府諸人不及躲閃，死傷無數，紛紛哭號逃命。

無雲而布玄冥赤雨，無形而引九天狂雷，此等逆天之行必損施術之人陽壽，更極耗精元。白衣人張口鮮血噴出，衣襟盡染赤色，雙鬢便在那一剎那變得蒼白若雪，竟似一下子蒼老了十年。但他渾然不覺，只漠然注視著眼前的一切，斷了的肢體，破碎的骨肉，清冷的眸心深處是幽幽地獄之火，卻燃不盡心中無窮的恨意。眼見石陣之中尚有人在翻滾躲避，他復又結起手印，狂雷隆隆，天搖地動，醞釀著足以毀滅一切的力量，足下的女孩卻恰在此時清醒過來，突然伸出小手緊緊抓住男子的衣袂。

女孩並沒有哭鬧，只靜靜看向這欲與天地俱焚的男子。白衣人目光與那澄澈的黑瞳一撞，驀然如見黑衣女子臨終時空靈的眼神，不由心神一鬆，終是無法將這上古巫術發揮到極致。

他在蒼穹電光之中環視一片慘烈的山崖，慢慢抱起那女子的屍身，仰天長聲悲嘯，揮手將那女孩捲入袖中，縱身向崖下飛墜而去。

斷崖下，楚堰江波濤洶湧如故，從不解世人悲喜愁苦，一味奔流……

一 桃殀

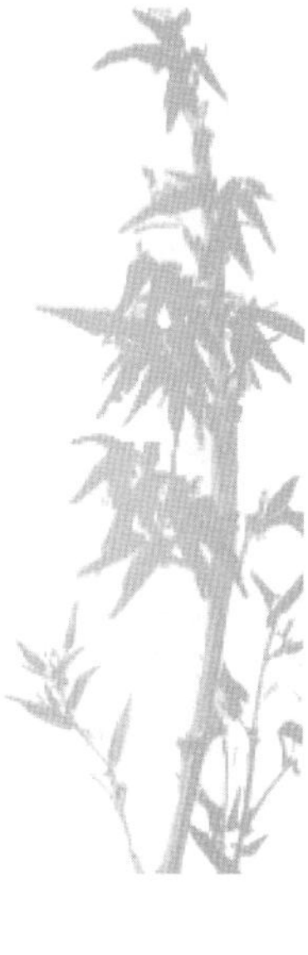

桃殀。桃之夭夭灼灼其華，那是一個明豔而又媚極的女子。她自幼師從冥衣樓樓主，並在少年時便顯示出極高的武學天賦，很早便被視為冥衣樓的繼承人。

在她十四歲之前，幾乎時刻跟在師父身邊潛心修習武道，她以為自己一生也許就會這樣單純地度過，直到有一天，師父帶她來到屏疊山，見到了他。

屏疊山，只有冥衣樓主才會知曉的巫族離境天傳人隱居之所。天朝開國百年，巫族人脈凋零，傳至今日，所餘不過百人，卻出了一位百年難遇的奇才，不僅武功奇絕，醫道精深，更是天文地理、五行數術、兵法音律無一不精。她聽師父提起他的時候，只是笑了笑，心裡卻不以為然，直到她真的見到那個人。

那還真是一個很特別的人。他似剛剛風塵僕僕地從外面趕回，一襲白衣卻是纖塵不染，靜靜地坐在席間，不說一句多餘的話，眼中亦看不出任何情緒，表情淡漠疏離，俊秀的眉宇之間有著清冷的風華。而他的師父，是個形容幾近枯槁的耄耋老者，在見到他走進竹屋的一刻，她似在老人的眼神之中捕捉到些許複雜的神色。老人或許是見他們枯坐無聊，便說山下有一處潭水景致極佳，你們不妨去看看。

她當然知道老人是故意支開他們，要和師父說一些不願他們聽到的事情。

他默默在前面帶路，白衫飄逸，一頭烏髮隨意地披散著，隨風輕舞。一路上氣氛沉默得有些尷尬，她終於耐不住性子，停下腳步，說：「我叫桃夭，你呢？」

或許是聽出她語氣中的不耐，他停下腳步，轉過身，淡淡地笑了，那樣舒緩的一笑，她卻不由得呆了一呆。

「昔邪。」

她微微一撇嘴，昔邪，這樣一個秀逸出塵的人，竟然會取這樣的一個名字，真真是個怪人。他似乎看懂了她表情中的含義，卻毫不為意。

潭水的景致果然很美，激濺的水珠不時揚上衣衫，灑上眉梢髮尖，為他蕭然的背影籠上一層淡淡水霧，如在畫中。他這樣的人也許只適合生於畫中，太過仙風道骨，便不似凡人真實。她這樣想著，不由便笑出聲來，隨著她的笑聲，腳下穿梭而過的魚群突然毫無預兆地躍出水面，濺起晶瑩的水花落了她一臉一身。

昔邪恰在此時回頭，幽邃漆黑的眸子裡倒映了少女笑靨如花。

他的目光凝注於她，雙手悠然負在身後，毫不掩飾眼底的讚美，脣角淡淡牽起一抹笑意，宛如三春暖陽。她沿著少年目光，猛然低頭，才發現身上的黑色雲衫已被煙雨和潭水打得半溼，少女玲瓏的曲線朦朧顯現，不由得臉上一片飛紅，看向他隱於背後搞怪的手，心中微惱，但面對那樣坦白清亮的眸子，卻又發作不出分毫。

「屏疊山還有一處景致，其實最是適合妳。」他卻微微挑起眉梢，轉開目光，遙望潭水對岸那一片桃紅如火。

天近日暮，漫山紅雲，如霞似錦的桃林與對面山上竹林碧海共沐煙嵐，極致的紅，清淺的碧，相映相襯融於天際暮靄，夕陽下生出炫目的光彩。他一手輕扣靈訣，眼前光影變幻，雲生霧湧，於兩山之間，慢慢生出一道七彩雲橋。

「好美！」她被眼前的幻境所震撼，不由驚嘆出聲。

他的聲音在耳邊輕輕響起，「十六年前我出生之時，替我接生的是巫族最後的離境天大長老，也就是我現在的師父。他曾預言我的一生，說我十六歲時會愛上一個人。師父預言過很多事情，都一一成為現實，我以為他總該有一次是錯的，誰知這次還是沒有錯。」他說話的時候並沒有回頭，甚至語調仍然是那般平靜而帶著清冷的味道。

桃夭卻不由慢慢停下腳步。

她不過是十四歲的少女，此前並不知曉男女之間到底會產生何種感情。但那一瞬間，她似乎被前面霞光披拂下緩步前行的白衣少年下了蠱，怔怔地相望，說不出一句話。

離開屏疊山的時候，微雨如霧。昔邪並沒有前來送行，只是他們行到半山腰的時候，山間隱約傳來琴聲。那琴聲不似她之前聽過的任何曲調，來得自然而然，時而如屏疊山寒潭之水清幽深邃，時而又幻化成豔若霞光的桃林，一片絢爛熾烈，隨風而至，攝去人心魂神思。

她回眸望向雲霧繚繞的屏疊山，宛如看見那高山之巔，白衣飄搖，盤膝而坐的少年，指尖流淌著縷縷心緒隨著漫山空濛的雨意點點灑落在心頭。

彼時，皆是年少。

＊

那日以後，師父再也沒有帶她去屏疊山，白衣少年清雋的身影依稀縈繞在少女綺麗多彩的夢境裡。但昔邪卻不知為何被他的師父禁足，再也不得步出屏疊山。

兩年後，在得到昔邪的師父離世的消息後，師父獨自前往漠北，卻在回來的路上意外遇襲，雖然盡誅敵人，卻也身負重傷，在趕回總壇之後不久便撒手人寰。當她從師父手中接過碧璽靈石成為繼任樓主後，伊歌城傳來更為驚人的消息，正值春秋鼎盛的穆帝突然駕崩。隨後幾年，冥衣樓並沒有等到新帝持皇族信物前來接掌，相反卻遭到規模一次更甚一次的剿殺。

穆帝猝然駕崩，天朝皇位更迭，冥衣樓身為監督皇權的祕密組織卻遭受一股神祕而強大力量的誅殺，這不能不讓人懷疑，天朝那位煌煌在上的帝君，他的王者之路究竟是用何人的鮮血、何人的骨殖鋪就？

冥衣樓接連遭受重創，不得已分散潛藏到各處，暗中調查穆帝死因。只是穆帝駕崩之後，當年宮中內侍、宮女、御醫，但凡與其親近的人接連殞命或者失蹤，根本無從查起。

她受先師重託，背負著殺師之仇、先帝之恨，輾轉於各地探查消息，並暗中積蓄力量以待扶持穆帝後人復位，年華就在這樣的忙碌中匆匆流逝，而她與昔邪相見的機會越來越少。

她還記得最後一次在屏疊山見到昔邪，寒潭之旁仍然是那樣的清絕孤寂。他從來不關心世事，這俗世之中的苦痛掙扎、權謀殺伐都似與他無關，他看著她越來越憔悴的容顏也不多說一句，只是當她在他懷中安然睡去之後，默默為她貫通真氣，調理經脈，並在她醒來之後，告訴她這一年莫要再進天都，切記。

當她離開屏疊山後不久，便在陽河郡接到一個頗得信任的下屬傳來密報，說是天都相府密牢內竟囚禁著當年曾為穆帝診病開方的御醫，只因此人醫術精湛，曾經救過鳳衍夫人的性命，所以穆帝崩後便被鳳衍祕密幽禁於相府，成為鳳衍夫人的專用醫師。

如將此人救出必可揭開當年穆帝之死的真相，她忽略了昔邪的告誡，隻身趕至伊歌城，那下屬正好打探到當晚鳳衍為三歲幼女慶生大宴賓客，府中守衛對密牢的看守定然有所鬆懈，自是將人救出的大好時機。她來不及通知城外部屬，亦自恃武功高強、復有內應，當即決定趁夜潛入鳳府劫人。

未料那根本是鳳衍設下的陷阱，那名下屬早已在重金利誘之下背叛了冥衣樓，混戰中趁機在她背後暗算。她雖奮力突圍，親手擊斃那叛徒，卻沒有躲過寒雨深處淬毒的暗箭。

赤紅似血的箭羽貫入胸膛，單薄的黑衣在夜雨之中飄零如花。當她從半空墜向鳳府中一片刀林劍陣的時候，身體驀然落入一個清冷的懷抱。

那人一襲白衣依然纖塵不染，風華如舊，他還是來了，不放心她，但終是遲了一步。

在生命的最後時刻，她宛如又看到那個漫天霞光中緩步前行的白衣少年，她一生飄零，輾轉於死地，終於可以在他的懷抱中安然逝去。

*

天地無情，夜雨如洗，鮮血、前塵都似不見，也湮沒了一切可以追蹤的痕跡。

他靜靜地佇立在江邊，烈烈江風，拂起白色衣袂翻捲如殘蝶。他冷然看著滔滔而逝的江水，傷痛恨怒所有的情緒似乎都隨著方才一場天火焚盡，只是緊緊抱著一個白玉瓷罐。指下玉瓷傳來冰冷的觸感，卻瞬間燃起噬心的火，灼痛了他的指尖，延展到血脈深處。

桃殀，那個明豔而媚極的女子，他縱能毀滅天地，卻已無法讓她重生，只能任由她隨著宿命化為這紅塵劫世中的一縷飛灰。

如果十三年前不曾相見，是不是便可以讓她躲過命定的劫數，冥冥之中，天意難違，他以為他可以占卜的未來，原來一切早已有定數。他長嘆一聲，攜了那女童飄然而去。

二 山月

人間寒來暑往，轉眼已是聖武十六年，又是仲夏。

天色微暝，屏疊山茂林深處卻傳來清脆悅耳的說話聲。

「別亂動啊，聽話，你要乖乖的，才會很快好起來……」說話的是一個身著白衣、年約七八歲的小女孩，那女孩相貌甚為清秀，一雙瞳子若秋水明波，靈動異常，一個人蹲在地上，卻不知她在與誰說話。

一聲微弱的鳥兒鳴叫應聲響起，卻是小女孩手心托著一隻受傷的小鳥，那鳥兒受傷的腿部被人非常細緻地用細小的竹片固定。小女孩看著鳥兒無奈地道：「你呀，可真淘氣，以後要乖乖地待在巢裡等媽媽回來，聽到沒有？」那鳥兒似是聽懂她話中之意，附和似地啾啾叫了兩聲。「唉，我從小就沒有媽媽，不知有多羨慕你。不過，我有一個師父，師父對我雖然很嚴厲，卻教會我許多東西。」那鳥兒又是啾啾叫了兩聲。

這一人一鳥便這樣你一言我一啼相談甚歡，最後小女孩嘆了口氣又道：「我還是送你回家去吧，不然你的媽媽看不到你，該有多著急。」抬頭看向半山岩上隱於枝葉間的鳥巢，女孩抿嘴想了一會兒，便將鳥兒小心地放入懷裡，沿著山岩向上爬去。

女孩身體雖然柔弱瘦小，卻靈活輕盈，慢慢越爬越高，偶爾踩著山石低頭下望，感覺地面看起來好遠，一顆心不由砰砰亂跳。待快到樹旁，她試著將手伸向那位於枝椏間的鳥巢，卻總是差了那麼一點點，便大著膽子向一塊凸起的岩石移去，卻不料腳下忽然一滑，驚叫一聲，身體不受控制地向下墜去。

耳邊風聲呼嘯，只覺驟然落入一個堅實而溫暖的懷抱，那人衣袍上盈有淡淡藥香，絲絲縷縷，若有若無，如此熟悉的味道，散發著安全氣息。

她不敢睜開眼睛，只感覺一雙清冷的眼睛正注視著自己，過了很久終於熬不住，悄悄將眼睛打開一條細縫，眼前飄拂著幾縷蒼白若雪的髮絲，掩映著一雙清寂的眸。

女孩縮在男子的懷中，怯怯叫道：「師父。」那人微微皺起眉頭，脣角有著冷峻的線條，卻也只淡淡地說了兩個字，「胡鬧。」

女孩吐了吐舌頭，從男子臂彎滑落到地上，卻覺袖袍一拂，懷裡被小心翼翼護著的鳥兒已到了他的手中。鳥兒嫩黃的羽毛襯得那男子的手指略顯蒼白，這幼小的生命似乎感覺到什麼，顫顫地伏在他的掌心發抖。男子手掌慢慢地收攏，指尖之上清冷的力量，讓小女孩感到莫名的害怕。

「師父，不要！」

「害怕了？怎麼方才爬那麼高的山岩，也未見妳害怕？」

「卿塵……卿塵知道即便掉下來，師父也一定會接住我！」

「哦，是嗎？」男子低頭看向那剛剛高及自己腰部的女孩，清水般的瞳仁倒映著他黑冷的眸，就像多年前那一夜。

「卿塵知道師父……師父其實一直都在看著我！對不對？」女孩俏皮地眨了眨眼睛，看向白衣如雪的男子，「卿塵能感覺到師父。」

男子沒有答話，女孩只覺耳邊一陣風聲，已被他帶著騰空而起。他輕輕牽著她的手，衣袂流風，憑虛而行，飄然立於半山崖邊樹梢上，碧色如海，更襯白衣勝雪。

他將那雛鳥交到女孩的手上，不經意回頭，女孩似乎看到他眉宇間潛藏著一絲淺淡的笑意，不由呆了一呆，在她的記憶裡，師父從來是不苟言笑的，即使是這般不著痕跡淡淡的歡喜。

回去的路上，女孩不停央求男子要學那樣的輕身功夫，男子卻連頭都不回，只淡淡說不可以。女孩委屈地看著男子，想要問個究竟，男子卻早已拂袖離去，只是幽深的眸心依稀掠過嘆息的痕跡。

山間一處青竹小屋，潔靜素雅，和它的主人一樣透著無言的清寂。那男子掀起竹簾進入裡間的臥室，盤膝打坐，再不說話。

女孩似乎也習慣了這樣的清靜，走進藥房，將竹簍中的草藥熟練地分門別類，從書架上隨手抽了一本書，卻是一部厚厚的醫典，書頁泛黃、略微陳舊，看來已被翻閱了好多遍。女孩心中仍想著修習武功之事，根本無心去讀，懶懶地翻到最後一頁，卻被一行字所吸引，昔邪記於丙辰年壬子月……昔邪，那是師父的名字吧……

女孩不由得看向那道竹簾，天色近晚，冥暗的暮光透出些許微亮，可以隱約看見竹榻之上打坐的白衣男子。

天邊一痕新月，簾下髮若飛雪。

那男子便是五年前心灰意冷、隱跡於屏疊山不再出世的昔邪。

回來的那一日，屏疊山上翠色如海，桃花卻謝了一地殘紅。

那日斷崖之上他幾乎耗盡精元，上古巫術威力有多大，對經脈衝擊就有多大，他內傷極為沉重，每隔一段時間便須閉關調理，雖經五年靜養，卻也不見太大起色。

日升日落，月滿中天，他盤膝坐於榻上，不言不語，任那一夕月華鋪陳滿身。七天期滿，他緩緩睜開眼睛，卻見竹簾在他睜眼的一瞬間被一雙稚嫩的小手拂開，那女孩捧著一碗清水，靜靜立於他面前，怯怯地道：「師父，你好些了嗎？」並舉手過頭奉上那一碗清水。

翦水雙瞳清澈，他冷淡的目光竟然也為之一滯，便有柔和的底色泛開在眸底深處。眼前不過是一個年幼的孩子，七天七夜不知道她是如何度過，卻在他清醒的第一刻奉上她所能給予的所有關愛。

他已施術去除了她那一夜之前的記憶，並告訴她稱自己師父。他相信那些記憶過於殘酷，對於她來說不存在或許會更好一些。

孩子是無辜的……放了她……

放了她，讓她忘掉那一夜的血腥殺戮，亦該讓她遠離那樣的父親，和那權力的漩渦。何況他發現女孩的身體患有先天不足之症，這弱小的生命如果得不到有效的治療，恐怕活過十歲也是一種奢望。以他的醫術，如果她一直跟在身邊，自然可以穩住她的病情，但他現在的狀況，又還能照顧她多久？

若有一日，她回到曾經屬於自己的家族，又將會是怎樣的命運？

他接過那碗清水，看著那雙琉璃清眸，緩緩道：「記住妳的名字，鳳卿塵。」

女孩乖巧地點頭，小聲地重複，「我叫鳳卿塵。」

三　昔邪

女孩聰慧乖巧，尤其對醫術星相頗有天賦，但受身體所限，無法修習武功，對她的病情有害無益。正如這一日，她又苦苦哀求，而他也唯有再次冷然相拒。

每一年桃夭的祭日，他必會到屏疊山山巔彈奏當年那一首曲子。

時光流轉，又逢月滿花落。

清輝入窗，藥房之內女孩似乎已經睡得沉了，手裡還握著一卷醫書。他信手扯過一方薄衾搭在女孩身上，竹門輕輕掩上的時候，月光之下，女孩悄悄睜開了清亮的眼眸。

山風鼓蕩，白衣飄搖，指尖挑抹間帶出記憶深處那些生死銘刻的畫面，一刀一痕清晰如昨。月下微光，宛如又見寒潭水邊盈盈俏立的黑衣女子，笑靨如花，嬌媚妖嬈。絢爛桃林之下裙裾飛舞，飄然若舉，魅影依稀，月圓人缺。弦音驟緊，他猝然閉目，眼前的畫面瞬間被刺目淋漓的鮮血淹沒，化為玄衣白衫上豔若桃花的斑駁血痕。

桃花零落，伊人何在？一曲能教腸寸斷。

那些預知的命運軌跡，總是如此驚人地合轍而行，悲歡離合，最終卻無力改變。

如果當年，他不曾因少年心性而不聽師父的勸告從南疆趕回來，只為見那個命中注定的女子一面，那最終的結果會不會有所改變？那時他寧願一生哭過笑過，也不願永遠坐在那高山之巔，做一個俯瞰命運、喜悲無跡的神，但現在他寧願光陰倒流，參商不見，只在雲之彼端遙想伊人風華。

他的身體損耗過於嚴重，如果澈底閉關修行，至少可以恢復往日一半功力，可過去的五年，他生無所戀，任憑身體就這樣無聲無息地衰老下去，傷勢不減反重。今夜琴音所至，心緒起伏，體內鬱積的傷勢竟在這一刻激發，心脈間一陣強烈的劇痛襲來，一聲錚鳴，五弦俱斷，數年來傷痛作蠱，早已侵透骨血，這一刻再也無法抑制，一口鮮血噴染在琴身之上。他猛然睜開雙目，眸底一片赤色翻湧，揮袖便將那染血的古琴向崖邊一塊凸起的岩石摔去！

「師父不要！」

一個輕靈纖弱的身影突然出現在山崖之前，張開雙臂，竟欲以弱小的身體去阻擋那被他痛怒之下運勁摔出的古琴。琴身破風，激起女孩一頭烏髮恍如墨蝶急舞，女孩澄澈的瞳子，一瞬不瞬地看進他心頭。

他心中大驚，強自運起最後的氣力，身形急閃，趕在那琴擊中女孩之前，堪堪抓住琴尾，斷弦落地，他口中亦綻出大片的血花，點點濺落在女孩純淨的白衣之上。

女孩方才毫無懼色的眸心卻瞬間湧起驚痛之色，失聲叫道：「師父！」伸手去扶，驀然心口傳來莫名的悸痛，眼前天旋地轉，人便一個踉蹌，向前跌進了男子溫冷的懷抱。

她勉力睜開眼睛，輕聲央求，「師父……那是你最心愛的古琴……不要摔它……」卻來不及等到男子回答，已然陷入昏迷。

他以為這世間自己早已了無掛念，可是此刻，又或者更久之前，斷崖之上那雙琉璃般的眸，竹榻之前那一碗甘甜的清水，此時懷中清弱憐人的容顏，他知道眼前的女孩已經注定是他這殘生之中唯一的牽絆。

燭焰跳動，照在女孩安靜而蒼白的面容之上，他緩緩收起手中的金針。女孩的心疾源於先天之症，除非他能一直陪伴左右、看護照料，藥石得當，尚可暫保一時無虞。但是他的身體每況愈下，自知天命，最多不過五年。如今之計，唯有借助上古巫術為她替換一副健康的軀殼，才能保她此生平安。

移魂禁術，這被世人視為邪惡而育有重生和毀滅力量的巫族禁術，失傳已近百年。他唯一所知便是這禁術須以九轉玲瓏陣為引，此後數年，他閱盡巫典，所得卻極為有限，而身體卻一天一天接近最後的期限。

直到有一天，他翻閱殘存的前朝王典，看到襄帝二年九公主誕生之時的記載。「天生異象，白晝傾夜，九星耀射，幽香滿室，七彩瓊光奪目而照殿宇……」九星齊耀嗎？他思索三天三夜之後，忽有所悟，脣角牽起意味深長的一笑，是欣慰，也有深深的遺憾。貼身珍藏的碧璽靈石在他蒼白的指尖輕輕閃耀著流水般的幽光，十三年前他不曾掌握的法門，任那一縷香魂散入虛空，如今卻可以為仇人之女延續生命，再添輪迴。

世事茫茫，原難自料，他緩緩睜開眼睛，望向西部天際本命之星，星光沉暗，已呈欲墜之象，心脈間的窒痛陣陣加劇，低咳之下，再見血痕。竹簾之後，隱約可見少女綽約的身影，方要說話，卻見少女已匆匆掀簾進來，半跪榻前，柔聲道：「師父，該吃藥了。」

浮浮沉沉的月光下，那清澈的聲音微帶顫抖，顯然在極力克制心中的情緒，纖手捧起藥盞，答的一聲，卻有一滴清淚沿著白玉般的臉龐滴落塵埃。

他淡然一笑，接過藥盞一飲而盡，隨後，抬眸看向默默垂淚的少女，抬手撫上她柔軟的秀髮，聲音沖淡，「人生百年，難免一死，這十年本來也是為師借來的歲月，又何必如此傷懷？明日隨為師一起去桃林吧。」

人間四月，桃花開得正豔，他的生命終於走到了最後一刻。

盤膝坐於桃花樹下，微風拂衣，蒼顏華髮卻不掩絕世風華，弦音起時，他似乎又回到與桃夭初遇那一日，點點輕紅，紛落飄飛，桃花影下隨著琴聲飄然起舞的白衣少女在光芒漸逝的眼底幻化成玄裳豔容的女子，一天一地，落英如雪。

一曲終了，他含笑闔眸而逝，他終於可以追隨那一縷香魂而去，少女的舞步，卻無法在琴絕之時停下，她傾盡心力地舞著，狠狠地咬著唇，仰起頭，不讓眼淚流下，似乎不回頭，不去看，那人還會端坐於桃花樹下，他會看著她，永遠……

尾聲　落塵

她從來沒想過死亡會來得如此突然，那一日也不過是她十幾年生命中平淡無奇的一天。屏疊山上的竹海，漫山淺碧，是師父生前最喜歡去的地方，而他死後也葬在這竹海之中，就像一直陪伴在她的身邊。

那一天，她想涉水到對面山上的桃林，為師父再折一束桃花奉於墳前。師父生前最喜歡桃花，卻從來沒有告訴過她緣由。她只是在藥房的醫書中，偶爾看到他多年前未曾寄出的一封書信，信是寫給一個叫做桃妖的女子，她猜想那也許就是師父喜歡桃花的原因。

就在她剛剛踏過溪水，突然間心口一痛，像被一隻無形的手狠狠捏緊，就連呼吸也似停住，身子一個踉蹌便往前栽去。竹籃中花草散落一地，她盡可能地放鬆身體，師父臨終前的話語清晰地在腦海裡浮現，若遇心疾突發，不得已時，可以此法續命……

她勉力扣起靈訣，劇烈的疼痛之中，只覺三魂六魄似正從自己的身體迅速抽離，遊蕩在一片冥暗的虛空之中。驀然天光一現，極致的明亮在頭頂閃現，剎那之間，幽冥的黑暗深處九星齊耀，清光萬丈，若有感應一般，師父臨終所贈，她從不離身的碧璽靈石，也同時綻出七彩奪目的光芒。

這般情形，難道有人在異世發動了九轉玲瓏陣？

她心神甫動，卻見一道異亮的星芒自頭頂的空洞之處驀然衝入，那空洞也隨之倏然閉闔……

她並不能盡解這上古巫術的奧祕，師父雖然曾經細細講述施術的法門，但這巫術的最終結果，卻沒有任何典籍紀錄留存。而此時，她已隱約感知到這上古巫術的神奇力量，那縷異芒突然衝入，亦使她的靈魂得到破出現世空間的唯一機會。一些破碎的畫面紛飛而至，那是她的記憶裡不曾出現的東西，雕梁畫棟的府邸，錦衣華服的人影，漆黑的斷崖，滅天的驚雷，慘烈的殺戮，飛濺的鮮血，漸漸化入師父孤寂的眸光，一聲嘆息，髮若飛雪。

水波蕩漾，飄忽的光影中，她看到了臨水而立的自己，而那已非自己。

冥冥之中的雙手再次撥弄了她命運的軌跡，是重合，是延續，是再生，水波之下，她淡淡地笑了。

紅塵十年，原本一夢，她已無法挽回禁術造成的結果，那麼便讓這個叫做鳳卿塵的女子，重新譜寫屬於她和她共同的傳奇。讓那些恩怨與殺戮，情仇與執念隨她而去，只留下所知所學，單純的記憶，想必師父不會反對她的選擇。

星芒漸逝，水中破碎的倒影散若雪融，依稀間，清風裡，又聽琴聲如夢，花落漫天。

原創愛 YL247
醉玲瓏　肆

作　　者：十四夜
編　　輯：余純菁
美　　編：林政嘉
排　　版：趙小芳
企　　劃：張家敏

發 行 人：朱凱蕾
出 版 者：希代多媒體書版股份有限公司
Global Group Holdings,Ltd.
地　　址：台北市內湖區洲子街88號3樓
網　　址：gobooks.com.tw
電　　話：(02) 27992788
E-mail：readers@gobooks.com.tw（讀者服務部）
pr@gobooks.com.tw（公關諮詢部）
電　　傳：出版部（02）27990909　行銷部（02）27993088
郵政劃撥：50007527
戶　　名：希代多媒體書版股份有限公司
發　　行：希代多媒體書版股份有限公司/Printed in Taiwan
初版日期：2017年6月

國家圖書館出版品預行編目資料

醉玲瓏 肆/ 十四夜著.-- 初版. -- 臺北市 : 希代多媒體, 2017.06
冊 ; 公分. -- (原創愛 ; YL247)

ISBN 978-986-361-409-8 (第4冊：平裝)

857.7　　106004585

GOBOOKS & SITAK GROUP©